#Papiervater

#Papiervater

Thomas Neufert alias Padrino Saint

Bibliografische Information der Deutschen Nationalbibliothek:
Die Deutsche Nationalbibliothek verzeichnet diese Publikation in der
Deutschen Nationalbibliografie; detaillierte bibliografische Daten sind
im Internet über dnb.dnb.de abrufbar.

Herstellung und Verlag:
BoD - Books on Demand, Norderstedt
ISBN: 9783756835027

Juli 2014

„Man bin ich froh, dass wir endlich angekommen sind. Der Stau war schon ganz schön heftig. Viel zu lang! Jetzt holen wir erst mal alles aus dem Auto und schauen uns das Zimmer an."

Die drei gingen zur Pension. Das Zimmer war klein, aber sehr gemütlich. Sie fühlten sich sofort wohl. Für ihr geringes Budget konnten sie auch nicht mehr erwarten. Nachdem die ersten Sachen ausgepackt waren, machten sie sich auf den Weg zum Strand. Mit dem Wetter hatten sie Gott sei Dank doch Glück gehabt. Die Sonne schien und eine leichte Brise kitzelte die Haut angenehm.

Sarah und Jason gingen Arm in Arm, während Luna Marie vorneweg rannte und Muscheln sammelte.

„Ist das nicht herrlich hier?", Sarah atmete tief die salzige Meeresluft ein. „Danke Schatz."

„Ach lass.", Jason winkte ab.

„Nein ehrlich. Danke für alles. Das du immer für mich da bist und alles möglich gemacht hast, dass wir hier ein paar Tage am Meer Urlaub machen können. Ich weiß wie anstrengend das mit dem Nachtdienst und so für dich ist. Du machst ja alles für deine Familie, während ich nur mit meiner Ausbildung beschäftigt bin. Da kommt kein Klagen von dir. Darum danke. Ich liebe dich!"

Jason hielt kurz an und umarmte seine Frau. Luna Marie kam herangestürmt und umarmte die beiden mit.

„Ich liebe dich auch.", und zur Tochter herunterbeugend und sie fest drückend fügte er an: „Und dich natürlich auch meine Prinzessin." Dann schnappte er sie sich und

1

rannte mit ihr lachend durch die Wellen, so dass beide über und über mit Matsch und Wasser bespritzt wurden.

Es fühlte sich gut und richtig an, wie sein Leben bisher verlaufen war. Zumindest die letzten Jahre.

Er hatte eine tolle Frau und eine bezaubernde Tochter. Beide liebte er abgöttisch.

Solche Momente, wo sie als Familie etwas unternahmen, galt es zu genießen, solange es sie gab. Gerade in der heutigen Zeit, weiß man nie, was morgen ist.

Jason setzte sich in den warmen Sand und Luna kuschelte sich an ihn heran. Sarah setzte sich neben ihn und lehnte ihren Kopf an seine Schulter.

Gemeinsam schauten sie auf das weite Meer hinaus und lauschten den vielen Möwen, welche umher kreisten.

März 2019

Als sie näherkamen, war das Babyschreien deutlich zu hören.

„Das kommt da unten aus der Kanalisation. Das Baby muss dort in den offenen Schacht gefallen sein." Er deutete auf einen offenen Eingang zur Kanalisation. Der Deckel lag daneben.

„Du rufst die Feuerwehr und ich gehe schon mal runter und schau, was ich machen kann."

Der angesprochene Polizist griff zu seinem Funkgerät und forderte die gewünschte Verstärkung an, während sein Kollege langsam den schmalen Abwasserschacht nach unten kletterte.

Die Leiter war kalt und fühlte sich glitschig an.

Eine Straßenlaterne warf nur dürftiges Licht hinab, sodass

der Polizist nicht wirklich viel erkennen konnte. Je tiefer er kletterte, desto weniger konnte er erkennen. Das Schreien des Babys hingegen wurde immer lauter. Ihm fiel auf, dass es sehr monoton war.

„Scheiße, ist das dunkel hier.", fluchte er. „Und dieser widerliche Gestank!" Er rümpfte die Nase.

Unten angekommen, griff er gerade nach seiner Taschenlampe, als er einen kleinen harten Gegenstand in seinem Rücken spürte und deutlich das Knacken des Hahnes einer Pistole hörte.

Vor Schreck ließ er seine Taschenlampe fallen und blieb wie versteinert stehen.

„Hände hoch!" Hörte er eine flüsternde Stimme trotz des schreienden Babys sehr deutlich.

Er tat was ihm befohlen wurde und spürte, wie an seinen Gürtel gefasst wurde.

Nur wenig später war er mit seinen eigenen Handschellen an der Leiter gefesselt und er hörte, wie sich schnell jemand entfernte. Er drehte sich um und versuchte irgendetwas zu erkennen. Aber es war einfach zu dunkel.

Sofort rief der Polizist seinem Kollegen zu, dass er schnell runterkommen sollte.

Als er wieder frei war, bemerkte er, dass seine Dienstwaffe und das Reservemagazin fehlten.

„Verdammte Scheiße." Entfuhr es ihm. „Ich habe den überhaupt nicht gesehen. Der hat hier auf mich gewartet und dann ging alles sehr schnell."

„Da kannst du doch nichts dafür Marcel. Wir müssen jetzt schnell nach dem Baby schauen und dann warten wir auf die Verstärkung. Allein können wir hier unten doch nichts ausrichten. Über das Abwassersystem kann er ja überall hin."

Vorsichtig leuchteten die Polizisten in beide Richtungen des Kanals hinein.

„Da!" Marcel tippte seinen Kollegen an. „Da hinten sehe ich etwas." Beide leuchteten auf einen großen Karton, aus dem die Schreie zu hören waren.

Marcel rannte hin und strahlte mit seiner Lampe hinein.

„Verdammte Scheiße." Entfuhr es ihm wieder. „Der hat uns verarscht!" Er griff in den Karton und holte eine Babypuppe hervor.

„Ernsthaft? Eine Puppe?" Sein Kollege schüttelte mit großen Augen den Kopf. „Leg das Ding schnell wieder rein. Das soll sich die Spusi mal anschauen. Ich glaube der wollte einfach nur an eine Waffe kommen."

„Scheint wirklich so." Marcel schüttelte etwas beschämt den Kopf. „Und ich bin der Gelackmeierte. Verdammte Scheiße aber auch!"

„Kopf hoch! Den kriegen wir! Dann kannst du ihm deine Meinung ganz deutlich sagen!"

Marcel zuckte nur mit den Schultern.

Ein paar Minuten später war die Verstärkung vor Ort und der Kanal wurde in alle möglichen Richtungen abgesucht. Auch im ganzen Stadtviertel wurde großräumig nach verdächtigen Personen gesucht. Dies gestaltete sich jedoch mehr als schwierig, wenn gar als unmöglich, da nicht einmal eine vage Täterbeschreibung vorhanden war. Nach einigen Stunden wurde die Suche abgebrochen. Der Karton und die Puppe wurden ins Labor geschickt und Marcel und sein Kollege mussten zum Rapport.

„Jetzt erklärt mir doch mal, wie genau es passieren konnte, dass ihr euch eine Dienstwaffe klauen lasst." Der Polizeichef knallte wütend mit der Faust auf den Tisch.

Marcel schluckte kurz und führte aus:

„Gegen 21Uhr kam ein Notruf herein, dass in der Neustadt-Nord im Media-Park ein lautes Babyschreien zu hören war. Wir sind dann zur angegebenen Adresse ausgerückt und haben uns umgesehen.

Dort haben wir dann den offenen Abwasserschacht entdeckt aus dem deutlich die Schreie zu hören waren. Sonst war in der näheren Umgebung nichts zu sehen oder zu hören. Kein Wunder auf einem Sonntagabend in einem Gewerbegebiet."

„Der Notruf kam direkt hier an?" Unterbrach ihn der Polizeichef.

„Ja. Er hat direkt hier in der Polizeidienststelle angerufen."

„Dann sollten wir versuchen die Nummer zurückverfolgen zu lassen. Ärgerlich nur, dass hier im Gegensatz zur 110-Nummer die Anrufe nicht aufgezeichnet werden."

Marcel nickte mit dem Kopf und setzte seine Ausführungen fort:

„Er scheint das alles clever geplant zu haben. Der Schacht war so eng, dass wir nicht gleichzeitig hinab konnten. Ich ging zuerst und Carsten rief in der Zeit die Feuerwehr, falls wir sie zur Bergung und zur Versorgung brauchen sollten. Also ganz gemäß den Vorschriften..."

„Ja, ja. Du brauchst jetzt nicht nach einer Entschuldigung zu suchen." Unterbrach ihn der Polizeichef wieder.

Marcel fuhr ganz unbeirrt fort:

„Unten angekommen, bemerkte ich einen harten Gegenstand im Rücken und hörte das Klicken eines

Hahnes. Wie der von einem Revolver. Die Person flüsterte mir zu, dass ich die Hände hochnehmen sollte.

Da ich nichts erkennen konnte, ob es eine oder mehrere Personen waren, tat ich wie er es sagte. Ich spürte kurz, wie er an meinen Gürtel griff und wenig später hatte er mich schon an die Leiter gekettet. Ich konnte dann deutlich hören, wie er nach rechts weggelaufen ist.

Erst als Carsten mich befreit hatte, bemerkte ich, dass meine Waffe und das Ersatzmagazin fehlten.

Den Rest kennen sie ja." Marcel wischte sich kurz über die Stirn.

„Hm. Warum betreibt jemand einen solchen Aufwand, nur um an eine Waffe zu kommen. Das hätte er über das Internet, den Schwarzmarkt oder wie auch immer sicher leichter haben können." Der Polizeichef machte ein nachdenkliches Gesicht. Auch Marcel und Carsten schauten nachdenklich drein.

„Vielleicht hatte er ja andere Pläne?" Warf Carsten nach einer Minute des Schweigens ein.

„Das glaube ich kaum." Marcel schüttelte den Kopf.

„Wie kommst du darauf?" Fragte der Polizeichef.

„Naja. Er ruft ja extra hier an. Also kann er nur damit rechnen, dass eine Streife ausrückt. Er wollte nicht, dass ein Krankenwagen kommt, sonst hätte er sicher woanders angerufen.

Und da unten im Schacht hätte er ja alles mit mir machen können. So schnell hätte Carsten gar nicht herunterkommen können. Ich denke, er hat mich nur gefesselt, um Zeit für seine Flucht zu gewinnen."

„Er hat uns mit seinem Vorgehen quasi an der Nase herumgeführt. Vielleicht ist das auch sein Ziel. Die Polizei als Dumm hinzustellen. Oder aber er brauchte die Waffe, damit er uns was anhängen kann." Warf Carsten ein.

„Hm." Der Polizeichef runzelte die Stirn. „Alles Spekulieren hilft uns jetzt nicht weiter. Ihr setzt euch an den Fall und versucht über Kameras in der Nähe des Abwasserschachts ein Bild vom Täter zu bekommen. Bis dahin sollte die Spurensicherung auch erste Ergebnisse geliefert haben. Mal sehen, ob sich da einige neue Ansatzpunkte ergeben. Von einem Disziplinarverfahren werde ich erst einmal absehen. Ich denke nicht, dass ihr euch da was zu Schulden kommen lassen habt. Das hätte jeden von uns passieren können."

Nachdem der erste Papierkram erledigt war, machten sich die beiden Beamten Carsten und Marcel auf den Weg, um in der Umgebung des Schachts nach Kameras zu suchen.

„Wie weit sollen wir denn den möglichen Kreis ziehen?" Fragte Carsten.

Marcel zuckte mit den Schultern. „Keine Ahnung. Ich kenne mich mit dem Abwassersystem hier nicht aus. Da müssen wir morgen Früh dann mal versuchen jemanden zu erreichen, der uns da weiterhilft. Bis dahin suchen wir einfach hier die Umgebung ab. Ich kann mir nicht vorstellen, dass er Kilometer da unten zurückgelegt hat."

„Vielleicht sollten wir noch einmal runter steigen und ein Stück da langlaufen!"

„Eine gute Idee. Auch wenn ich das dann wohl eher machen muss. Ich denke, dass für dich die Gänge zu eng sind!" Er musterte Carstens stämmige Gestalt. Der schmunzelte und sagte: Ich werde dann oben lang gehen und immer nach Kameras Ausschau halten."

Langsam stieg Marcel erneut in den Schacht hinab und wandte sich nach rechts, wo er die Schritte hatte hin entschwinden hören. Hier unten war es bedrückend eng. Der Gang war ein Stück kleiner, als er und er musste sich leicht beugen, um voranzukommen. Die Luft roch modrig, etwas nach abgestandenem Wasser und ganz penetrant nach Fäkalien. Ein kaum auszuhaltender Geruch.

Mit der Taschenlampe konnte er nach einigen Metern eine Abzweigung erkennen. Na super. Dachte er sich. Das kann noch eine lange Nacht werden.

Er wandte sich zuerst nach links. Doch schon nach ungefähr hundert Meter war der Schacht eingestürzt und nicht weiter passierbar. Also ging Marcel zurück und folgte der rechten Abzweigung. Diese führte schnurgerade mehrere hundert Meter weit. Nachdem er einige Minuten gelaufen war, kam er an einer Leiter vorbei, welche nach oben führte. Er strahlte mit der Lampe nach oben. An der Unterseite des Kanaldeckels waren deutlich Kratzspuren von einem scharfen Gegenstand zu erkennen.

„Carsten? Kannst du mich hören?" Marcel sprach durch sein Funkgerät.

„Ja, Marcel. Was ist denn? Wo bist du denn?"

„Ich bin ein paar Minuten dem Gang gefolgt. Es muss irgendwo rechts von der Stelle sein, wo ich rein bin. Ich leuchte mit der Lampe nach oben. Dann solltest du das Licht irgendwann sehen können."

„Ja. Da hinten sehe ich es schon. Es ist ein Hinterhof eines Firmengeländes. Ich muss da erst über den Zaun klettern." Wenig später hörte Marcel, wie Carsten den Kanaldeckel beiseiteschob. Dann leuchtete er mit seiner Lampe nach unten.

„Nimm die Funzel weg. Du blendest mich." Raunte ihn Marcel an.

„Oh, sorry." Carsten schaltete seine Lampe aus.

„Gut. Ich denke, dass er hier raus ist. Am Deckel sind Spuren, als wenn er erst kürzlich bewegt wurde. Du rufst die Spusi nochmal her, damit sie an der Leiter schauen, ob vielleicht Fingerabdrücke da sind. Aber ich glaube, dass er wohl Handschuhe getragen hat."

„Das sind ja Untersuchungen, wie bei einem richtig großen Fall." Man hörte Carstens Stimme an, dass er etwas belustigt war.

„Na einen Polizisten zu beklauen, ist ja nicht gerade ein Kavaliersdelikt. Lass den damit mal noch ein weiteres Verbrechen begehen. Dann wird es richtig düster!"

Carsten kratzte sich am Kopf. „Oh man. Sag bloß so was nicht. Uns würde die Hölle noch zu kalt vorkommen."

Als die Spurensicherung ihre Arbeit aufgenommen hatte, suchten die Beamten weiter nach Kameras in der Nähe. Es gab tatsächlich an einigen Gebäude welche. Den ganzen Tag über sichteten sie die Bänder, ohne dabei aber etwas zu entdecken. Vermutlich war der Täter immer im toten Winkel unterwegs. Zudem waren die Kameras nicht auf das Gelände ausgerichtet, sondern auf die Eingangsbereiche der Gebäude und Höfe. Da war es selbst für ungeübte Personen leicht außerhalb des Sichtfeldes zu bleiben.

Da auch die Spurensicherung keine verwertbaren Hinweise fand, schien es nahezu unmöglich den Räuber zu finden.

Juni 2015

Er war schon früh auf den Beinen. Wie so oft hatte er die Nacht nicht gut geschlafen und fühlte sich nicht erholt. Ein Blick auf sein Handy zeigte ihm, dass sie sich noch immer nicht gemeldet hatte.

So langsam machte er sich dann doch Sorgen. Das war gar nicht ihre Art und Weise. Sonst schüttete sie ihn mit Nachrichten zu, wenn sie mal getrennt waren, und jetzt hatte er seit fast zehn Stunden nichts mehr von ihr gehört. Er schrieb ihr eine süße „Guten Morgen"-Nachricht.

Wenig später meldete sie sich endlich. Sie käme in einer halben Stunde am Bahnhof an. Die Nachricht wirkte kalt und emotionslos. Das kannte er gar nicht von ihr. Vielleicht ging es ihr ja nicht gut. Dachte er.

Schnell machte er sich und seine kleine Tochter fertig und gemeinsam machten sie sich auf den Weg, um Sarah abzuholen.

Sie hatten den Bahnhof noch gar nicht ganz erreicht, da sah er sie schon auf sie zu kommen. Sie hatte ganz andere Sachen an, als sie sie noch gestern beim Verabschieden getragen hatte. Leicht bekleidet war wohl die passende Beschreibung dafür, schoss es ihm durch den Kopf.

Nach einer kurzen, irgendwie sehr frostigen Begrüßung machten sie sich gemeinsam auf den kurzen Rückweg zur Wohnung. Er grübelte und machte ein betrübtes Gesicht. Dann sagte er: „Du weißt ja, dass ich immer offen meine Meinung sage."

„Ja, und?" Sie schaute ihn nicht an.

„Ich habe ein ungutes Gefühl, was dich und die letzte

10

Nacht betrifft. Willst du mir irgendwas sagen?" Geradezu ängstlich schaute er sie an.

Jetzt schaute sie fast schon hämisch zurück und sagte in harschem Ton:

„Was? Du vertraust mir also nicht? Na, dann hat das mit uns keinen Sinn mehr!" Sie nickte entschlossen und er blieb verblüfft stehen. Er rieb sich die Augen und schüttelte heftig den Kopf, als wollte er das Bild, welches er gerade sah, verschwinden lassen.

„Äh..." Er stotterte kurz, da ihm die Worte fehlten. „Aber... Ich wollte doch nur sagen, was ich denke und fühle."

„Du vertraust mir nicht mehr und damit hat eine Beziehung keine Grundlage mehr!" Unterbrach sie ihn.

„So habe ich das doch nicht gemeint. Nur... Sonst schreibst du immer so viel und diesmal gar nicht. Und dann sehe ich auch noch, dass du leichter bekleidet bist als gestern. Du hast dich ja gestern Abend schon aufbrezelt gehabt. Sogar untenrum rasiert..."

„Na und? Was geht dich das an? Ich kann machen was ich will. Nein. Ich sehe keine Grundlage mehr!"

Er schüttelte den Kopf. Das muss ein Scherz sein. Da ging er, wie auch schon die ganze Beziehung über, offen mit ihr um. Und wie dankt sie es? Er hoffte sehr, dass sie einfach auch nur übernächtigt war und es im Scherz sagte. Wenn es auch ein zugegeben sehr makabrer Scherz wäre.

Doch nur wenige Stunden später hatte sie eine Tasche gepackt und verließ die gemeinsame Wohnung. Sie ließ ihren Mann und ihre Tochter zurück, ohne zu sagen, wie es jetzt weiter gehen würde.

Er rannte ihr noch hinterher und versuchte sie zu

überzeugen, dass dies der falsche Schritt sei, aber sie ließ sich überhaupt nicht mehr davon abbringen.

Die ganze Nacht über lag er wach in seinem Bett und hoffte, dass er irgendwann aus diesem Traum erwachen werde, oder sie einfach am nächsten Morgen wieder vor der Tür stehen werde.

Das tat sie dann auch. Aber nur, um sich kurz noch mehr Sachen zu holen.

Die Kleine war im Kindergarten und so versuchte er in Ruhe noch einmal das Gespräch mit ihr zu suchen. Doch es war die pure Ignoranz, welche ihm entgegenschlug.

So langsam war ihm klar, dass dies hier Ernst war. Die gesamte Situation war Ernst. Und so grübelte er, wie er jetzt vorgehen müsse. Er war schon immer ein Kopfmensch, ein Denker gewesen. Sofort spielte er alle Szenarien durch.

Was galt es zu machen?

Wichtig war, dass alles die Kleine betreffend geregelt wird. Die Tochter durfte am wenigsten darunter leiden. Ihm war klar, dass sie bei ihm bleiben würde. Und müsste. Seine Frau war einfach nicht reif genug die Verantwortung alleine zu übernehmen. Am besten wäre natürlich ein Wechselmodell. Da hätten beide etwas davon.

Bevor er zum Gericht ging, meldete er sich beim Jugendamt. Doch dort konnte oder wollte ihm niemand helfen. Die Aussage war, dass dies eh vor Gericht geklärt werden müsse, sollten sich die Eltern nicht einigen können.

Noch einmal versuchte er seine Frau zu erreichen, um die Angelegenheit mit ihr zu klären. Sie war jedoch nicht gewillt Luna Marie auch nur eine längere Zeit bei ihm zu lassen. Nur zu ihr. Ganz. Eine andere Lösung akzeptierte sie nicht und wollte auch nichts in eine andere Richtung hören.

Und so machte er sich am nächsten Tag zum Gericht auf, um das alleinige Aufenthaltsbestimmungsrecht für die gemeinsame Tochter zu beantragen.

Er teilte seiner Frau mit, dass er die entsprechenden Anträge gestellt hatte und ob es nicht jetzt eine Möglichkeit gebe sich so zu einigen. Er hoffte, dass sie mit der Aussicht vor Gericht gehen zu müssen einlenkte.

Am liebsten wäre es ihm, wenn man sich den Umgang teilt. Eine Woche hier und eine Woche da. Ein Konzept, welches vom europäischen Gerichtshof sogar empfohlen, aber leider noch viel zu selten umgesetzt wird.

Aber mit Sarah konnte man darüber überhaupt nicht reden. „Die Kleine kommt zu mir. Und zwar ganz." War ihre bockige Aussage.

So verging dann die Woche ohne, dass man irgendwie zueinander fand. Im Gegenteil. Er erhielt jetzt seinerseits ein Schreiben von einem Anwalt, den seine Frau beantragt hatte. Sie hatte vor Gericht nicht nur das Aufenthaltsrecht, sondern sogar gleich das komplette alleinige Sorgerecht beantragt. Die Gründe, welche im Antrag dargelegt wurden, waren so abenteuerlich und an den Haaren herbeigezogen, dass in Jason fast schon eine Art Schadenfreude hervorkam. Er konnte fast alles davon widerlegen. Am Wochenende wollte Sarah dann die Kleine zu sich nehmen.

Jason hatte mittlerweile erfahren, dass seine Frau

notdürftig in einer leeren Wohnung untergekommen war. Mehr oder weniger legal.

Da war es für ihn klar, dass er die Kleine unter solchen Umständen nicht herausrücken würde.

Sarah beschrieb es als „mit der Kleinen doch wie campen gehen", doch er ließ sich nicht umstimmen. Das eingeschaltete Jugendamt konnte in dieser Situation ebenfalls kaum helfen. Für ihn war es im ersten Moment ein Teilsieg, als selbst das Jugendamt sagte: In eine unfertige Wohnung dürfe sie nicht. Dann brachte Sarah hervor, dass sie eben mit der Kleinen zum Opa fahren würde. Dagegen konnte er natürlich nichts einwenden. Leider erfuhr er zu spät, dass sie natürlich nicht beim Opa war. Das hatte man davon, wenn man noch an das Gute im Menschen glaubte.

Für einen kurzen Augenblick fühlte sich Jason gut. Er hatte das Gefühl, dass alles vielleicht so werden könnte, wie er es sich vorgestellt hatte. Wie sehr er sich darin getäuscht hatte, konnte er nicht einmal ansatzweise erahnen.

September 2019

„Sehen wir uns in zwei Wochen wieder, Sugar?"

„Aber sicher. Du weißt doch, dass ich nicht ohne dich kann." Alfons Prietz ließ seinen Blick über die junge Frau schweifen. Sie lag nackt im Bett. Den Kopf auf eine Hand gestützt und sah ihn beim Anziehen an.

„Also dann. Ich freu mich." Sie zwinkerte ihm hinterher, als er die Tür schloss. Wie immer nach einem Besuch bei ihr fühlte er sich befreiter und er atmete einmal tief durch.

Als er in der Tiefgarage angekommen war und sein Auto mit der Fernbedienung öffnen wollte, merkte er, dass es noch offen war. Gut, dass das wohl niemand bemerkt hatte, dachte er sich. Gerade hier in der Gegend wird sehr viel gestohlen. Und sein schicker BMW würde wohl vielen Leuten gefallen. Er sollte das nächste Mal weniger nachlässig sein.

Schnell stieg er in sein Auto. Die leicht düstere Atmosphäre in dieser alten Tiefgarage ist ihm nie wirklich geheuer gewesen. Schummriges Licht. Merkwürdige Geräusche und nur selten war jemand zu sehen.

„Motor anlassen und losfahren!"

Ein tiefer Schreck durchzuckte Alfons. Er riss seine Augen auf und blickte in den Rückspiegel. Auf dem Rücksitz saß, durch die verdunkelten Scheiben von außen nicht sichtbar, eine Gestalt. Alfons konnte nicht wirklich viel erkennen. Nur, dass die Gestalt dunkel gekleidet war und eine lächerlich aussehende Clownsmaske aufgesetzt hatte.

„Motor anlassen und losfahren!" Wiederholte die Gestalt in einem ruhigen, aber bestimmenden Tonfall. Dabei winkte er mit einer Pistole in den Rückspiegel.

Alfons war so starr vor Schock, dass er keinen Ton hervorbrachte und eine Weile brauchte, ehe er der Aufforderung nachkam.

War das ein Junkie, der nur schnelles Geld wollte? Oder war dies eine professionelle Entführung? Dutzende Gedanken schossen ihm durch den Kopf, während er mit zittrigen Händen das Fahrzeug steuerte.

Mit kurzen, klaren Befehlen lenkte ihn die Gestalt durch die nächtliche Stadt.

Nach gut einer Viertelstunde hatten sie den Rand der City erreicht und Alfons hatte endlich seine Stimme wiedergefunden.

Leise fragte er: „Was haben sie vor? Sie können das Auto und mein Geld haben. Aber bitte lassen sie mich leben."

Die Gestalt rührte sich nicht. „Bitte." Flehte Alfons weiter. „Bitte. Ich habe Familie. Frau und Kinder."

„Andere Leute haben auch Familie. Haben auch Frau und Kinder. Andere wiederum hatten eine Familie. Hatten Frau und Kinder." Die Stimme der Gestalt klang regungslos.

„Aber, aber... Ich möchte meine Familie nicht verlieren."

„Wer entscheidet, wer seine Familie behält?" Die Frage verwirrte Alfons.

„Äh..." Er überlegte kurz. „Das liegt doch meist an jedem selbst, oder?"

Die Gestalt schüttelte den Kopf.

„Glauben sie das ernsthaft? Dass das immer so ist? Und die nächste links abbiegen."

Alfons war beim Abbiegen so nervös, dass er leicht ein Straßenschild streifte.

„Oh. Tut mir leid." Versuchte er sich zu entschuldigen.

„Glauben sie ernsthaft, an das was sie gerade sagten?"

„Ja." Alfons schwitzte. „Es sei denn ein Unglück greift ein. Aber das kann man ja nicht beeinflussen."

„Oder ein Richter." Sagte die Gestalt. Die Aussage traf Alfons wie ein Messer und der Rest der Fahrt, wurde bis auf kurze Anweisungen, schweigend fortgesetzt. Er traute sich nicht noch einmal etwas zu sagen.

An einem alten, stillgelegten Rangierbahnhof ließ die Gestalt Alfons aussteigen.

16

„Hinknien." Befahl er diesen und baute sich vor ihm auf. Alfons hatte vor Angst die Augen geschlossen und der Schweiß rann ihn in Strömen das Gesicht herunter.

„Oder ein Richter." Hörte er, wie die Gestalt die Worte von vorhin wiederholte. Danach nahm Alfons nur noch kurz einen lauten Knall wahr. Ein stechender Schmerz an der Stirn war das Letzte, was er fühlte. Ihm wurde schwarz vor Augen und er kippte hinten über.

Erst in den frühen Mittagsstunden des nächsten Tages wurde von einem Gleismitarbeiter der leblose Körper von Alfons Prietz neben seinem Wagen entdeckt. Die eingeschaltete Mordkommission traf wenig später ein und sicherte den Tatort ab.

„Was haben wir hier?" Fragte Kriminalkommissar Steffen, als er von einem Beamten durch das Absperrband gelassen wurde.

„Ein männlicher Toter. Sieht nach einer Hinrichtung aus. Zu fehlen scheint nichts."

Steffen ging zur Leiche. Sein Kollege Michael kniete neben ihr und richtete sich auf, als er ihn kommen sah.

„Ich glaube da kommt eine ganze Menge Arbeit auf uns zu." Sagte er zu ihm. „Weißt du, wer der Tote ist?"

Steffen warf einen Blick auf die Leiche und schüttelte den Kopf.

„Keine Ahnung. Aber dem Auto nach zu urteilen auf jeden Fall jemand mit einem höheren Gehalt als wir beide zusammen."

„Das ist Richter Prietz. Er hat beim Senat für Familiensachen hier in Frankfurt gearbeitet. Er ist gestern Abend von seiner Frau als vermisst gemeldet worden."

„Das ist gar nicht gut. Habe ich gar nicht mitbekommen."
Steffen kratzte sich an seinen kurzen Bartstoppeln. „Da
wird es hunderte, wenn nicht gar tausende geben, welche
ein Tatmotiv haben."

Michael nickte. „Nicht nur das. Es wird auch Druck von
oben geben. Weißt ja, wie das ist, wenn einer aus den
Reihen der Richter dran glauben muss. Da kann es denen
nicht schnell genug gehen."

„Hat aber auch Vorteile für uns. So müssen wir nicht lange
auf irgendwelche Beschlüsse und Durchsuchungsbefehle
warten." Merkte Steffen an.

„Da magst du recht haben." Michael nickte wieder.
„Schauen wir uns erst einmal ein wenig um und warten
darauf, dass die Spurensicherung endlich kommt."

Michael kniete sich wieder neben den Toten und
untersuchte seine Taschen. Die Geldbörse war noch
vorhanden und gut gefüllt. Aus der Innentasche des
Jacketts zog er ein paar gefaltete Blätter hervor. Ein Blatt
enthielt einen Auszug aus dem Sozialgesetzbuch und auf
dem anderen war in klein-kindlicher Art und Weise ein
Mann aufgemalt. Wohl von seinen eigenen Kindern,
vermutete Michael.

Sonst war hier nicht viel zu sehen. Spuren gab es auf der
Asphaltfläche keine. Weder alte Reifenspuren noch sonst
irgendwas. Auch im Auto sah es sauber und aufgeräumt
auf. Es lag dann wohl an den Leuten von der
Spurensicherung kleinste Spuren zu finden.

Steffen beendete seinen Rundgang und kehrte zu Michael
zurück. Nachdenklich starrte er auf den Toten hinab.

„Es sieht tatsächlich wie eine Hinrichtung aus." Sagte er.
„Ich gehe mal stark davon aus, dass er entführt und

hierhergebracht wurde. Hier draußen hat er doch sonst nichts zu suchen."

„Davon gehe ich auch aus." Stimmte Michael zu und fügte an: „Wir müssen als erstes mit den Angehörigen sprechen und seinen Tagesablauf rekonstruieren."

Als die Spurensicherung angekommen war, machten sie sich auf den Weg zur Ehefrau des Richters.

Sie war allein zu Hause und bat beide herein. Sie ahnte sofort, dass etwas nicht stimmte. Sie wurde blass und sie zitterte leicht. Nachdem sich alle gesetzt hatten, teilte ihr Michael die schreckliche Nachricht mit und sie schluchzte. Steffen brachte ihr ein Glas Wasser und die Beamten warteten, bis sie sich etwas gefangen hatte. Es war jedes Mal aufs Neue ein beklemmendes Gefühl, wenn er eine Todesnachricht überbringen musste. Michael machte sich vorher immer auf alles gefasst. Manche flippten völlig aus, während andere geradezu gelassen reagierten. Er konnte es gut nachvollziehen, wie sich die Menschen fühlen mussten.

„Ich habe schon immer geahnt, dass das eines Tages passieren wird." Sagte Frau Prietz leise. „Ständig diese Drohbriefe. Es gab so viele Leute, welche meinen Mann gehasst haben. Ich wusste das sein Beruf irgendwo Gefahren mit sich bringt. Aber die Realität ist so schrecklich."

Michael nickte. „Ich kann sie verstehen. Meine Frau hat auch jeden Tag Angst, wenn ich zur Arbeit gehe. Aber ich verspreche ihnen: wir werden alles versuchen, um den oder die Täter zu finden."

Die Frau schaute ihn dankbar an.

19

„Wichtig wäre erst einmal zu wissen, was ihr Mann gestern gemacht hatte. Und wenn sie die Drohbriefe noch haben, würden wir die auch sehr gerne mitnehmen." Fuhr Michael fort.

„Also mein Mann ist wie immer morgens gegen neun Uhr zur Arbeit gefahren. Gestern war sein langer Tag. Den hat er immer alle zwei Wochen. Da muss er dann bis 21 oder manchmal 22 Uhr arbeiten. Darum habe ich mir auch nicht gleich Sorgen gemacht. Aber als er dann 23 Uhr immer noch nicht da war und auch nicht an sein Telefon ging, da habe ich ihn als vermisst gemeldet. Die von der Polizei haben aber zu mir gesagt, dass man erst 24 Stunden warten muss, bevor man ihn suchen kann. Ach Arnold! ..." Sie fing wieder an zu weinen. Michael setzte sich neben sie und reichte ihr ein Taschentuch. Sie lehnte sich für einen kurzen Moment an seiner Schulter an.

Steffen machte sich in der Zeit ein paar Notizen und steckte dann die Briefe in seine Aktentasche, als die Frau des Richters sie wenig später aus einem Schrankfach holte.

Als sie sich gerade verabschiedeten, fielen Michael die Blätter ein, welche er beim Richter gefunden hatte. Er holte sie aus seiner Tasche und überreichte der Frau das selbstgemalte Bild.

„Hier. Das hat ihr Mann bei sich getragen. Ich denke, dass sie das als Erinnerung nehmen sollten."

Die Frau starrte das Bild an. „Was soll das? Ich kenne dieses Bild nicht."

Die Beamten stutzten. „Ist das nicht von einem ihrer Kinder?" Fragte Steffen.

„Nein. Die sind beide schon älter. Die malen ganz andere

Sachen. Das hat mein Mann bei sich getragen?"

Michael holte schnell eine Tüte hervor und steckte das Bild als Beweissicherung rein. „Dann wird es ihm wohl nicht gehört haben und wir werden es genauer untersuchen lassen."

Frau Prietz wollte gerne mehr wissen, doch Michael blockte dies ab.

Sie verabschiedeten sich und auf dem Weg zum Auto fragte Steffen Michael: „Meinst du er hatte eine Affäre und das Bild stammt von einem anderen Kind?"

Michael zuckte mit den Schultern. „Das gilt es jetzt wohl auch für uns herauszufinden. Vielleicht gehörte das Bild wirklich nicht ihm. Da kann uns die Spurensicherung sicher mehr dazu sagen."

Nachdem die Beamten auf der Arbeitsstelle von Prietz Nachforschungen angestellt hatten, wurden sie an einen guten Freund von ihm verwiesen.

Da dieser nicht auf der Arbeit anzutreffen war, suchten sie ihn zu Hause auf.

Er war von der Nachricht des Todes sehr geschockt. Sie kannten sich seit Studienzeiten und machten jedes Jahr mit ihren Familien zusammen Urlaub. Die beiden schienen auch so ein sehr enges Verhältnis zueinander gehabt zu haben.

Die Betroffenheit des Mannes war ehrlich und er gab sich Mühe den Polizisten alle Fragen zu beantworten.

Bei der Frage, ob Prietz vielleicht eine Affäre und ein uneheliches Kind haben könnte, schüttelte er heftig den Kopf und sagte: "Das glaube ich nicht. Er liebte seine Familie. Wenn da irgendwas gewesen wäre, dann hätte ich das gewusst. Wir haben keine Geheimnisse untereinander gehabt."

"Könnten sie uns vielleicht sagen, was er gestern nach der Arbeit getan hat? Wir haben erfahren, dass er schon etwas früher Feierabend gemacht hat. Seine Frau sagte uns gegenüber aber, dass er mittwochs alle zwei Wochen immer sehr lange arbeitete."

Der Freund kniff die Augen zusammen. "Das ist jetzt etwas unangenehm und sie dürfen Alfons deswegen nicht verurteilen..." Er stockte kurz.

"Nur raus damit. Wir verurteilen niemand. Wir wollen nur den oder die Täter finden." Ermutigte ihn Michael.

"Nun ja. Alle zwei Wochen suchte er ein Freudenhaus auf. Er hatte seine Stammprostituierte, zu welcher er immer ging. Wissen sie. Zwischen ihm und seiner Frau lief auf der Ebene nicht so viel. Und jeder Mann hat ja so seine Bedürfnisse. Es ist ja kein richtiges Betrügen, oder so." Er schaute die Beamten halb fragend, halb eingeschüchtert an.

"Kennen sie den Namen des Bordells und vielleicht gar den seiner Freundin dort?"

"Das ist das Chateau Rouge. Und von ihr kenne ich nur den Namen, den sie dort benutzt. Fancy."

"Ok. Vielen Dank. Sie haben uns sehr geholfen."

Wenig später betraten die Beamten das Chateau Rouge. Ein Lokal, welches dafür bekannt war, viele prominente Kunden zu haben.

"Würde mich nicht wundern, wenn der Täter vielleicht von hier irgendwo kommt. Wenn man regelmäßig solche Orte aufsucht, kann es schnell passieren, dass dubiose

Gestalten auf einen aufmerksam werden." Michael schaute zum Türsteher zurück. Eine riesige mit Muskeln bepackte Gestalt mit finster dreinschauendem Blick.

Am "Empfang" des Bordells zeigten sie ihre Marken hervor und erkundigten sich nach Fancy.

Die junge leicht bekleidete Dame machte einen verschlossenen Gesichtsausdruck und so fügte Michael an:

"Und keine Angst. Wir sind nicht von der Sitte; wollen hier keine Durchsuchung durchführen und auch Fancy nichts anlasten. Wir wollen uns nur nach einem Kunden von ihr erkundigen."

Ihr Gesicht hellte sich etwas auf und sie wies den Beamten den Weg zum Zimmer.

"Aber klopft vorher an." Rief sie ihnen hinterher. "Sie schläft bestimmt noch."

Als sie an der Tür klopften, machte ihnen eine wunderschöne junge Frau auf. Die hätte ich auch regelmäßig besucht. Dachte sich Steffen und ein Grinsen huschte über sein Gesicht.

Fancy wusste sehr wohl, welche Wirkung sie auf Männer hatte. Sie bat die Männer herein und setzte sich aufreizend auf ihr Bett. In dem schummrigen Licht des Raumes konnte man einen tiefen Blick in ihr Dekolleté werfen.

"Sie sind Fancy?" Fing Michael an.

"Ja." Sagte sie langsam und warf sich ihre Haare über die Schultern.

"Wir müssen ihnen ein paar Fragen zu einem ihrer Kunden stellen."

"Diskretion wird bei mir sehr groß geschrieben. Ich ziehe

keinen meiner Kunden irgendwo mit rein."

"Den Kunden können sie nirgends mehr reinziehen. Er ist tot." Michael versuchte seinen Blick nur auf ihrem Gesicht ruhen zu lassen. Aber ab und zu schweifte er doch über ihren Körper.

Fancy schien nicht beeindruckt zu sein. "Das ist was anderes. Über wen wollen sie was wissen?"

"Alfons Prietz. Ist er gestern bei ihnen gewesen?

"Der ist wie immer eine Stunde hier gewesen. Von zwanzig Uhr bis einundzwanzig Uhr. Und er konnte sich nicht beklagen." Sie warf einen reizvollen Blick zu Steffen und dem wurde ganz warm.

Michael hingegen fuhr scheinbar ganz unbeirrt fort: "Ist ihnen denn irgendwas an Herrn Prietz aufgefallen? War er nervös oder sonst irgendwas?"

Fancy dachte kurz nach. "Nein. Nicht das ich es wüsste. Es war so, wie immer."

"Hat er vielleicht einen Anruf bekommen?"

Fancy schüttelte den Kopf.

"Ok. Danke."

Die Beamten verabschiedeten sich. Im Flur sagte Michael zu Steffen: "Nach seinem Date hier, war er mit Sicherheit auf dem Weg nach Hause. Falls er wirklich entführt wurde, muss das ja dann irgendwo zwischen hier und seiner Wohnung gewesen sein.

Ich kann mir nur schwer vorstellen, dass er in seiner noblen Wohngegend entführt wurde. Wir sollten uns mal hier umschauen. Er wird sicher genau wie wir in der Tiefgarage geparkt haben. Lassen wir uns mal die Bänder von gestern Abend geben und schauen uns dann dort um."

Nachdem ihnen die Dame vom Empfang die CD mit den Aufnahmen gegeben hatte, begaben sich die Beamten in die Tiefgarage. Aber hier unten waren keine Beschädigungen eines frischen Kampfes zu sehen. Hier war vieles schon alt und heruntergekommen und bei dem schlechten Licht konnte man so wie so nicht sehr viel sehen.

"Hier gibt es aber eine Menge tote Winkel." Meinte Steffen und zeigte auf die wenigen Kameras, welche angebracht waren.

„Da hast du recht. Dürfte schwer werden hier Brauchbares zu finden. Wenn denn überhaupt etwas zu finden ist. Lass uns jetzt erst mal aufs Revier fahren und die CD anschauen."

"Hier! Komm mal her und schau dir das an." Rief Steffen Michael zu, der sich in der Küche gerade einen Kaffee machte. Es war schon spät geworden und er sehnte den Feierabend herbei. Sie hatten Stunden damit gekämpft die CD so weit zu bearbeiten, dass man auf den Aufnahmen überhaupt etwas erkennen konnte. Es war alles verzerrt und nahezu unkenntlich. Die Kameras mussten schon uralt sein.

Schnell ging er zu Steffen, der dicht vor dem PC saß und mit der Maus scrollte.

"Was hast du denn entdeckt?" Michael beugte sich über Steffens Schulter, um auch etwas von dem Monitor zu sehen. Es war die Kameraansicht, wo man die linke Seite des Autos von Prietz, sowie einige andere Wagen sehen konnte.

"Also hier kommt Herr Prietz an. Er zeigte mit dem Finger

auf eine Gestalt, welche im Bild erschien und dann wieder verschwand. Aber nur, weil Michael wusste, dass es Alfons war, konnte er diesen auch erkennen. Das Bild war für eine richtige Identifizierung viel zu schlecht und leider sind keine Zeitangaben mit drauf. Aber sollte mit dem passen, was wir wissen." Er machte eine kurze Pause und spulte etwas vor. "Und hier. Wenig später sieht man, wie die Blinker am Auto angehen, wie wenn es wieder geöffnet wird. „Und dann..." Er zeigte auf die Säule hinter dem Auto. "Da!" Michael schaute angestrengt hin.

"Was ist da? Ich habe gar nichts gesehen."

"Warte mal. Ich mach es mal in Zeitlupe. Auf den ersten Blick hatte ich es auch nicht gesehen." Er spulte noch mal zurück und spielte dann den Abschnitt langsamer ab.

Jetzt konnte er auch sehen, was Steffen entdeckt hatte. Ganz kurz konnte man den Teil einer Gestalt erkennen, welche sich auf das Auto zubewegte und dann verschwand.

"Das war es. Danach kommt nichts mehr. Prietz kommt später zum Auto. Steigt ein und fährt wenig später los. Man kann nur leider mit keiner Kameraeinstellung in das Auto hereinschauen."

"Hm." Michael brummte. "Das ist ja schon mal ein Anfang. Es sieht also so aus, als wenn sich irgendwer in dem Auto von Prietz versteckt und ihn dann entführt hat. Daraus können wir ja schon ein paar Schlüsse ziehen. A: Muss er gewusst haben, dass Prietz hierherkommt. Er muss ihn also eine Weile beobachtet haben. B: Scheint es dann wohl ein einzelner Täter gewesen zu sein."

"Schade, dass die Aufnahmen so schlecht sind. Man kann ja nicht ein einziges Detail erkennen." Warf Steffen ein.

"Ja. Das ist wirklich ärgerlich. Aber das wäre ja auch zu einfach. Wir werden die CD mal noch zu einem Spezialisten geben. Vielleicht kann er da noch ein wenig mehr rausholen."

Er ging zur Karte von Frankfurt an der Wand des Büros und starrte hinauf. "Hm." Brummte er wieder. "Wie wird er wohl gefahren sein?" Er fuhr mit dem Finger die möglichen Straßen entlang.

"Notiere mal." Meinte er zu Steffen und benannte ihn ein paar mögliche Routen. "Wir werden dann morgen bei der Verkehrsüberwachung nach Bändern fragen. Die haben ja an vielen Kreuzungen Kameras angebracht. Vielleicht können wir so einen Blick in das Innere des Wagens werfen." Er nickte, wie um sich selbst zu bestätigen.

"Aber für heute machen wir erst einmal Feierabend."

In den nächsten Tagen gab es einen riesigen Presserummel. Dass ein Richter vom Senat für Familienrecht ermordet wurde, schlug hohe Wellen. Das ganze Polizeirevier stand unter Druck den Fall schnellstmöglich aufzuklären.

Aber weder der Besuch bei der Verkehrsüberwachung noch die Aufarbeitung der Aufnahmen aus dem Parkhaus brachten irgendwelche neue Hinweise.

In der Zwischenzeit hatten sich die Beamten die letzten Fälle des Richters angeschaut und angefangen die Alibis der Leute zu überprüfen, welche sauer auf den Richter hätten sein können.

Doch die Liste war endlos lang und die Arbeit würde sich wohl noch über Wochen hinziehen, wenn sie nicht bald einen besseren Hinweis finden würden.

Zu Beginn der neuen Woche, wälzten sich die beiden gerade durch ein paar Akten hindurch, als ein wichtiger Anruf hereinkam.

"Kannst du das bitte wiederholen?" Steffen lauschte in den Hörer. "Ok. Hast du da auch ein Aktenzeichen von?" Er lauschte wieder und machte sich ein paar Notizen. Etwas blass um die Nase legte er auf und wandte sich zu Michael, der ihn ganz gespannt anschaute. "Was gibt es denn?"

"Das war gerade eben die Ballistik. Die haben herausgefunden, was für eine Tatwaffe das war."

"Und?"

"Die Ballistik hat eine Übereinstimmung mit einer Dienstwaffe eines Polizisten gefunden. Die Merkmale aller Geschosse von Dienstwaffen werden ja seit 2Jahren in einer extra Datenbank gespeichert."

"Der Mörder ist einer von uns?" Fragte Michael betroffen.

"Das dachte ich auch erst. Aber Gott sei Dank ist dem nicht so." Die Waffe wurde Anfang des Jahres gestohlen. Ich habe hier das Aktenzeichen."

Michael kratzte sich am Kopf. "Oha. Das ist dennoch natürlich überhaupt nicht gut. Erst wird eine Polizeiwaffe gestohlen und dann damit noch ein Verbrechen begangen. Wir müssen zusehen, dass diese Information auf keinen Fall an die Presse durchsickert."

Michael schnappte sich den Zettel mit dem Aktenzeichen und las den Fall am Computer nach. "Interessant. Da hat sich der Beamte bei einem Einsatz die Waffe abnehmen lassen. Der Täter muss da sehr clever vorgegangen sein. Man konnte weder Spuren noch einen Verdächtigen ausmachen."

Steffen las sich den Bericht ebenfalls durch und sagte dann. "Ob er die Waffe extra für das Verbrechen gestohlen hat? Ich meine der Mord muss ja auch länger geplant worden sein."

"Die Vermutung liegt zumindest nahe. Wir sollten auf jeden Fall mal mit den Kollegen in Köln telefonieren. Die müssen ja wissen, dass die Waffe wieder aufgetaucht ist."

Das Entsetzen in Köln war groß. Marcel ließ sich zusichern, dass er auf dem Laufenden gehalten wird und sicherte seinerseits jegliche Unterstützung seines Reviers zu.

Die Sorgen der Beamten wurden also immer größer. Die Presse saß ihnen im Nacken. Eine Polizeiwaffe wurde zur Tatwaffe und man konnte bisher keinerlei Spuren finden.

Juli 2015

Immer wenn er sehr aufgeregt war, hatte er das Gefühl ihm sei furchtbar kalt und ihn schüttelte es wieder und wieder am ganzen Körper. Dennoch versuchte er nach außen hin ruhig zu wirken. Es sollte ihm keiner anmerken, wie er sich gerade fühlte. Er hatte es schon immer für eine Schwäche gehalten seine Gefühle in der Öffentlichkeit zu zeigen.

Mit erhobenem Kopf begegnete er Sarah, die mit ihrer Mutter, ihrem Bruder und ihrem Anwalt in die Wartehalle kam. Er selbst war schon seit gut einer halben Stunde hier und wartete auf den Beginn des Termins. Er hatte sich in einen Nebenflur gesetzt und war erneut alle Unterlagen durchgegangen. Bis er die ganze Meute sah, fühlte er sich noch sehr siegessicher.

Wenig später kam noch die Mitarbeiterin vom Jugendamt Frau Winkmann und die Verfahrensbeauftragte vom Kinderschutzbund Frau Mantipp dazu.

Als dann auch der zuständige Richter Kose dazukam, begaben sich alle in den kleinen Gerichtsraum. Es war kein typischer Gerichtssaal, wie man ihn sich immer vorstellt. Oder wie er im Fernsehen gezeigt wird. Keine großen Säulen oder irgendwelche Verzierungen und Deckenmalereien.

Es war ein normaler Raum, in dem an der Stirnseite ein langer Tisch für den Richter stand. Davor standen zwei Tische mit jeweils zwei Stühlen dahinter, welche so ausgerichtet waren, dass man sich gegenübersaß und um zu Richter zu sehen den Kopf zur Seite drehen musste.

Im hinteren Teil des Raumes waren drei Stuhlreihen für die Zuschauer.

Jason nahm am Tisch links vom Richter Platz. Sarah und ihr Anwalt gegenüber, während Frau Winkmann und Frau Mantipp in der ersten Stuhlreihe Platz nahmen.

Nachdem die Personalien abgeglichen wurden, fing der Richter an:

"Wir sind hier also in einem Eilverfahren zusammengekommen. Es geht darum zu klären, wie mit ihrer gemeinsamen Tochter Luna Marie verfahren werden soll. Der Antragsteller hat das Aufenthaltsbestimmungsrecht für sich beantragt. Während die Antragsgegnerin über ihren Anwalt den Antrag auf alleiniges Sorgerecht gestellt hat. Im Vorfeld konnte zusammen mit dem Jugendamt keine Einigung erzielt werden. Kommen wir zu ihnen Herr Reubelt.

Schildern sie kurz, ihre Sicht der Dinge, warum wir hier sitzen."

Jason blätterte kurz in seinem mitgebrachten Hefter. Er hatte die Antragsschrift von Sarahs Anwalt vor sich. Überall am Rand hatte er sich Notizen gemacht und Marker angebracht.

"Also. Meine Frau hat mich von jetzt auf gleich verlassen und ich stand mit meiner Tochter."

"Unterlassen sie es bitte von "meiner" Tochter zu reden. Es ist ihre gemeinsame Tochter." Unterbrach ihn der Richter.

"Entschuldigung." Jason wurde leicht rot im Gesicht. Eine Mischung aus Wut und Verlegenheit. "Ich stand also mit unserer Tochter allein da. Schon früher habe ich mich..."

"Die Vergangenheit spielt hier überhaupt keine Rolle." Unterbrach ihn der Richter erneut.

Aber wie soll ich dann schildern, warum ich möchte, dass die Kleine bei mir bleiben soll? Dachte sich Jason. Er zitterte nervös mit seinem Bein und überlegte, wie er dann fortfahren sollte:

"Sarah befindet sich ja aktuell noch in der Ausbildung. Sie muss Praktika machen und viel lernen. Da hat sie aktuell ja nicht so viel Zeit für unsere Tochter. Ich hingegen arbeite extra so, dass ich genügend Zeit habe. Ich denke, dass es daher besser ist, wenn sie erst mal bei mir bleibt. Ich habe mich immer gut um Luna gekümmert. Wir beide haben das. Aber ich denke, dass es besser ist, wenn sie erst einmal bei mir bleibt."

"Gut. Dann bitte ihre Ausführung Frau Reubelt."

Seine Frau Sarah hatte schon bevor sie mit dem Sprechen anfing Tränen in den Augen.

"Meine Tochter muss einfach zu mir." Jason schaute zum Richter und schüttelte dann leicht mit dem Kopf. Sie sagte „meine" und wurde dafür nicht zurechtgewiesen?

Der Richter sah das Kopfschütteln und ermahnte Jason dafür. Das trug nicht gerade dazu bei, dass er innerlich ruhiger wurde. Sarah setzte fort:

„Ich liebe sie und bekomme das mit der Ausbildung und der Betreuung auf jeden Fall hin. Sie ist in der Zeit ja im Kindergarten."

"Und was ist..." Wollte Jason anfügen.

"Lassen sie ihre Frau ausreden." Wies der Richter ihn zurecht.

"Entschuldigung." Sagte dieser und kochte innerlich. Die drückte hier auf die Tränendrüse und dreht sich die Sachen so, wie sie es braucht.

"Außerdem habe ich wirklich Angst, wenn sie bei ihm ist." Fuhr Sarah fort und fügte schnell an, als sie die Blicke von ihm bemerkte: "Ich kann da aber nicht genau beschreiben warum."

Doch Jason wusste genau, was sie meinte. Wenige Tage zuvor im Jugendamt hatte sie eine Bemerkung fallen lassen, welche bei ihm noch immer nachhallte. Sie hatte tatsächlich die Frechheit besessen und gesagt, dass Jason Luna Marie geschlagen hätte. Da war Jason erbost aufgestanden und hatte im ganz entscheidenden Ton gesagt: "Wenn du wirklich ernsthaft von dem überzeugt bist, was du gerade gesagt hast. Dann gehst du jetzt bitte sofort zur Polizei und zeigst mich an!" Denn es war eine glatte Lüge. Aber es war einmal gesagt und damit in den Köpfen der Mitarbeiter vom Jugendamt drin. Und jetzt war sie kurz davor dieses vor Gericht mit anzubringen. In der Schrift von ihrem Anwalt stand jedenfalls so was auch mit drin.

Der Richter wusste wohl, worauf sie hinauswollte, sagte aber weiter nichts dazu.

Als nächstes wurde Frau Winkmann befragt. Sie sprach sich klar dafür aus, dass die Tochter zur Mutter sollte. Ihre Argumentation: Sarah ist schon ausgezogen und hat eine neue Wohnung, während Jason noch aus der ehemals gemeinsamen Wohnung ausziehen müsse. Damit würde der Tochter noch ein Umzug zugemutet werden, was aber nicht ratsam wäre. Jason schüttelte ob dieser Aussage den Kopf und wurde auch dafür vom Richter erneut zurechtgewiesen.

Wie kann Frau Winkmann denn so etwas sagen? Die neue Wohnung ist ein Umzug für die Kleine, klar. Aber in die neue Wohnung müsste sie doch so oder so mal mitkommen, oder darf sie etwa nie wieder zu ihm? Also das ist so was von an den Haaren hergezogen, da kann man nur mit dem Kopf schütteln.

Frau Mantipp gab nicht wirklich viel preis. Sie sagte nur, dass sie die Tochter im Kindergarten und bei der Mutter zu Hause besucht hätte. Da wäre ihr nichts Negatives aufgefallen. Für ein Besuch, während die Tochter beim Vater war, sei keine Zeit gewesen und daher keine Beurteilung möglich.

So langsam merkte Jason, wie ihm die Felle davon schwammen. Er war mit der festen Überzeugung hier her gegangen, dass er die Kleine zugesprochen bekommt. Immerhin hatte er sich die letzten vier Jahre komplett um die Kleine gekümmert. Ist die letzten zwei Jahre sogar in den Nachtdienst gewechselt, damit er sie in den

Kindergarten bringen und abholen konnte, während seine Frau ihre Ausbildung machte. Zudem war seine Frau seiner Ansicht nach psychisch krank. Aber er hatte keinerlei Chance diese Argumente anzubringen, da der Richter alle Aussagen zur Vergangenheit abblockte. Immer wieder versuchte Jason damit anzufangen und wurde sofort vom Richter zurechtgewiesen.

Die Aussage von Jason ob der Erkrankung von Sarah wurde regelrecht vom Richter ignoriert.

Am Ende wurden beide Parteien noch gefragt, ob sie denn glauben würden, dass der jeweils andere denn ein guter Elternteil sei. Da waren sich beide erstaunlicher Weise einig, dass dem der Fall sei.

Ohne weiter zu überlegen, ließ der Richter alle Anwesenden erheben, um das Urteil zu verkünden.

"Im Namen des Volkes ergeht folgendes Urteil: Die gemeinsame Tochter erhält ihren Lebensmittelpunkt bei der Mutter Frau Sarah Reubelt. Setzen sie sich."

Jason fühlte sich auf einmal, als hätte er Blei in den Gliedern. Er schaute wie benommen zum Richter und dann zu Sarah. Diese konnte sich ein kurzes Grinsen nicht verkneifen. Leider war er der Einzige, der dies bemerkte.

„Zur Begründung:

Nach den aktuellen Schilderungen bin ich in meiner Meinung gestärkt, dass ein Kind zu seiner Mutter gehört. Das Sorgerecht und die anderen Rechte werden weiterhin gemeinsam ausgeübt. Umgangskontakte werden mit dem Jugendamt abgesprochen. Außerdem werden beide Elternteile angewiesen eine Elternberatung wahrzunehmen. Der Verfahrenswert..." Mehr konnte

Jason nicht mehr hören. Er hatte das Gefühl, dass innerlich und äußerlich gerade eine Welt unterging. Ihm verschwamm alles vor Augen und er hatte Mühe bis zum Ende der Ausführungen des Richters still zu bleiben. Ihm schlotterten seine Knie und eine Träne ran sein Gesicht herunter.

Er brauchte ein paar Augenblicke, bis er sich wieder gefangen hatte und bewusst am Geschehen teilnehmen konnte. Das war kein Traum. Das war hier die brutale Wirklichkeit.

Der Richter hatte in der Zwischenzeit alles noch einmal auf seinem Gerät vorgespielt und absegnen lassen. Jason nickte nur.

Immer noch leicht benommen hörte er, wie Frau Winkmann sagte: "Dann gehen sie jetzt gemeinsam zum Kindergarten und Herr Reubelt verabschiedet sich von seiner Tochter und Frau Reubelt nimmt sie dann mit sich."

So kam es dann auch. Jason versuchte vor seiner Tochter stark zu sein, nahm sie in den Arm und flüsterte ihr zu: "Ich werde immer für dich da sein." Luna Marie wusste nicht, was da gerade geschah. Sie drückte ihn kurz und lächelte ihn dabei völlig unbekümmert an.

Als sie mit ihrer Mutter gegangen war, fragte die Erzieherin, was denn sei.

Jason schluckte und sagte nur kurz: "Ich habe gerade eben meine Tochter verloren."

Dann drehte er sich schnell um und verließ den Kindergarten, ehe jemand sehen konnte, dass ihm die Tränen aus den Augen rannen.

Dezember 2019

Er torkelte die schmale Gasse entlang zu seiner Wohnung. In der einen Hand eine halbleere Flasche mit Wodka und in der anderen Hand ein Zigarettenstummel. Sein Haar war zerzaust und seine Kleidung vom Sturz verschmutzt und in Unordnung gebracht.

Seine Hand zitterte, als er mit Mühe den Schlüssel zu seiner Wohnungstür suchte.

"Verfluchter Mist." Murmelte er, als ihm der Schlüssel runterfiel.

Endlich oben in der Wohnung angekommen, ließ er sich, so wie er war auf das Bett fallen und schlief sofort ein.

Am nächsten Tag rief er auf der Arbeit an und meldete sich krank. Mal wieder. Es wurde zur Regelmäßigkeit, dass er sich nicht mehr aufraffen konnte zur Arbeit zu gehen. Er hatte zu nichts mehr Lust. Ihm war alles scheißegal und viel lieber betrank er sich jeden Tag, um allen Sorgen zu entfliehen.

Er hatte seine Frau und seine beiden Kinder vor ein paar Monaten durch einen schweren Verkehrsunfall verloren. Seitdem war seine Welt zerbrochen. Immer wieder spielte er mit dem Gedanken seinem Leben ein Ende zu setzen. Zu ihnen zu gehen, wo auch immer sie sich befinden würden. Er hatte schon öfter auf dem Bettrand gesessen und die Pistole seines Vaters angestarrt. Aber ihm fehlte einfach der Mut dazu den Abzug zu betätigen.

Also blieb ihm nichts anderes übrig, als weiter zu trinken. So lange zu trinken, bis sich von selbst eine Lösung fand. Auch an diesen Abend zog er von einer Bar in die nächste und kehrte spät in der Nacht sturzbetrunken nach Hause zurück.

In seiner Wohnung angekommen, wollte er sich wie immer einfach in sein Bett fallen lassen, als er das offene Fenster bemerkte. Er hätte schwören können, dass er es beim Verlassen der Wohnung zugemacht hatte.

Sofort war jegliche Trunkenheit wie weggeblasen. Ohne sich weiter umzusehen, ging er in sein Schlafzimmer und setzte sich neben seinen Nachtschrank. Kalter Schweiß rann seine Stirn herunter, als er das Knarren der Küchendielen hörte und wenig später eine Gestalt im Türrahmen auftauchen sah.

"Guten Abend Herr Rüdtke." Sagte die Gestalt mit einer fast schon bizarr sanften Stimme. Der Mann war normal groß und komplett in dunkler Kleidung gehüllt. Sein Gesicht war durch eine Clownsmaske verborgen. Man konnte nur die grün-braunen Augen hervor blinzeln sehen.

Herr Rüdtke wandte sich dem Mann zu. Sein ganzer Körper zitterte. Er hatte Mühe sich zu konzentrieren, da in seinem Kopf alle möglichen Gedanken rasten.

"Woher... Woher kennen sie mich?" Stotterte er. "Kenne ich sie?"

"Mit Sicherheit kennen sie mich. Aber das tut hier überhaupt nichts zur Sache."

"Was... Was wollen sie von mir? Geld habe ich keines." Rüdtke hob seine Hände, wie um zu zeigen, dass er wirklich kein Geld hatte.

"Ich bin an keinem Geld interessiert." Der Mann holte eine Waffe aus seiner Hosentasche hervor und richtete sie auf ihn. Rüdtke schluckte kurz. Das Zittern verschwand aus seinem Körper.

"Was wollen sie dann? Warum brechen sie einfach in meine Wohnung ein?" Fragte er vorwurfsvoll.

"Ich hätte gerne eine Antwort von ihnen."

"Gern. Wenn ich die Antwort weiß, dann helfe ich gerne." Rüdtke rückte etwas näher zu seinem Nachtschrank. Unverfänglich griff er nach einem Taschentuch und wischte sich damit über die Stirn.

"Bei ihrer Arbeit..." Fing die Gestalt zu erzählen an und lehnte sich gegen den Türrahmen. Fast so, als würde er es sich für ein längeres Gespräch gemütlich machen.

"Haben sie jemals den Eindruck gehabt, dass das was sie auf der Arbeit erzählen und raten falsch sein könnte?"

Rüdtke überlegte kurz, doch ehe er antworten konnte, fuhr der Mann fort:

"Haben sie jemals das Gefühl gehabt mit ihren Entscheidungen das Leben von Personen zu zerstören? Andere Menschen zu gefährden?"

"Äh..." Rüdtke leckte sich über die Lippen und der Mann fragte, ohne ihn weiter zu Wort kommen zu lassen:

"Meinen Sie nicht, dass sogar das Blut anderer an ihren Händen klebt?"

"Was?" Rüdtke war entrüstet. "Nein. Also ehrlich. Blut klebt auf keinen Fall an meinen Händen. Vielleicht treffe ich mal die eine oder andere Entscheidung, welche nicht immer jeden passt. Aber ich denke, dass ich dabei keine Fehler mache. Sonst wäre ich ja schon längst entlassen worden."

Der Mann senkte langsam seine Waffe und setzte sich auf den Boden. Er schien völlig entspannt zu sein.

"Was wissen sie denn, wohin ihre Entscheidungen

führen?" Fragte er Rüdtke.

"Das muss ich gar nicht wissen. Das liegt doch an jedem selbst, was er aus den Entscheidungen macht, welche getroffen werden müssen."

"Mit Sicherheit. Da haben sie gar nicht mal so unrecht. Aber mit ihren Empfehlungen helfen sie oft einer Seite mehr als der anderen. Übersehen vielleicht Signale, weil sie von sich selbst überzeugt sind das Richtige zu machen."

"Ich kann nur noch mal wiederholen: Ich habe alles nach besten Gewissen und Wissen gemacht. Von welchem Blut reden sie denn überhaupt?"

Die Gestalt schüttelte den Kopf. "Sie halten sich wohl tatsächlich für unfehlbar, oder wie soll ich sie einschätzen?" Er schloss die Augen.

"Ich kann ihnen sagen: Sie haben viele falsche Entscheidungen getroffen. Viele falsche Ratschläge erteilt. Die Falsche Seite unterstützt. Signale nicht gesehen und auf Hinweise nicht gehört. Sie haben ihre Arbeit oft grob fahrlässig ausgeführt. Ich weiß nicht, warum sie so gehandelt haben. Ich habe sie als jemand kompetentes kennen gelernt. Sie machten den Eindruck einer Person, welche die Sicht beider Seiten respektiert und versucht zu verstehen. Zumindest war es am Anfang so. Doch wo es darum ging sich zu positionieren, haben sie sich für die falsche Seite entschieden. Sind sie unter Druck gesetzt worden? Sex? Geld? Was war es?"

Rüdtke wurde leicht blass. So langsam schien es ihm zu dämmern, wer diese Person war, die hier vor ihm saß. Der Fall war Jahre her und hatte wirklich einiges in sich gehabt. Dennoch sagte er: "Ich weiß nicht, worauf sie hinauswollen. Wenn sie Beweise für irgendwas haben, dann bringen sie sie gegen mich vor. Aber lassen sie mich in Ruhe und gehen sie."

"Ich werde gehen. Doch vorher werde ich ihnen die Strafe zukommen lassen, die sie verdient haben."

Er richtete sich langsam auf und hob den Arm mit der Waffe. In dem Augenblick griff Rüdtke in seinen Nachtschrank und holte die Pistole heraus. Doch statt sie auf seinen Angreifer zu richten, richtete er sie gegen sich selbst und rief aus: "Das Vergnügen über mich zu richten, gebe ich ihnen nicht. Schatz ich komm..." Ein lauter Knall war zu hören und Blut spritzte an die Stirnseite des Bettes und an die Decke. Mit einem letzten Atemseufzer fiel Rüdtke hintenüber auf das Bett. Das Blut aus seiner Kopfwunde tränkte das Bettzeug schnell in ein dunkles Rot. Die Gestalt zuckte mit den Schultern.

Nur eine Viertelstunde später erreichte die Polizei die Wohnung von Rüdtke. Ein Anwohner hatte diese alarmiert, da er den Schuss gehört hatte und sich Sorgen machte.

Die Beamten sichteten den Tatort, tüteten alles ein und kamen schnell zu dem Ergebnis, dass es sich hier um einen Selbstmord handelte. Die meisten hier in der kleinen Stadt kannten die Geschichte von der Frau und den Kindern von Herrn Rüdtke und keiner stellte die Selbstmordtheorie in Frage. Zumal es auch keinerlei Anzeichen von Fremdeinwirkung gab.

Auf dem Revier wurde dann wenig später der Bericht elektronisch in allen Einzelheiten verfasst. Die

Dokumentation der Polizei wurde in den letzten Jahren immer weiter verbessert. Hier galt es vor allem ein umfassendes Informationsnetzwerk zu schaffen, auf dass von jedem Revier in jeder Stadt in Deutschland zugegriffen werden konnte. Bis vor einigen Jahren gab es da noch Schwierigkeiten bei der Kommunikation zwischen den einzelnen Bundesländern, was mehrfach zu Problemen bei der Aufklärung von Verbrechen führte.

Die Dokumentation umfasste mehrere Stufen. Die Kategorie des Verbrechens und das Eintragen von gefundenen Merkmalen und Beweisen. So konnte dann über eine Suchmaschine schnell eine Übereinstimmung zwischen mehreren Fällen gesucht und gefunden werden. So gibt das System schon beim Speichern Hinweise, wenn es Überschneidungen zu anderen noch ungelösten Fällen gibt.

Der bearbeitende Beamte schreckte dann auch zusammen, als er fertig war und ein Hinweis erschien, dass es Überschneidungen zu einem anderen Fall gab. Er hielt das für ausgeschlossen, da der vorliegende Fall ja ein Selbstmord war, dennoch schaute er sich an, was vorlag.

Er las sich die Fakten des anderen Falles durch und wählte eine hinterlegte Nummer.

"Ja, Olafsen hier. Ist da Steffen Schneider?" Er lauschte kurz.

"Ich schick euch da mal was rüber. Bei mir gab es im System eine Überschneidung. Schaut es euch mal an und meldet euch, falls ihr was braucht."

In Frankfurt legte Steffen den Hörer auf und winkte Michael heran.

"Hier. Schauen wir uns mal an, was ein Kollege aus Hameln geschickt hat." Beide schauten gespannt auf den Monitor.

"Hm." Machte Michael. "Zufall?"

Steffen schüttelte den Kopf. "Also ich glaube nicht an Zufälle."

"Hm. Du könntest recht haben. Aber was soll ein Selbstmord mit einem Mord zu tun haben? Oder meinst du, er hat sich am Ende gar nicht selbst umgebracht?"

Steffen runzelte die Stirn. "Ich habe absolut keine Ahnung, was ich davon halten soll. Ich schlage vor, dass wir hinfahren und uns selbst ein Bild von der Situation machen."

"Ich denke auch, dass es das Beste ist. Melde du uns mal bei den Kollegen an. Ich spreche das mit dem Revierleiter ab."

"Alles klar. Gut, dass ich mir die Tage nichts vorgenommen habe." Steffen schmunzelte. Eine Dienstreise war eine willkommene Ablenkung.

Am nächsten Tag trafen sie sich mit dem Kollegen Olafsen im Revier Hameln. Sie hatten ihre Unterlagen mitgebracht und legten alles zusammen auf den Konferenztisch.

"Fassen wir mal zusammen, was wir haben." Michael sortierte die Unterlagen und fuhr fort:

"Beide Opfer arbeiteten im weitesten Sinne im Bereich Familie. Richter Prietz war im Senat für Familienwesen angestellt und Herr Rüdtke war Sozialarbeiter des Jugendamtes in Hameln."

Steffen machte ein paar Notizen auf einer Clipchart.

"Bei beiden wurden jeweils zwei Zettel gefunden. Einer

mit einem Auszug aus dem Gesetz für Sorgerecht und ein selbstgemaltes Bild, auf dem ein Mann zu erkennen ist. Experten meinen, dass das Bild ein fünf bis sechsjähriges Kind gemalt haben müsste."

Steffen nickte. "Nur der Unterschied. Der eine Fall ist ein klarer Mord und so wie es hier beim zweiten Fall aussieht, ist es klarer Selbstmord. Selbst die Autopsie konnte nichts anderes feststellen."

"Vielleicht ist Herr Rüdtke auch dazu gedrängt worden." Warf Olafsen ein.

"Wie kommen sie da rauf?" Fragte Michael.

"Wo sie sagten, dass an der Sache mehr dran sein könnte, habe ich noch ein wenig nachgehakt und die Nachbarn befragt. Das wäre bei einem normalen Selbstmord nicht gemacht worden. Und der Nachbar, der den Schuss gemeldet hatte, meinte kurz vorher Stimmen aus der Wohnung von Herrn Rüdtke gehört zu haben. Allerdings ist er der Einzige, der was gehört hat. Dann habe ich mir die Fotos der Wohnung noch mal angeschaut und mir ist aufgefallen, dass im Wohnzimmer das Fenster nicht verschlossen war. Es war nur herangezogen." Olafsen zeigte auf ein entsprechendes Foto, welches auf dem Tisch lag.

"Interessant. Das ist natürlich sehr dünn, könnte aber durchaus ein Anhaltspunkt sein. Haben sie der Spurensicherung schon Bescheid gegeben?"

"Alles schon längst gesehen. Die konnten aber nach bisherigem Stand der Dinge keine Spuren sichern."

"Ebenso, wie im anderen Fall und beim Fall der gestohlenen Waffe." Murmelte Steffen.

"Gestohlene Waffe?" Fragte Olafsen und runzelte die

Stirn. Michael erläuterte kurz die Einzelheiten.

„Falls es der gleiche Täter war, wäre es ja möglich, dass ihm Rüdtke irgendwie zuvorgekommen ist. Ich meine er war sehr depressiv und hat die Situation vielleicht ausgenutzt, um selbst einen Schlussstrich zu ziehen." Mutmaßte Olafsen.

Michael nickte. Das hielt er ebenfalls für eine denkbare Möglichkeit.

Am Nachmittag sahen sich Michael und Steffen in der Wohnung von Rüdtke um. Aber auch ihnen viel nichts auf. Michael setzte sich nachdenklich auf einen Stuhl im Wohnzimmer.

"Mich beschleicht ein ungutes Gefühl, dass die Fälle zusammenhängen. Aber das können wir nicht beweisen. Das wird natürlich schwierig. Wir müssen hoffen, dass die Kollegen hier gut weiter recherchieren. Solange keine weitere Verbindung zwischen den Fällen besteht, sind uns die Hände gebunden und wir müssen uns auf unseren Fall konzentrieren.

Was wir aber auf jeden Fall machen sollten: Wir schauen mal, ob der Richter und der Sozialarbeiter mal zusammengearbeitet haben. Vielleicht gibt es da ja noch eine Übereinstimmung."

Als die beiden Beamten am nächsten Tag völlig erschöpft auf ihrem eigenen Revier die Arbeit antraten, empfing sie der Revierchef mit finsterer Miene.

Ohne eine Begrüßung raunte er die beiden an: "Wir müssen zusehen, dass wir im Fall Prietz vorankommen. Die Öffentlichkeit ist beunruhigt und die Presse ruft hier immer noch ein paar Mal pro Tag an."

"Wir sind an dem Fall dran Chef. Aber wie sie wissen, ist die Spurenlage mehr als dürftig." Sagte Michael.

"Ihr seid meine besten Beamten. Ich will Ergebnisse sehen und keine Ausreden hören. Wir können uns keine schlechte Presse erlauben."

"Alles klar Chef." Michael zog Steffen am Ärmel mit sich. Nur schnell weg vom Chef. Die schlechte Laune brauchten sie jetzt nicht.

Emsig stürzten sie sich auf die Arbeit.

August 2015

"Verzichten? Du redest hier von VERZICHTEN?" Jason stand erbost auf.

"Jetzt beruhigen sie sich. In dem Ton können sie nicht mit ihrer Frau reden. Sehen sie denn nicht, wie eingeschüchtert sie ist?"

Tatsächlich saß Sarah mit dicken Tränen in den Augen da. Der Blick, dem sie ihm zuwarf, war aber keineswegs eingeschüchtert. Eher hämisch.

Zumindest empfand er das so.

"Na was denn?" Fuhr er fort. "Von jetzt auf gleich sehe ich meine Tochter alle 2 Wochen nur noch für achtundvierzig Stunden und die redet hier davon, wie schwer es ihr fällt auf die Kleine an meinen Wochenenden zu verzichten? Kann die denn überhaupt verstehen, wie ich mich fühle? Nein das kann sie natürlich nicht. Denn die Kleine ist ja dauernd bei ihr. Und dann redet sie vom Verzichten."

"Jetzt beruhigen sie sich. So können wir kein ordentliches Gespräch führen."

"Das kann man mit ihr doch sowieso nicht führen. Ich habe es ja immer wieder versucht. Aber alles Bitten und Betteln wird ignoriert. Ständig schickt sie ihre Mutter vor. Beleidigt und so weiter. Wie soll ich mit jemanden kommunizieren, der das Ziel hat mir meine Tochter weg zu nehmen."

"Aber hier redet doch niemand von Wegnehmen. Niemand wird ihre Tochter wegnehmen."

"Ja genau. Das möchte ich auch nicht. Immerhin kannst du sie doch alle zwei Wochen sehen." Fügte Sarah an.

Ach, und du meinst, dass mir das reicht? Viel lieber steckst du sie den ganzen Tag in den Kindergarten, als dass ich sie auch nur eine Minute zwischendurch kriegen könnte."

"Aber nur, weil ich das nicht gut finde, wenn sie dich so oft sieht. Das verwirrt sie nur!"

"Ach, das verwirrt sie, wenn sie ihren Vater sieht? Meinst du nicht, dass sie es mehr verwirrt, dass sie ihn nicht sehen kann?" Jason wurde wieder etwas lauter. Ihn regte diese Situation immer mehr auf. Schon das ganze Gespräch über hier bei der Elternberatung machte seine Frau einen auf unschuldiges Mädchen. Und immer, wenn er irgendwas sagte, wurde es gegen ihn ausgelegt oder er durfte nicht weiterreden, da sie ja sonst wieder weine würde.

Was will man denn bei einer Elternberatung, wenn man nicht gemeinsam an einem Strang zieht. Sie hatte erst kürzlich zu ihm gesagt, dass es ihr lieber wäre, wenn er die Kleine gar nicht mehr sieht. Natürlich sagt sie vor Zeugen etwas ganz anderes und er steht da, wie ein Depp.

"Merken sie denn gar nichts Frau Strom?" Er sah sie vorwurfsvoll an.

46

"Sie versucht alles, um mir die Kleine weg zu nehmen. Sie hat ja sogar in unserer gemeinsamen Wohnung das Kinderzimmer fast komplett leergeräumt. Und jetzt hat die Kleine kaum noch was, wenn sie bei mir ist."

"Stimmt das Frau Reubelt?" Fragte Frau Strom seine Frau.

"Nein. So stimmt das nicht. Er hat immer noch genug Sachen da. Und ich brauchte in meiner neuen Wohnung ja ein paar Sachen und Möbel."

"Ach lüg doch nicht so rum."

"Sehen sie. Schon wieder redet er so mit mir. Immer beleidigt er und macht mich herab." Wandte sich Sarah an Frau Strom, die daraufhin Jason zurechtwies, was diesen nur noch mehr zum Kochen brachte.

"Kommen sie doch mal in die Wohnung und schauen sie es sich an. Dann sehen sie ja, ob ich Lüge." Sagte er fast schon trotzig.

"Das ist nicht meine Aufgabe." Lehnte Frau Strom ab.

"Na super. Was machen wir denn hier? Mit ihr kann man nicht reden. An Vereinbarungen wird sie sich eh nicht halten. Und sie darf Lügen über mich verbreiten und und und. Ich sag ihnen ganz genau, wie es bald sein wird. Sie wird bald hier wegziehen und ich kann meine Kleine dann gar nicht mehr sehen."

Frau Strom wiegelte weitere Ausführungen ab. Sie meinte Jason solle mehr auf seine Frau Rücksicht nehmen. Ihr gehe es so schlecht.

Am Ende der Stunde wurde eine erneute Vereinbarung aufgesetzt, wo Jason seine Wünsche festhalten ließ, wie der zukünftige Umgang ablaufen sollte. Dass er über Arztbesuche und andere Aktivitäten informiert wird. Insgeheim wusste er aber, dass sie diese genauso wenig einhalten würde, wie die Vereinbarung, welche schon beim Jugendamt getroffen wurde.

Das würde sich dann spätestens bis zum nächsten Treffen zeigen.

Jetzt freute er sich erst einmal auf das kommende Wochenende, da Luna Marie dann wieder bei ihm sein würde.

Dezember 2015

Seit nun einem halben Jahr war er von seiner Frau und damit von seiner Tochter getrennt. Und vieles war genauso gekommen, wie er es vermutet und vielen vorausgesagt hat. In manchen Fällen sogar schlimmer, als er es sich hätte vorstellen können.

Es blieb dabei, dass er seine Tochter nur alle zwei Wochen von Freitagnachmittag bis Sonntagnachmittag bei sich haben durfte. Nur ein einziges Mal "durfte" er auch mal ein paar Stunden unter der Woche mit ihr verbringen, da seine Frau etwas vorhatte.

An Terminen der Elternberatung nahm er nicht mehr teil. Er hatte es eingestellt, nachdem zum wiederholten Male fixierte Vereinbarungen von seiner Frau aus nicht eingehalten wurde. Und dazu Sarah immer wieder kurz vor den bevorstehenden Terminen ihre Teilnahme absagte.

Eine Mitarbeiterin vom Kinderschutzbund hatte ihm in dieser Hinsicht die Augen geöffnet.

Ganz verzweifelt ob seiner Umstände hatte er dort Hilfe gesucht. Fast eine Stunde lang predigte die Frau am anderen Ende der Leitung irgendwelche Floskeln, welche er schon von vielen Stellen gehört hatte. Aber ganz am Ende des Gespräches sagte sie etwas, was ihm einiges erklärte.

Auf die erneute Aussage, dass seine Frau sich an keine Vereinbarung halten würde und scheinbar niemand etwas dagegen machte oder sagte, antwortete sie:

"Solche Vereinbarungen, welche sie bei einer Elternberatung treffen sind nicht verbindlich. Es kann niemanden vorgeworfen werden, wenn er sich nicht daran hält."

Der Hinweis kam für ihn etwas spät. Seine Frau schien das schon deutlich eher gewusst zu haben und hat deshalb so eiskalt alles ignoriert, was besprochen wurde.

Selbst ihre offensichtlichen Lügen, welche er widerlegen konnte, spielten überhaupt keine Rolle. Man verlangte in jedem Fall von ihm einfach Rücksicht zu nehmen. Er solle doch ein wenig zurückstecken und seiner Frau die Chance geben, es von sich aus anders zu machen.

Dieses "Rücksicht" nehmen konnte er sowieso schon nicht mehr hören.

Immer wieder musste er Zugeständnisse machen, ohne dass seine Frau irgendein Entgegenkommen zeigte.

Er verzichtete auf Telefonkontakte mit seiner Tochter, da seine Frau sich davon belästigt fühlte und es so hinstellte, als sei die Kleine danach aufgewühlt.

Er ließ es sich gefallen, Informationen über Arztbesuche oder Vorkommnisse im Kindergarten von ihr nicht zu erhalten. Sondern er holte selbst Auskünfte ein.

Er sagte auch nichts, als er erfuhr, dass die Kleine jedes Wochenende, dass sie bei der Mutter war im Haus der Oma zubringen musste. Und. Und. Und...

Zudem arteten die Kindesübergaben jedes Mal in Streit aus. Seine Frau versuchte jedes Mal aufs Neue zusammen mit ihrer Mutter und ihren Brüdern zu provozieren, damit sie ihm es später zu Last legen konnte. Er stand ihnen immer allein gegenüber und hatte große Mühe damit sich zu beherrschen.

Sarah selbst konnte nach eigenen Angaben nicht allein zur Übergabe erscheinen. Sie habe so furchtbare Angst vor ihm. Zumindest sagte sie es anderen gegenüber. Allerdings war sie aber in der Lage ihm allein in der Stadt entgegenzutreten, ohne auch nur die geringsten Anzeichen von Angst.

Da diese Übergaben immer mehr zu einem Problem wurden, beantragte er über das Jugendamt eine begleitete Übergabe. Diese Hilfe wurde auch gewährt.

Jedoch schien diese Frau Nessel, welche dafür eingeteilt war, mehr der Mutter zugetan zu sein. Sie war nur wenig älter als seine Frau und ebenfalls alleinerziehend, wie er später erfuhr.

Aber wenigstens lief jetzt ein Großteil der Übergaben glimpflicher und für die Tochter erträglicher ab.

Jetzt stand Weihnachten vor der Tür und auch es ein Fest werden, was ihm für immer negativ in Erinnerung bleiben sollte. Er hatte erkämpft, dass sie von Montag bis Mittwoch dem Heiligen Abend mittags bei ihm sein kann. Er sollte sie vom Haus der Mutter abholen, was nur wenige hundert Meter von dem seinen entfernt war.

Einen Tag vorher kam ein Anruf der Kindesmutter:

"Luna Marie ist krank. Sie hat eine Mittelohrentzündung."

"Das ist überhaupt kein Problem. Ich habe alles hier und nehme sie natürlich trotzdem zu mir." Sagte Jason.

"Willst du ihr etwa eine lange Autofahrt in dem Zustand zumuten?"

"Wie eine lange Autofahrt? Die Übergabe ist doch hier in Hildesheim."

"Sie ist hier bei der Oma..."

Tja. Was soll man sagen. So lief es darauf hinaus, dass sie montags gar nicht bei ihm war und er selbst dann Dienstag die lange Strecke fahren musste, damit er sie wenigstens für ein paar Stunden zu sich holen konnte.

Die Kleine war allerdings vollkommen fit. Und wäre sie nicht wie vereinbart bei der Oma gewesen, dann wäre es ihm nicht gänzlich so versaut worden.

Und dennoch tat er weiterhin alles, damit ein erträgliches Miteinander möglich ist.

So rief sie ihn eines Abends an, ob er ihr etwas Geld geben könne, da sie nichts zu Essen für die Kleine habe. Sofort brachte er ihr etwas vorbei, um dann bei der nächsten Übergabe am Wochenende zu sehen, dass sie einen Friseur aufgesucht hatte. Den Rest konnte er sich dann schon denken.

Neben ständig neuen Unterhaltsforderungen für sich selbst inklusive Prozessandrohung. Verleumdung; Lügen und Intrigen war dies nur eines von viele Aktionen, welche seine Frau gegen ihn startete, um den Keil zwischen ihn und seiner Tochter größer werden zu lassen.

Doch Jason gab den Kampf um seine Tochter zu keiner Minute auf....

"Kommen sie gut nach Hause." Frau Luchs verabschiedete sich von ihrem Termin und machte sich auf den Weg zum nächsten. Ein verzweifelter Vater hatte angerufen und um dringende Hilfe gebeten.

Da dieser noch nicht im Hilfeprogramm des Jugendamtes aufgenommen worden war, fuhr sie noch schnell am Büro vorbei und holte ein paar neue Antragsformulare für Ihre Unterlagen.

Danach fuhr sie raus nach Nordstemmen zur angegebenen Adresse.

Es war ein abgelegenes Grundstück ganz in der Nähe der Eisenbahnschienen. Nicht weit weg führte die Hauptstraße vorbei, welche auf Grund der nahen Zuckerfabrik vor allem von schweren Lastern dich befahren wurde.

Es war also ziemlich laut hier und Frau Luchs wollte sich erst gar nicht vorstellen, wie es ist, wenn dann ein Zug vorbei rollt. Hoffentlich war es im Haus ruhiger.

Sie schaute sich kurz auf dem Hof um. Es sah alles sehr verwahrlost und heruntergekommen aus. Fast so, als wäre hier seit Monaten nichts mehr gemacht worden.

An den Fenstern des Hauses hingen nicht einmal Gardinen und der Putz blätterte an vielen Stellen schon ab.

Mal wieder so ein Hartz-IV-Fall. Dachte sich Frau Luchs. Diese Klientel waren ihre einträglichsten Fälle. Die Hilfe wurde von der Stadt bezahlt und sie musste sich also um die Begleichung der Rechnung keine Sorgen machen. Da konnte sie dann gerne wieder ein paar Extratermine vereinbaren. Also ganz offiziell.

Sie schaute auf die Uhr. Sie war etwas spät dran und ging nun schnell zur Tür. Sie drückte auf die Klingel. Ein Namensschild war nicht zu sehen.

Da nach einer Minute und mehrmaligen Klingeln noch immer niemand öffnete, ging sie davon aus, dass wohl auch die Klingel kaputt war. Also klopfte sie kräftig an.

"Kommen sie rein. Es ist offen." Hörte sie eine sanfte Stimme rufen.

Sie öffnete die knarrende Tür und stand in einem mit Graffiti besprühten und völlig verdreckten Flur. Sie hatte ja schon viele verwahrloste Wohnungen gesehen. Aber diese hier setzte allem die Krone auf. Wie konnte jemand nur so wohnen? Etwas angeekelt durchquerte sie den Flur und steuerte die offene Tür ihr gegenüber an.

Als sie den Raum betreten hatte, blieb sie wie angewurzelt stehen. Sie starte in einen mit Unrat übersäten Raum. Es waren keinerlei Möbel vorhanden und auch die Fenster waren eingeworfen worden.

Die gelbliche Tapete war halb von den Wänden gerissen worden und diese Wände wie schon im Flur mit sinnlosen Sprüchen und Bildern beschmiert.

Aber all das nahm sie nicht richtig wahr. Viel mehr war ihr Blick auf den Mann gerichtet, der gefesselt und geknebelt mitten im Raum lag. Die Person lag ihr abgewandt zu und dennoch hatte sie das Gefühl ihn zu kennen.

Hinter sich hörte Frau Luchs, wie sich eine Tür öffnete. Sie drehte sich herum und gewahrte einen dunkel gekleideten Mann mit einer Clownsmaske.

Er richtete eine Waffe auf sie und sagte:

"Hallo Frau Luchs. Freut mich, dass sie es so schnell

einrichten konnten. Herrn Mille ist sicher ziemlich langweilig geworden in der Zeit des Wartens."

Frau Luchs warf wieder einen Blick auf den gefesselten Mann und ihr wurde klar, warum sie ihn kannte. Mit Herr Mille hatte sie lange zusammengearbeitet. Aber die letzten Monate hatte sie nicht mehr viel von ihm gehört, da er sich zur Ruhe gesetzt hatte.

"Gehen sie bitte in den Raum und entfernen das Klebeband von Herr Mille." Forderte der Mann sie auf.

Frau Luchs ging zu Herr Mille, setzte ihn auf und entfernte vorsichtig das Klebeband. Danach setzte sie sich neben diesen auf den Boden.

Der Mann mit der Clownsmaske lehnte sich an den Türrahmen und betrachtete die beiden.

"Was wollen sie von uns? Sie können uns hier nicht ewig festhalten. Man wird nach uns suchen. Ich habe nachher noch wichtige Termine, welche mich sicher als vermisst melden werden." Sagte Frau Luchs. Sie fühlte sich sehr souverän. Sie hatte immer wieder mit schwierigem Klientel zu tun gehabt und glaubte sich für die Situation gewappnet.

"Natürlich wird man nach ihnen suchen. Wie einsam wären sie denn, wenn dem nicht der Fall wäre?" Antwortete der Mann.

Herr Mille lauschte. Es war das erste Mal, dass er die Stimme des Mannes hörte, seitdem er entführt wurde. Irgendwie kam sie ihm bekannt vor. Aber er wusste nicht, wo er sie einordnen sollte.

"Aber was wollen sie denn von uns? Wir können doch über alles wie erwachsene Leute reden."

"Das sehe ich auch so." Stimmte Herr Mille ihr zu.

"Keine Angst. Reden wir ein wenig. Allerdings habe ich nur die eine oder andere Frage, welche sie mir ehrlich beantworten müssen. Also wird es kein langes Gespräch werden. Die Zeiten der ausschweifenden Gespräche sind längst vorbei. Taten sind wichtiger und eindrucksvoller. Das hat mich die Zeit gelehrt."

"Das klingt danach, als ob sie irgendwelche schlechten Erfahrungen gemacht haben. Benötigen sie da Hilfe von uns?"

"Hilfe?" Der Mann lachte kurz. Es klang höhnisch. "Ich hatte einmal geglaubt, dass sie mir helfen würden. War da aber auf dem falschen Dampfer. Geholfen haben sie mir kein Stück. Ganz im Gegenteil haben sie mir im Weg gestanden und die falschen Tipps gegeben."

"Wenn sie uns sagen würden, worum es geht. Dann können wir das gemeinsam ausräumen." Warf Frau Luchs ein.

Der Mann nickte kurz. "Genau. Wir werden das heute ausräumen. Ein für alle Mal." Er ging kurz zum Fenster und schaute auf das Auto, welches von der Straße aus nicht sichtbar hinter dem Haus geparkt war.

"Ihre Arbeit soll Eltern helfen eine gemeinsame Lösung in Umgang mit ihren Kindern zu finden. Stattdessen geben sie jedem Elternteil oft unterschiedliche oder gar falsche Ratschläge. Mal ermutigen sie Schritte zu gehen, welche völlig sinnlos sind. Mal geben sie Hinweise, welche vollkommen falsch sind. Leiten scheinbar bewusst in bestimmte Richtungen." Er machte eine kurze Pause.

"Fehler machen wir alle mal. Das ist immer so, wenn wir mit Menschen zusammenarbeiten. Aber die Fehler werden auf beiden Seiten gemacht." Warf Herr Mille ein.

Der Mann nickte wieder kurz. "Mit Sicherheit. Das sehe ich auch so. Aber wenn man einen Fehler macht und dann auch noch darauf hingewiesen wird. Wenn man Fakten erzählt bekommt und diese ignoriert oder versucht als Lügen darzustellen. Wenn der einen Seite eine Sicht und der anderen Seite eine völlig andere Sicht erzählt wird. Dann reden wir nicht mehr von Fehlern. Dann ist das ein systematisches Vorgehen. Dann ist das eine Arbeit, welche stark auf Sympathie und Antipathie beruht."

"Wir bleiben in allen Fällen immer neutral." Versuchte sich Frau Luchs zu verteidigen.

"Das sollte auch ihre Aufgabe sein. Aber es gab Fälle in der Vergangenheit, wo sie sich nicht darangehalten haben. Dies hat zu schwerwiegenden Entwicklungen geführt. Bei mir waren sie weitreichender, als ich es mir je hätte in meinen schlimmsten Alpträumen vorstellen können. Sie haben mich zu dem gemacht, als der ich jetzt hier vor ihnen auftrete. Sie haben sich damals selbst gerichtet. Ich bin heute als ihr Henker hier. Vergeltung vor Vergebung.

Den beiden wich jegliche Farbe aus dem Gesicht und Frau Luchs sagte:

"Aber das können sie doch nicht machen. Was sollen wir ihnen denn angetan haben, dass sie über uns richten wollen?"

"Sie haben einfach ihre Arbeit schlecht gemacht. Sie haben mich und meine Ex-Frau damals falsch geleitet. Die Konsequenzen werden sie nun tragen!"

Ein lauter Knall ertönte und Herr Mille sah, wie Frau Luchs tödlich getroffen zusammensackte. Ihm spritzte etwas Blut ins Gesicht und diese unerwartete Wärme jagte einen Schauer über seinen Rücken. Sein ganzer Körper bebte vor Angst. Spätestens jetzt begriff er, dass es keinen Ausweg mehr geben würde.

Herr Mille blickte noch einmal kurz zu Frau Luchs, die mit weit aufgerissenen Augen auf der Seite lag. Um ihren Kopf herum bildete sich eine große Blutlache. Er wandte sich wieder dem Mann zu und sah, wie dieser die Waffen jetzt auf ihn richtete. In dem Moment, wo er das Mündungsfeuer aufblitzen sah, fiel ihm ein, woher er die Stimme kannte. "Sie haben ihr Wort also gehalten." Flüsterte er und kippte ebenfalls tödlich getroffen auf seine am Boden liegende ehemalige Kollegin.

Gegen neunzehn Uhr nahm Bernd Fleischer die Vermisstenanzeige für Frau Luchs auf. Der Ehemann meldete dies, nachdem sie nicht von der Arbeit nach Hause gekommen war und sich auch zwei ihrer Termine gemeldet hatten, dass sie dort nicht erschienen war.

Eigentlich gilt eine Person erst nach 24Stunden als vermisst. Aber in dem Fall war klar, dass irgendetwas passiert sein musste, da Frau Luchs nach Aussage ihres Mannes noch nie einen Termin versäumt oder einfach abends nicht nach Hause gekommen war. Zudem hätte am Abend ein gemeinsames Essen mit ihrem Sohn angestanden, auf dass sie sich gefreut habe.

Als er den Fall aufgenommen hatte, gab Bernd die Daten in den Computer ein und die Handynummer an die Technikabteilung weiter. Die sollten mal versuchen das Handy zu orten. Vielleicht hatten sie ja Glück.

Und tatsächlich schien das der Fall zu sein. Denn nur eine halbe Stunde später klingelte das Telefon und Bernd nahm die Adresse entgegen, wo das Handy geortet wurde.

"Komm Samuel. Wir haben zu tun." Sagte er zu seinem Kollegen und schnappte seine Jacke und die Autoschlüssel.

Zwanzig Minuten später kamen sie am alleinstehenden Haus an und erkannten sofort das Auto der vermissten. Im Haus war alles dunkel und die Beamten holten ihre Taschenlampen heraus und ging langsam durch die offenstehende Haustür.

Raum für Raum durchsuchend drängten sie bis in das Zimmer an der Frontseite des Hauses vor. Dort fanden sie die beiden Leichen.

"Ach du heilige Scheiße." Entfuhr es Bernd. Er arbeitete schon lange bei der Kripo in Hildesheim, aber mit einem Doppelmord hatte er hier noch nichts zu tun gehabt. Zumindest sah es auf den ersten Blick nach einem Mord aus.

Während Samuel nach dem Puls der beiden tastete und dann den Kopf schüttelte, telefonierte Bernd schon mit seinem Revier, um Verstärkung und einen Notarzt anzufordern.

Eine Stunde später waren alle angerückt und der Tatort mit starken Scheinwerfern beleuchtet. Somit konnten die Beamten ihre Arbeit fortsetzen.

Bernd machte sich daran einen genauen Blick auf die beiden Toten zu werfen. "Jeweils eine einzelne Schusswunde in der Stirn." Murmelte er vor sich hin. "Wie es aussieht, wurde sie zuerst getötet. Er deutete auf Frau Luchs." Samuel stand neben ihm und machte sich Notizen.

Nachdem die Tatortfotos gemacht wurden, leerte Bernd

die Taschen der Toten. Ihm war es wichtig zu erfahren, wer der andere Tote war. Er fand dessen Briefbörse in der Hosentasche und las vom Personalausweis vor: "Heinrich Mille. Geboren am 14.02.1958."

"Sagt mir jetzt nichts der Name. Glaube nicht, dass er mit unter den als vermisst gemeldeten Personen ist." Meinte Samuel. Er gab den Namen an das Revier durch, um nähere Informationen zu erhalten.

Sowohl bei Herr Mille als auch bei Frau Luchs zog Bernd einen Auszug aus dem Sozialgesetzbuch und ein gemaltes Bild eines Mannes hervor.

"Schau mal hier." Er zeigte Samuel die Zettel. "Beide haben fast die gleichen Zettel bei sich. Ein merkwürdiger Zufall, oder?"

Samuel zuckte mit den Schultern. "Das wird bestimmt eine Verbindung zwischen beiden Opfern sein." Mutmaßte er. „Ich denke, dass der Mörder diese Blätter hinterlassen hat.

"Wer weiß." Murmelte Bernd und tütete die Zettel in eine Beweissicherungsfolie.

"Ich denke, dass hier einiges an Arbeit auf uns wartet." Sagte Bernd, nachdem er mit dem Revier telefoniert und mehr über Herr Mille erfahren hatte.

"Der Herr Mille hier hat früher mit der Frau Luchs zusammengearbeitet. Nur wer hat ein Interesse beiden zusammen was zu tun? Der Herr Mille ist seit ein paar Monaten in Rente."

Er wischte sich mit dem Handrücken über die Stirn und stemmte sich in die Höhe.

"Mehr können wir für das Erste hier nicht machen. Wir sollten erst einmal die Angehörigen informieren, den ersten Papierkram erledigen und danach eine Mütze Schlaf abholen. Es werden arbeitsreiche Tage."

Am nächsten Tag waren beide Beamten schon früh im Büro. Dennoch empfing sie die Nachtschicht schon ungeduldig: "Da seid ihr ja endlich. Seit heute Morgen klingelt euer Telefon ununterbrochen. Da wollen ein paar Kollegen mit euch wegen des Doppelmordes von gestern reden."

"Habt ihr denen denn keine Auskunft gegeben?" Fragte Bernd.

"Doch schon. Aber sie wollten mit den ermittelnden Beamten reden. Und wenn ich sie richtig verstanden haben, machen sie sich nachher auf den Weg hier her."

Bernd kratzte sich an seinem ausladenden Bauch. Eine Bewegung, welche er dutzende Mal am Tag machte und welche ihm nicht mehr bewusst war.

"Was ist denn da so wichtig?"

"Keine Ahnung. Das ist euer Bier. Wir haben jetzt Feierabend." Sagte der Beamte und lachte verschmitzt.

Bernd setzte sich an seinen Rechner und merkte sofort, was die anderen Kollegen am Telefon so aufgescheucht haben musste. Die Nachtschicht hatte die ersten Fakten des Falles im Computersystem eingegeben und es gab übereinstimmende Treffer mit mehreren Fällen. Besonders interessant war dabei das Auftauchen der gefundenen Zettel bei einem anderen Mord und bei einem Selbstmord.

Zusammen mit Samuel sah er sich die Fakten dazu an und machte sich ein paar Notizen.

Schon wenig später kamen Steffen und Michael aus

60

Frankfurt an und sie gingen zusammen in den Konferenzraum.

Nachdem man gerade dabei war sich auszutauschen, kam der erste Bericht von der Spurensicherung herein.

"Da habt ihr das richtige Gespür gehabt und es ist gut, dass ihr gleich hergekommen seid." Meinte Bernd zu Michael und Steffen, nachdem er den Bericht gelesen hatte.

"Noch eine Übereinstimmung?" Fragte Michael und Bernd antwortete nickend:

"Ja. Die Projektile aus den Toten stammen aus der gleichen Waffe, wie in eurem Fall mit dem Richter. Damit ist klar, dass wir es hier mit ein und demselben Täter zu tun haben."

Michael atmete hörbar aus. "Nach vier Monaten also endlich wieder eine Spur vom Täter. Seit dem Mord an dem Richter tappen wir völlig im Dunkeln. Jetzt können wir vielleicht Hoffnung haben, ihm ein Stück näher zu kommen."

Bernd nickte. "Wie es aussieht ist hier jemand... Oder vielleicht sind es mehrere... Auf einem Feldzug. Meinst du, dass es sich um einen Serienmörder handelt?"

"Naja. Wir haben mindestens drei Tote an zwei unterschiedlichen Orten zu unterschiedlichen Zeiten. Dazu dieser merkwürdige Selbstmord in Hameln. Ich denke schon, dass es sich hier um einen Serientäter handelt."

Bernd kratzte sich wieder an seinem Bauch und sagte: "Dann sollten wir damit an die Öffentlichkeit gehen."

Michael dachte kurz nach. "Vermutlich hast du recht.

Wenn der oder die Täter wissen, dass wir eine Verbindung zwischen den Morden haben, setzen wir sie vielleicht unter Druck. Allerdings müssen wir vorher genau überlegen, welche Informationen wir rausgeben."
"Und da wir ja jetzt wissen, dass die Fälle zusammenhängen, sollten wir nach möglichen Überschneidungen suchen. Vielleicht haben alle zusammen mal den gleichen Klienten gehabt. Richter im Familienrecht, Jugendamtsmitarbeiter und Sozialarbeiter. Da muss es eine Verbindung geben."

Am frühen Abend trat dann der Pressesprecher des Reviers vor die Mikrofone und Kameras der Reporter.
"Danke für Ihr Kommen." Begann der Pressesprecher.
"Wie sie wissen, hat es gestern einen Doppelmord in Nordstemmen gegeben. Nach unseren ersten Erkenntnissen ist der Täter auch für den Mord an Richter Prietz im September des vorigen Jahres in Frankfurt verantwortlich. Ebenso gehen wir davon aus, dass der Selbstmord von Elias Rüdtke in Hameln auf das Konto des Täters gehen könnte.
Bei allen drei Tatorten wurde ein Auszug aus dem Sozialgesetzbuch und eine Kinderzeichnung zurückgelassen." Er zeigte das Bild hoch und der Presseraum wurde kurz von einem Blitzlichtgewitter der Fotografen erleuchtet. Die Zeichnung zeigte einen Mann und daneben ein kleines Mädchen. Das Bild wurde am nächsten Tag das Titelbild in den meisten Zeitungen.
"Wir gehen davon aus, dass er schlechte Erfahrung mit dem Jugendamt und sonstigen Mitarbeitern gemacht haben muss und nun auf einem persönlichen

Rachefeldzug ist. Vermutlich hatte er Probleme beim Sorgerecht oder ihm wurde aus einem anderen Grund vielleicht das Kind weggenommen. Dies sind aber noch reine Spekulationen. Wer irgendwelche Personen kennt, die sauer auf die Opfer gewesen sein könnten, der möge sich bitte in unserer Polizeidienstelle melden."

Ein Raunen ging durch den Presseraum.

"Was wissen sie sonst noch über den Täter?" Fragte eine Journalistin.

"Aus ermittlungstaktischen Gründen kann ich keine weiteren Einzelheiten Preis geben."

"Aber sie gehen davon aus, dass es ein enttäuschter Vater sein könnte?" Rief ein anderer Journalist.

"Ja, diese Vermutung wurde als eine Theorie aufgestellt."

"Ist es ausgeschlossen, dass es eine Frau ist?" Kam es aus dem hinteren Teil des Raumes.

"Dieser Papiervater... Äh verzeihen sie. Dieser Mann oder Vater auf dem Papier spricht dafür, dass es sich bei dem Täter um einen Mann handelt." Er zeigte erneut das gemalte Bild nach oben. "Auch haben wir noch andere Erkenntnisse, welche wir aber wie gesagt aus ermittlungstaktischen Gründen nicht preisgeben können."

Einige weitere Journalisten riefen noch Fragen in den Raum, aber der Pressesprecher bedankte sich bei allen und verließ den Raum.

Der kleine Versprecher des Pressesprechers sollte weitreichende Folgen haben. Die Journalisten griffen Den "Papiervater" auf und tauften den Serienkiller auf diesen Namen.

So zierten dann unter der Kinderzeichnung Schlagzeilen wie:

"Papiervater auf Rachefeldzug."

"Von einem Kind aufs Papier gebannt. Der Papiervater als Serienkiller." Die Zeitungen am nächsten Tag.

Auf dem Revier war man von dem Spitznamen für den Täter nicht sehr angetan. Zwar verschaffte dies dem Fall so mehr öffentliche Aufmerksamkeit und man konnte mit mehr Hinweisen rechnen. Zum anderen könnte es aber auch den Täter anspornen, seine "Berühmtheit" weiter auszubauen.

Aber auch intern fand der Name einen Platz. Die einberufene Sonderkommission wurde „SOKO Papiervater" genannt. Es war nicht ungewöhnlich, dass Serienkiller einen „Künstlernamen" zugewiesen bekamen. Wobei dieser hier harmlos klang.

Die beiden Mordkommissionen aus Frankfurt und Hildesheim arbeiteten in dieser SOKO nun ganz offiziell zusammen.

Mit Bernd Fleischer, Samuel Travet, Steffen Schneider und Michael Bach waren gleich vier erfahrene Ermittler versammelt. Die Koordinierung bei der Suche nach dem Täter war so gebündelter und Abläufe konnten vereinfacht werden.

Nach und nach trafen die ausstehenden Untersuchungsberichte ein. Nachdem auch einige Befragungen und Überprüfungen durchgeführt wurden, trafen sich die Beamten am Abend zu einer Besprechung, in der alles zusammengetragen wurde.

Michael übernahm hier die Gruppenführung.

"Also. Fast 24Stunden sind vergangen. Der Täter hat also einen bedeutenden Vorsprung. Wie weit sind wir? Was gibt es Neues zur Telefonauswertung?"

"Der Anruf an Frau Luchs, der sie zum Tatort geführt haben musste, kam von einem Prepaid Handy. Die erste Ortung war ein paar Minuten vor und die letzte Ortung war ein paar Minuten nach dem Anruf an eben jenem Tatort. Seitdem ist es abgeschaltet. Vermutlich hat der Täter es schon entsorgt." Fasste Bernd die Fakten zusammen.

"Gut. Also können wir diese Spur beiseite packen. Das ist wohl eine Sackgasse. Dennoch soll die Technikabteilung die Nummer weiter im Blick behalten. Vielleicht wird sie nochmal aktiv."

"Geht klar." Bernd machte sich ein paar Notizen.

"Was wissen wir darüber, wie Herr Mille in die Hände des Täters geraten ist?" Fragte Michael weiter.

Samuel wühlte nach einem Zettel und sagte dann: "Herr Mille ist laut Zeugenaussagen morgens zum Angeln gefahren. Seitdem hat man nichts mehr von ihm gesehen. Über sein Handy GPS konnten wir feststellen, dass er zu einem kleinen Fluss bei Banteln gefahren ist. Dort hat er sich ungefähr eine halbe Stunde aufgehalten, dann bewegte er sich zum Tatort. Wir gehen also davon aus, dass er an diesem Fluss überwältigt wurde. Es kam auch schon ein Anruf herein, der einen schwarzen Kleinwagen in der Nähe von Herr Milles Wagen gesehen haben wollte. Die Suche nach weiteren Zeugen geht weiter. Wir haben alle nötigen Informationen auf unserer Onlineplattform veröffentlicht."

"Sind schon Beamten da gewesen und haben den Fluss abgesucht?"

"Ja. Aber sie könnten nichts entdecken. Der Parkplatz ist asphaltiert, so dass keine Reifenspuren gefunden werden konnten. Alle Fußspuren rund um die beliebte Angelstelle wurden gesichert."

"Sehr gut. Vielleicht hat da ja noch jemand etwas gesehen. Den Mann zum Auto zum Beispiel. Was gibt es zu dem Haus?"

"Das Haus steht seit einem guten Jahr leer. Da treiben sich oft Penner rum. Nachbarn in der Nähe gibt es keine und auch sonst konnten wir dort keine auffälligen Spuren oder Hinweise finden." Sagte Samuel.

"Was ist mit dem Auto von Herr Mille?"

"Nachdem man es heute Mittag im Wald gefunden hatte, ist die Spusi dran. Aber es sieht so aus, als wäre alles sauber gemacht worden. Den Spuren vom Tatort nach zu urteilen, hat er das Auto hinter dem Haus geparkt, so dass es von vorne nicht sichtbar war." Steffen legte ein paar Fotos von Reifenspuren auf den Tisch.

"Er wollte mit Sicherheit nicht, dass Frau Luchs das Auto sieht. Ich frage mich nur, wie sie glauben konnte, dass in dem Haus jemand wohnt."

"Eine Angestellte im Büro hatte sie zuletzt gesehen, als sie Anträge geholt hatte. Ihr hat sie mitgeteilt, dass sie zu einem sozialen Notfall gerufen wurde. Sie haben in letzter Zeit wohl viel mit sozial schwachen Familien zu tun gehabt. Da gibt es tatsächlich Leute, welche so hausen. Und so furchtbar sieht das Haus auf dem ersten Blick betrachtet von außen nicht aus."

"Hm. Dennoch hat sie ihre Gutmütigkeit wohl das Leben

gekostet." Michael runzelte die Stirn.

Dann fragte er weiter: "Wie sieht es mit Überschneidungen aus?"

Jetzt meldete sich Bernd zu Wort, der vor einem riesigen Berg von Akten saß, "Also Richter Prietz war 4Monate vor seinem Tod noch hier in Hildesheim am Familiengericht tätig gewesen. Bis 2018 hat er hier sogar noch gewohnt. Danach kam die Berufung nach Frankfurt. Für den Übergang half er hier aber regelmäßig aus.

Herr Rüdtke hatte nie in Hildesheim gewohnt oder gearbeitet. Allerdings haben die Landkreise von Hildesheim und Hameln viele Überschneidungen. Was gemeinsame Fälle angeht, so ist das sehr schwer abzuschätzen. Die wenigsten sind digitalisiert und wir müssen uns da weiter durch Akten durcharbeiten. Aber bisher haben wir 317Fälle in den letzten 2Jahren gefunden, in denen alle beteiligt waren."

"317? Das ist eine ganze Menge."

"Und das wird nur die Spitze des Eisberges sein. Prietz war eine Zeitlang der einzige Familienrichter und Luchs und Mille haben viele Familien in Hameln betreut. Ich vermute, dass wir noch deutlich mehr Fälle finden. Die Frage ist nur, wie weit wir da zurückgehen sollen?"

Michael strich sich mit der Hand über sein Kind. "Wenn ich das nur wüsste. Wir haben keinerlei Anhaltspunkte darauf, wann der Täter mit den Opfern Kontakt gehabt hatte. Belassen wir es erst einmal bei dem Rahmen von zwei Jahren. Das kann ja dann jederzeit ausgedehnt werden. Wichtig ist, dass jetzt nach und nach Beamten die Fälle nach möglichen Motiven überprüfen. Alle in Frage kommenden Fälle werden dann von uns weiter überprüft."

"Alles klar." Bernd nickte und fügte an: "Hoffentlich finden wir bald etwas Handfestes. Denn momentan suchen wir nach einem Phantom."

Michael verteilte noch ein paar weitere Aufgaben und setzte sich ans Telefon. Er wollte mit einem guten Freund Kontakt aufnehmen. Der war Profiler. Von ihm erhoffte er sich weiterführende Informationen zum Täter.

Februar 2016

Es war erstaunlich, welche Einblicke er durch seine neue Arbeitsstelle gewann. Seit Anfang des Jahres war er für einen ambulanten psychiatrischen Dienst tätig. Der Kontakt mit den vielen seelisch kranken Menschen ließ ihn ein wenig verstehen, warum seine Frau sich so verhielt, wie sie es tat. Aber es ließ auch die Wut und die Angst in ihm stärker werden. Was denn mit seiner Tochter passieren könnte. Was ist, wenn sie ihr etwas antut? Was, wenn die Kleine einen Schaden davonträgt oder selbst psychisch krank werden würde?

In seinen Augen war ganz klar, dass das was seine Frau kurz vor der Trennung von ihren Terminen beim Psychologen berichtet hatte, wahr sein musste. Sie litt unter einer manischen Depression.

Das so etwas nicht unbedingt spurlos an einem Kind vorbeigeht, sollten sich doch alle denken können.

Doch von seiner Schwiegermutter erwartete er da keine Einsicht. Ganz im Gegenteil. Sie hatte damals schon immer gesagt, dass ihre Tochter auf keinen Fall psychisch krank sein könne. Es muss eine körperliche Ursache geben. Das "Damals" bezieht sich auf die Zeit, als er Sarah kennenlernte. Sie litt unter Synkopen und wurde von ihrer Mutter von einem Arzt und einer Klinik in die andere geschleift. Überall sagte man ihr, dass es psychische Ursachen seien, welche diese Ohnmachtsanfälle auslösten. Nach jeder dieser fachlichen Aussage, wechselte sie den Arzt.

Warum sollte es jetzt also anders sein? Jetzt, wo auch seine Frau scheinbar selbst davon überzeugt ist, dass sie; Wie sagte sie zu ihm: "Aus therapiert und damit geheilt" sei!?

Aber was viel kritischer an der gesamten Situation ist: Er hatte damals schon das Gericht auf diesen Umstand hinweisen wollen, wurde ja aber zurecht gewiesen. Er hatte es immer wieder auf dem Jugendamt angesprochen. Bei einem Gespräch brachte Jason sogar vor, dass eine langfristige Kindeswohlgefährdung vorliegen könne. Er zeigte das entsprechende Einschätzungsformular. Aber auch hier verbot man ihm den Mund und wies ihn zurecht, dass das Jugendamt in solchen Fällen doch wohl die besseren Kompetenzen besitzen würde als er.

Egal was er sagte. Egal was er tat. Es wurde entweder nicht gehört, gesehen oder gar zu seinem Gegenteil ausgelegt.

In einem Gespräch wurde er sogar dermaßen zornig, dass er sagte: "Wenn der Kleinen mal irgendwas zustoßen sollte, was darauf zurückführen ist, dass sie nicht auf mich gehört haben, dann werde ich sie zur Rechenschaft ziehen." Doch man lachte ihn aus und sagte, dass man genügend Anwälte besäße und er sich erst gar nicht mit der Behörde anlegen brauchte.

Eben jene Behörde meldete sich telefonisch bei ihm und er nahm etwas widerwillig den Hörer ab.

"Reubelt hier."

"Winkmann vom Jugendamt hier. Schönen Guten Tag Herr Reubelt. Es geht um ihre gemeinsame Tochter Luna Marie."

"Ja. Was gibt es denn?" Er war gespannt, was ihn jetzt erwartete und runzelte die Stirn.

"Ihre Frau hat uns mitgeteilt, dass sie sich im März eine erweiterte Betreuung für ihre Tochter wünscht. Sie müssen diesem Antrag allerdings zustimmen, damit eine Kostenübernahme durch die Stadt erfolgen kann."

"Was meinen sie mit der erweiterten Betreuung?"

"Ihre Frau braucht jemand, der sie in den Kindergarten bringt und wieder abholt. Wir vom Jugendamt würden dafür jemanden zur Verfügung stellen."

"Ähm. Nein!?" Die Antwort schien Frau Winkmann etwas zu verwirren und sie fragte nach:

"Wie meinen sie das? Sind sie nicht einverstanden?"

"Nein auf gar keinen Fall. Die Betreuung kann ich übernehmen, wenn meine Frau dazu nicht in der Lage ist."

"Also stimmen sie dem Antrag nicht zu?"

War die schwer vom Begriff? "Nein!"

Da aber natürlich die Betreuung der Tochter geklärt werden musste, vereinbarte man einen gemeinsamen Termin beim Jugendamt.

Dieser fand dann auch erstaunlich schnell schon in der folgenden Woche statt. Für Jason schon sehr belustigend, da er sonst Wochen oder teilweise über einen Monat auf einen Termin warten musste, wenn er etwas klären wollte.

Während der neue Freund seiner Frau draußen auf Luna Marie aufpasste, saßen sie, Frau Winkmann, ein Praktikant, Frau Luchs und er im Büro der Jugendamtsmitarbeiterin.

Sarah erläuterte den Tränen nah, dass ihre Ausbildung sehr anstrengend sei und sie jetzt ein Praktikum absolvieren müssen, welches schwierige Dienstzeiten hatte. So sei sie nicht in der Lage die Kleine in den Kindergarten zu bringen und abzuholen.

"Und du willst, dass eine fremde Person morgens kommt und die Kleine in den Kindergarten bringt?! Sie abends abholt?! Mit ihr Zeit verbringt, bis du irgendwann da bist?! Während ich aber ohne Probleme die Betreuung übernehmen könnte?!!"

"Ja. Das möchte ich."

"Und was spricht dagegen, dass ich es während der Zeit deines Praktikums mache? Du kannst sie jederzeit nach Feierabend zu dir nehmen und um den Rest würde ich mich kümmern."

"Das will ich aber nicht!" Sarah fing an zu weinen. Mal wieder, dachte sich Jason.

"Das ist keine Antwort auf meine Frage." Setzte er völlig unbeeindruckt nach.

"Nun lassen sie mal ihre Frau in Ruhe." Griff Frau Winkmann ein. "Wir sind ja hier, um eine Lösung zu finden."

"Aber die Lösung liegt doch auf der Hand. Die Kleine kommt in dem Zeitraum zu mir. Kann ganz normal in die

Kita gehen und muss sich an niemand Neues gewöhnen. Fertig." Jason schüttelte etwas genervt den Kopf, als Frau Winkmann darauf hinwies, dass es auch andere Lösung gäbe, fügte er an:

"Was für andere Lösungen denn? Die wären doch alle viel zu einschneidend für die Kleine. Bei mir hat sie ihr eigenes Zimmer und müsste sich überhaupt nicht verändern."

"Ich will das aber einfach nicht. Für mich kommt das nicht in Frage." Warf Sarah schluchzend ein.

"Viel lieber steckst du sie den ganzen Tag in die Kita und lässt sie von einer fremden Person betreuen, als dass der eigene Vater etwas mehr Zeit mit UNSERER Tochter verbringen darf?" Jason war aufgebracht.

"Nun kommen sie mal etwas runter. Reden sie nicht in dem Ton mit ihrer Frau." Sagte Frau Winkmann. Dies machte Jason nur noch verrückter:

"Was soll denn das hier? Sie ist doch an keiner normalen Lösung interessiert. Für mich ist der Fall klar. Sie kann sich nicht um die Kleine kümmern. Ich kann es. Also kommt sie zu mir!"

Eine Weile ging das so hin und her. Verschiedene Abfahrtszeiten für Sarah wurden besprochen, wie sie es vielleicht anders schaffen könnte und sogar von einem Kitaplatzwechsel war die Rede. Oder die Kleine in der Zeit weit weg zur Oma zu geben.

Jason war kurz davor, dass ihm der Kragen platzte.

Völlig genervt fragte er dann Frau Winkmann: "Sagen sie mir doch mal ehrlich, was für sie dagegenspricht, dass Luna zu mir kommt? Die ganze Zeit suchen sie nach einer anderen Alternative, wo die beste Lösung doch auf der Hand liegt. Aber sie unterstützen sie nicht."

Frau Winkmann verzog das Gesicht. "Diese Frage muss ich ihnen nicht beantworten."

Jason zog die Augenbrauen zusammen. "Und warum nicht? Von mir verlangen sie dauernd Stellungnahmen und Erklärungen. Aber mir können sie nicht einmal eine einfache Frage ehrlich beantworten? Mir ist schon klar warum. Es gibt nämlich keinen Grund, der dagegenspricht."

"Doch. So wie sie hier auftreten, bin ich der Meinung, dass ihre Tochter nicht zu ihnen sollte."

Ein kurzes Lächeln huschte über Jasons Gesicht, als er sagte: "Anhand dessen, wie ich hier auftrete, beurteilen sie also, wie ich mit der Kleinen umgehe? Damit gestehen sie offen ein, was ich schon einmal gesagt habe: Sie sind subjektiv und nicht objektiv."

"Das reicht Herr Reubelt. Ich lasse mir das von ihnen doch nicht vorwerfen. Wir können auch ganz andere Seiten aufziehen."

Tja. Im Drohen waren sie gut. Nicht das erste Mal. Jason schüttelte den Kopf.

Nach einer Weile wurden Sarah und Jason nach draußen gebeten, da sich Frau Winkmann und Frau Luchs beraten wollten, wie es denn nun weitergehen sollte. Eine Lösung musste gefunden werden, da das Praktikum in wenigen Tagen begann.

Nach gut zwanzig Minuten waren sie zu Jasons Überraschung zu dem Entschluss gekommen, dass es für Luna Marie das Beste wäre, wenn sie zu ihm käme. Zumindest für die Zeit des Praktikums. Er jubelte innerlich und strahlte über das ganze Gesicht.

Es zog aber sofort ein dunkler Schatten darüber hinweg, als Sarah in Tränen aufgelöst sagte:

"Nein. Das lasse ich auf gar keinen Fall zu. Ich kann auf Luna nicht verzichten."

Jason stand auf. Schob in Ruhe seinen Stuhl an den Tisch und sagte mit tiefer Überzeugung: Gut. Dann sehen wir uns vor Gericht."

Ohne noch ein weiteres Wort zu sagen, oder auf die Äußerungen von Frau Winkmann und Frau Luchs zu achten, verließ er das Gebäude.

Nicht ganz eine Woche später sah man sich dann vor Gericht wieder. Jason fühlte sich gut. Er hatte wieder Hoffnung in das System. Hatte Hoffnung endlich wieder mehr am Leben seiner Tochter teilhaben zu können. Er spürte seit langem wieder so etwas wie Freude in sich.

Doch schon in den ersten Minuten der Verhandlung, wurde er jäh aus seiner positiven Gedankenwelt gerissen, als der Richter verkündete, dass die Gegenpartei eine Lösung gefunden hätte. Sarah hätte ihr Praktikum plötzlich anpassen können und ist somit in der Lage sich um die gemeinsame Tochter zu kümmern. Auch von einem Umzug zur Großmutter wollte sie nichts mehr gesagt haben. Das sei nie ein Thema gewesen, sagte sie und die Mitarbeiterin vom Jugendamt schwieg dazu.

Aber als ob dem nicht genug sei, wandte sich der Richter noch direkt an Jason:

"Sollten sie noch einmal wegen einer solchen Kleinigkeit vor Gericht erscheinen, werde ich den Antrag gleich zu Beginn ablehnen. Denken sie doch auch an ihre Tochter. Es muss nicht immer alles auf ihren Rücken ausgetragen werden, was zwischen ihnen und ihrer Frau steht."

Zu Sarah gewandt fügte er noch an: "Sollten sie demnächst doch plötzlich Umzugspläne haben, weiß ich ihre Aussage hier vor Gericht zu werten."

Bum. Das hatte gesessen. Und wieder hatte er verloren. Nicht den Hauch einer Chance gehabt, obwohl er glaubte alle Trümpfe in der Hand zu haben. Es spielte keine Rolle, was Sarah vorhatte. Es zählt weder die Vergangenheit noch augenscheinlich die Zukunft. Nur das Hier und Jetzt zählte bei diesen Leuten. Und im Hier und Jetzt hatte er wieder verloren.

Die Leere, welche er so gut verdrängt hatte, breitete sich wieder rasend schnell in ihm aus.

Wie er nach Hause gekommen war, wusste er selbst nicht. Er merkte nur irgendwann, wie er weinend auf dem Sofa saß und ein Bild seiner Tochter in den Händen hielt.

April 2020

Endlich war der Bericht des Profilers angekommen.

Michael nahm sich eine Tasse Kaffee und las:

„Nach einer ersten Analyse gehe ich von einem weißen männlichen Täter zwischen 30 und 40Jahren aus. Er ist überdurchschnittlich intelligent. Sein strukturiertes und geplantes Vorgehen lässt darauf schließen, dass er sich viel mit der Arbeit der Polizei beschäftigt haben muss. Möglich wäre sogar Insiderwissen.

Er geht gewisse Risiken ein. (Diebstahl einer Dienstwaffe und Morde am hellen Tag)

Vermutlich fühlt er sich der Polizei überlegen und er geht

ein Machtspiel ein.

Dies könnte in Zukunft zu Fehlern führen.

Der Täter ist sehr mobil und vermutlich eher introvertiert und daher nach außen hin unauffällig. Mehr der Nachbar, den man grüßt, mit dem man aber sonst nichts zu tun hat. Gesteuert von seinem Hass auf das Sozialsystem, wird er erst aufhören, bis er ein scheinbar von ihm gesetztes Ziel erreicht hat.

Eine genaue Analyse folgt, wenn ich mir die Zeichnungen und die Tatorte angeschaut habe..."

Michael legte das Schreiben beiseite und lehnte sich zurück. Wirklich was Neues stand nicht im Bericht. Das Profil traf wohl doch auf einen Großteil der Männer in der Bevölkerung zu.

Mai 2020

Was für ein Arbeitstag. Acht Fälle musste er heute abarbeiten. Immer wieder der gleiche Mist. Wegen jeder Kleinigkeit rannten die Leute heut zu Tage vor Gericht. Jeglicher Unfug, der hätte von Angesicht zu Angesicht geklärt werden können, landete vor dem Richter. Meist von Leuten, welche Prozesskostenhilfe beantragt und damit keine Kosten zu tragen hatten.

Es widerte ihn an. Dieses soziale Pack.

Jetzt war jedenfalls Feierabend und er konnte in Ruhe in seine Stammkneipe fahren und ein bis zwei Bier trinken, ehe er nach Hause fuhr. Seine Frau war auf Kur und niemanden kümmerte es, wann er nach Hause kam.

Er genoss diese drei Wochen der "Freiheit".

In seiner Kneipe blieb er etwa zwei Stunden. Es waren die

üblichen Verdächtigen da und man unterhielt sich in der geselligen Runde.

"Ich geh noch kurz auf die Toilette, dann fahr ich nach Hause. Bis morgen Abend!" Verabschiedete er sich von der Runde und suchte die Toilette auf.

Gerade, als er sich die Hose aufmachen und vor das Pissoir stellen wollte, spürte er einen starken Schmerz an seinem Hinterkopf und ihm wurde schwarz vor Augen.

Einige Zeit später kam er zu sich und griff sich sofort an den Kopf. Er war stark geschwollen und er blutete leicht aus einer kleinen Platzwunde.

Er fühlte sich noch etwas schwindelig, als er sich aufrichtete und umsah. Er saß auf einer kleinen Waldlichtung. Rings um ihn herum waren Bäume und Gestrüpp. Wegen der Dunkelheit konnte man nicht wirklich weit blicken. Ein paar Meter vor ihm saß auf einem umgefallenen Baum eine dunkel gekleidete Gestalt. Man konnte so viel erkennen, dass er Handschuhe anhatte und eine Clownsmaske trug. Mehr Details konnte er nicht wahrnehmen.

Aber er konnte die doch sehr milde und frische Luft spüren. Und er hörte das Rauschen des Windes. Irgendwo in der Ferne fuhren Autos vorbei. Es wirkte hier so friedlich. Absurd friedlich, wenn man bedachte, dass er hier her entführt wurde. Der Gedanke daran brachte ihn wieder zum klaren Verstand und er fixierte seinen Angreifer.

"Sie wissen, dass sie sich strafbar gemacht haben, oder? Aber wenn sie mich jetzt gehen lassen, werde ich von einer Anzeige absehen." Pokerte er hoch. Er ging davon aus, dass sich sein Angreifer durch das provokative Auftreten beeindrucken ließ.

Die Gestalt lachte und richtete sich auf.

"Ach kommen sie Richter. Das ist doch nur eine Kleinigkeit. Wegen so was geht man doch nicht vor Gericht."

Der Richter stutzte. War der Typ dumm oder was sollte diese Aussage. Etwas weniger selbstsicher sagte er:

"Eine Kleinigkeit ist das nicht. Freiheitsberaubung. Schwere Körperverletzung. Da kommt einiges zusammmen."

"Und das würden sie natürlich auch hart bestrafen, oder?"

"Nach dem Gesetz würde das eine harte Strafe nach sich ziehen, ja."

"Interessant. Welche Auffassung vertreten sie denn überhaupt, was das Bestrafen angeht?"

"Wie meinen sie das?" Der Richter war verwirrt.

"In einigen Ländern heißt es "Auge um Auge". Während hier in Deutschland selbst für Mord nur ein paar Jahre bei guter Führung abzusitzen sind."

"Ach das meinen sie. Da kann ich sie beruhigen. Wenn es nach mir ginge, dann sollte es eine viel härtere Strafe geben bei gewissen Verbrechen."

Die Gestalt schwieg kurz und fragte dann:

Wenn jemand daran schuld ist, dass jemand anderen über Jahre Leid zugefügt wird. Seelischer Schmerz. Wenn derjenige schuld ist, dass der andere dauerhaft eingesperrt ist und kontrolliert wird. Wenn derjenige letztlich eine Mitschuld am Tod der Person trägt. Welche Strafe würden sie empfehlen?"

Der Richter zögerte zu antworten. Er ahnte, dass es übel enden könnte, wenn er falsch antwortete.

"Ich weiß nicht, was sie da von mir hören wollen." Versuchte er auszuweichen.

"Beantworten sie einfach meine Frage. Wie sollte diese Person bestraft werden?"

"Ich denke, so hart wie möglich." Antwortete der Richter leise.

"Ist dies nach deutschem Recht denn überhaupt möglich?!" Stellte die Gestalt eine rhetorische Frage.

"Sie wollen von mir bestimmt hören, dass derjenige eine Todesstrafe verdient hätte, oder?"

"Hören muss ich das nicht unbedingt. Ich bin der festen Überzeugung. Aber so haben sie es mir leicht gemacht und ihre eigene Strafe schon ausgesprochen. Wir sehen uns."

Der Richter blickte direkt in das Mündungsfeuer der Waffe. Er spürte den stechend, brennenden Schlag an seiner Stirn. Für ein paar Sekunden bleib er aufgerichtet sitzen und starrte auf den ausgestreckten Arm, der die Waffe hielt. Dann breitete sich Schwärze in ihn aus und er sackte in sich zusammen.

Als am nächsten Morgen Richter Orhahn nicht zur Arbeit erschien, wurde er als vermisst gemeldet.

Die Polizisten waren sofort auf höchster Alarmbereitschaft. Wieder war jemand verschwunden, der mit Familien, Sorgerecht und Ähnlichen zu tun hatte.

Der Verdacht lag nahe, dass es mit dem Serienmörder zu tun hatte, der mittlerweile als "Papiervater" in der Öffentlichkeit bekannt war.

Bei der Suche nach dem Vermissten, spannte die Polizei die Bevölkerung mit ein und veröffentlichte Bilder in Zeitung und Fernsehen.

Schon nach der ersten Ausstrahlung meldete sich der Wirt einer Kneipe. Er meinte, dass der Richter gestern bei ihm ein paar Bier getrunken haben und dann verschwunden sei, ohne die Zeche bezahlt zu haben. Er habe auf der Toilette ein offenes Fenster gesehen. Vermutlich ist er dort verschwunden.

Bernd und Michael fuhren zusammen zur Kneipe, um die Aussage aufzunehmen. Die Geschichte kam ihnen sofort sehr merkwürdig vor und sie ahnten, dass da wohl mehr dahintersteckte.

Vor Ort angekommen, wiederholte der Wirt seine Aussage. Er fügte auch an, dass der Richter sonst immer bezahlt hätte.

Von ihm bekamen sie auch die Namen der Leute, mit denen er gestern getrunken hatte. Es waren alles Stammkunden.

Dann sahen sie sich auf der Toilette um. Davon abgesehen, dass es hier sehr schmutzig war und übel roch. Konnte man keine Spuren eines Kampfes oder anderes erkennen, was auf ein Verbrechen hinwies.

Das Fenster war schon längst wieder geschlossen. Es war allemal groß genug, dass da ein erwachsener Mann durch passte.

Michael öffnete das Fenster und sah hinaus. Von hier hinten gelangte man direkt auf den kleinen Parkplatz. Leider waren hier keine Kameras angebracht. Dafür sah Michael am Fensterrahmen einen kleinen Stofffaden.

"Hier schau mal." Sagte er zu Bernd und packte den Faden

in eine Beweistüte. "Der könnte vom Richter sein. Oder aber auch vom Täter."

"Wie vom Täter?" Fragte Bernd. Er konnte ja nicht wissen, welche Gedankengänge Michael gerade hatte.

"Also ich vermute, dass der Täter den Richter hier überwältigt und dann aus dem Fenster geschafft hat. Warum sollte der Richter denn seine Zeche prellen und dann komplett untertauchen."

"Es gab doch schon viele andere Leute, welche einfach mal so untergetaucht sind." Warf Bernd ein.

"Ja. Natürlich. Aber hier liegt es einfach auf der Hand, dass ein Verbrechen geschehen ist. Wieder ein Richter. Wieder einer der mit Familienrecht zu tun hatte. Das sind mir ein paar Zufälle zu viel. Den Faden nehmen wir als Beweisstück mit. Die Spurensicherung soll sich das hier alles aber dennoch anschauen. Auch wenn ich nicht glaube, dass sie sonst weiter was finden werden. In diesem Drecksloch hier."

Dem Wirt sagten sie, dass die Toilette gesperrt sei, bis die Leute von der Spurensicherung ihre Arbeit gemacht hätten.

Gerade im Rausgehen begriffen, fragte Michael den Wirt: "War gestern vielleicht ein Gast nur ganz kurz hier oder einer, der gar nichts getrunken hatte?"

Der Wirt musste kurz nachdenken und sagte dann: "Da war schon einer." Er nickte. "Der kam rein und bestellte ein Bier. Aber als ich es ihm bringen wollte, da war er schon wieder weg. War nicht weiter tragisch. Bin das Bier auch so losgeworden."

Bernd und Michael horchten auf.

"Können sie den Mann vielleicht beschreiben? Das wäre

unglaublich wichtig."

"Ernsthaft? Hier laufen so viele Leute rum. Glaube nicht, dass ich da viel helfen kann."

"Versuchen sie es einfach. Oft sind es nur Kleinigkeiten, welche uns weiterhelfen." Ermunterte Bernd ihn. "Wie groß war er? Wie alt ungefähr? Was hatte er angehabt?"

Der Wirt dachte noch einmal kurz nach. "Viel habe ich nicht sehen können. Er bestellte das Bier im Vorbeigehen und steuerte dann die hinteren Tische an. Da wo niemand sonst saß gestern. Er war normal groß. Etwa so wie ich. Hatte dunkle Kleidung an und ne Mütze auf. Sein Gesicht oder so was konnte ich nicht sehen, da er nicht zu mir sondern zur anderen Seite geschaut hatte."

"Ist ihnen sonst noch was aufgefallen?"

"Ähm. Ja. Also er hatte eine echt sanfte Stimme gehabt. Hätte fast gedacht, dass das eine Frau ist. Aber von der Gestalt her, war er ein Mann. Ach ja. Ziemlich dünn war er."

Michael machte sich Notizen und bat den Mann dann, dass er später aufs Revier kommen sollte, damit man alles noch einmal durchgehen könne. Er hatte Hoffnung vielleicht eine Phantomzeichnung von der Gestalt anfertigen lassen zu können.

Danach suchten sie die anderen Kneipenbesucher auf, von denen sie die Namen hatte. Speziell fragten sie jetzt auch, ob einen von ihnen dieser Mann aufgefallen sei. Aber alle verneinten.

Ziemlich enttäuscht fuhren die Beamten zum Revier zurück. "Hm." Machte Michael.

"Was geht dir durch den Kopf?" Fragte Bernd.

"Es ist echt ärgerlich, dass wir nach der langen Zeit und bei den vielen Fällen immer noch quasi keine Spur haben und nicht wissen, mit wem wir es zu tun haben. Acht Monate sind seit dem ersten Mord vergangen. Über ein Jahr gar seit dem Diebstahl der Waffe. Und wir haben nix in der Hand. Das ist richtig frustrierend. Der Täter scheint uns immer einen Schritt voraus zu sein."

"Meinst du, dass es vielleicht ein ehemaliger Polizist sein könnte?"

"Das würde ich zumindest nicht mal ausschließen wollen. Denn..." Er wurde vom Klingeln seines Telefons unterbrochen.

Man hatte das Auto des Richters auf einen Parkplatz in Sorsum gefunden. Vom Richter selbst fehlte aber weiterhin jede Spur.

Michael wies die Kollegen an die Umgebung weiträumig abzusuchen.

"Am besten auch den Hubschrauber mit Infrarot und Wärmebild einsetzen." Warf Bernd noch ein. Michael nickte und gab das mit durch.

"Denn dort um Sorsum sind viele Wälder. Vielleicht werden wir ja so fündig." Sagte er, als Michael aufgelegt hatte.

Und er sollte recht behalten. Der Einsatz des Hubschraubers lohnte sich tatsächlich. Man hatte nur wenige Stunden später den Richter gefunden. Allerdings war er auch nicht versteckt worden, sondern lag immer noch auf der Lichtung, wo er gestorben war.

Der Tatort wurde weiträumig abgesperrt und alle Spuren aufgenommen. Wie sich später herausstellte, waren die

83

Reifenspuren am Tatort vom Wagen des Richters. Fußspuren konnte man auf dem Waldboden keine mehr sicher.

Steffen war auch mit zum Tatort geeilt und untersuchte ganz zielstrebig die Taschen des Opfers. Er nickte mehrmals und hielt dann fast schon triumphierend zwei Blätter nach oben. "Es ist das nächste Opfer sagte er." Und zeigte das gemalte Bild. Ähnlich wie bei den anderen Opfern war wieder ein Mann auf dem Bild gezeichnet. Daneben Hand in Hand ein kleines Mädchen. Es war aber im Vergleich zu den anderen Bildern nicht bunt, sondern nur mit schwarz gezeichnet. Es strahlte eine gewisse Traurigkeit aus empfand Michael.

"Dann können wir also davon ausgehen, dass auch das Projektil übereinstimmen wird." Bernd starrte auf die Schusswunde. „Zumindest können wir auch erst dann wirklich davon ausgehen, dass es ein und derselbe Täter und nicht ein Trittbrettfahrer ist."

"Verdammt." Entfuhr es ihm. "Fünf Tote. Vier davon gehen wohl auf seine Kappe. Was für einen kranken Feldzug führt dieser Typ da?"

Michael hob wie abwehrend die Hände und sagte: "Nun mal vorsichtig. Ein verletzter Vater kann zu vielem fähig sein."

"Willst du ihn jetzt auch noch in Schutz nehmen?" Bernd schaute Michael skeptisch an. "Und das mit dem "verletzten Vater" wissen wir ja auch nicht."

"Du hast recht. Spekulieren brauchen wir jetzt erst mal nicht. Und in Schutz nehme ich ihn auch nicht. Aber es wurden schon so viele Verbrechen aus den einfachsten Gründen begannen. Ich kann mir nur vorstellen, dass hier schon irgendwie eine tiefe Verwurzelung; ein tiefer Hass vorliegt."

Steffen nickte und auch Bernd sah ein, dass Michael da wohl recht haben könnte und sagte nichts weiter dazu. Auch wenn er diese Ansicht nicht gerade teilte. Für ihn war jeder Mörder Abschaum. Und Serienmörder waren die schlimmste Sorte. Für ihn waren solche Verhaltensmuster in keinster Weise nachvollziehbar. Diese Leute waren in ihren Augen krank. Aber Michael schien das aus einer inneren Überzeugung heraus zu sagen.

"Der Druck der Öffentlichkeit wird jetzt mit Sicherheit noch weiter anwachsen. Die Bürger hier waren so schon beunruhigt. Wenn wir nicht bald mal handfeste Beweise in die Finger kriegen, sehe ich schwarz." Michael zog kurz die Schultern nach oben und fuhr dann fort:

"Da ich nicht davon ausgehe, dass die Opfer zufällig ausgewählt wurden, müssen wir weiter nach Verbindungen untereinander suchen. Jetzt ist es ja wieder eine Variable mehr und wir können sicher einige potentiell Verdächtige von der endlos langen Liste streichen. Ich schlage vor, dass wir uns da gleich ran machen, Ich will endlich Erfolge sehen!" Er schlug mit der Faust auf seine offene Hand. Er war entschlossen den Täter dingfest zu machen. Es wurmte ihn, dass er so an der Nase herumgeführt wurde.

Juli 2016

Die Monate vergingen und er hatte das Gefühl in einer Achterbahn zu sitzen. Mal gab es überraschend positive

Erlebnisse rund um seine Tochter und mal hatte er das Gefühl bald den Teufel persönlich kennen zu lernen. Obwohl er sich eingestehen musste, dass die positiven Elemente nur dadurch zustande kamen, da er alles versuchte das die „Papa-Tochter-Wochenenden" ein Erlebnis für beide wurden. Ausflüge, Sport, lange Spaziergänge, Kino, Eis. Für seine Kleine machte er alles. Die negativen Einflüsse hingegen konnte er nicht steuern. Sie kamen allzu oft unvermittelt.

Im März hatte er, weil es auf den Freitag fiel, wo die Kleine bei ihm war, am gemeinsamen Ostereierbemalen im Kindergarten teilnehmen dürfen. Und dabei hat er beiläufig erfahren, dass die Umzugspläne seiner Frau schon fortgeschritten waren. Eine Erzieherin hatte mitten im Gespräch gesagt, dass sie es traurig finde, dass Luna Marie bald nicht mehr in den Kindergarten kommen werde. Jason fiel aus allen Wolken und erfuhr auf Nachfragen, dass Sarah vor hatte den Kindergartenplatz zu kündigen.

Natürlich wies er da sofort den Kindergarten an eine Kündigung unter gar keinen Umständen zu akzeptieren, solange seine Unterschrift fehlte.

Soweit kommt es noch, dachte er sich. Seine Frau meinte wohl alles im Leben der Tochter bestimmen und ihn übergehen zu dürfen. Wozu hatte er denn Rechte?

Als er Sarah beim nächsten Jugendamtstermin darauf ansprach, konnte sie sich allerdings nicht daran erinnern so etwas im Kindergarten gesagt oder gefragt zu haben. Und Jason konnte sich von Frau Winkmann anhören, dass es nicht zuträglich sei, wenn er Lügen verbreitet. Wieder einmal fühlte er sich wie der Don Quijote.

Anders lief es dann bei der Schulbesichtigung. Die Anmeldung für die Schule stand an und die Eltern wurden aufgefordert zu einem Termin zu kommen. Ganz wider Erwarten, war Sarah in der Lage mit ihm zusammen dort hinzugehen. Und das nur mit ihm. Keine Mutter, kein Bruder dabei. Sie schien ihm dabei völlig entspannt zu sein. Sie scherzte sogar rum und setzte sich dann beim Vortrag der Lehrer direkt neben ihn.
Keine Spur von "sie habe Angst vor ihm". "Sie könne nicht alleine mit ihm sein." "Er sei so böse." Und was auch immer sie vorgebracht hatte.
Es war ein Abend, der hätte völlig positiv verlaufen können, bis Jason dann darauf zu sprechen kam, ob er die gemeinsame Tochter denn nicht öfter zu sehen bekommen könne. Was denn dagegen spreche.
Sarah fühlte sich direkt wieder angegriffen und brachte Sprüche wie "sie könne selbst im Schlaf auf die Luna nicht verzichten". Für Jason unverständlich. Gerade eben noch völlig losgelöst, locker und gut drauf, stand sie nun mit hasserfülltem Blick vor ihm und strahlte völlige Ablehnung aus.
Er erkannte seine Frau nicht mehr wieder. Es war nicht die Person, welche er geliebt, geheiratet und der er die Welt zu Füßen gelegt hatte.
Es war eine kranke Person, welche ihr eigenes Wohl über das ihrer Tochter stellte.
Seine Tochter er musste die Kosten dafür tragen...

Im Mai war es dann so weit, dass Jason einen Anwalt

aufsuchen konnte, um die Scheidung einzureichen. Im nächsten Monat würde ja das Trennungsjahr ablaufen und er wollte gerne das Kapitel so schnell wie möglich abhaken.

Bei der Scheidung dürfte es kaum Probleme geben. Hatte sie sich bei der Trennung ja schon alles geschnappt, was von wert war. Alles was irgendwie in der Ehe angeschafft und durch ihn bezahlt wurde. Sie selbst hatte ja kein Geld verdient. Sogar den Fernseher hatte sie damals mitgenommen und er blieb in einer halb leeren Wohnung zurück.

Natürlich hatte seine Frau dennoch versucht noch mehr rauszuholen. Erfand Geschichten von Geldern, welche noch irgendwo seien. Ließ über ihren Anwalt immer wieder eine Neuberechnung des Unterhaltes für sich anstreben und zeigte sich auf jeder Ebene gierig.

Jason fühlte sich teilweise, als würde er auf dem Kopf gedreht, die Taschen nach außen gestülpt und einem Schlauch im Arm, der ihm Blut abzapfte.

Im Juni hatte er dann das erste Mal seit der Trennung fünf Tage mit seiner Tochter an einem Stück verbringen dürfen. Es war sein Anteil, der ihm von seiner Frau an den Sommerferien gestattet wurde. Den Rest der Zeit verbrachte sie natürlich bei ihrer Oma.

Jason fuhr mit Luna Marie an die Nordsee. Sie fuhren mit der Bahn. Aßen von Papptellern am Strand. Wanderten, bis es dunkel wurde durch das Watt. Besuchten Helgoland und hatte einfach eine richtig intensive Zeit miteinander.

Es waren Momente, wo die beiden von all dem Stress abschalten konnten. Momente der Unbeschwertheit.

Momente für eine gemeinsame Erinnerung.
Doch wie immer verging die kurze Zeit viel zu schnell.

Nun Anfang Juli sollte der nächste Nackenschlag für Jason kommen. Er hatte ja schon seit der Trennung darauf gewartet, dass es irgendwann kommen würde. Aber dass es so schnell gehen würde, damit hatte er dann doch nicht gerechnet.
Er wurde zu einem Gespräch beim Jugendamt gebeten, da seine Frau etwas klären wollte. Es waren Frau Winkmann, Herr Mille und Frau Luchs anwesend.
Nach den üblichen Floskeln und gängigen Fragen, kam Jason gleich auf den Punkt und wollte wissen, warum er denn hier zum Termin geladen wurde.
Seine Frau ergriff das Wort und sagte: "Ich will mit der Kleinen umziehen. Ich habe kein Geld mehr, um mir hier die Wohnung zu leisten."
"Äh..." Jason schluckte kurz. "Und wo möchtest du hinziehen?"
"Na zu meiner Mutter." Sarah klang so, als wäre die Antwort selbstverständlich gewesen. Das war sie eigentlich auch. Nur hatte Jason gehofft, dass es vielleicht Alternativen geben würde.
"Du weißt genau, dass ich das nicht möchte. Die ganze Zeit spinnt ihr Intrigen gegen mich. Erzählt nur Schlechtes..."
"Das stimmt doch gar nicht." Unterbrach ihn Sarah.
"Ach nein? Und warum kommt dann die Kleine zu mir und fragt: "Papa bist du wirklich so böse, wie Mama und Oma immer erzählen?" Das denkt sie sich doch nicht einfach aus."
Herr Mille schritt ein. "Wir sind nicht hier, um Vorwürfe zu

machen. Ihre Frau hat einen Wunsch und wir wollen jetzt klären, wie es weitergeht."

"Ja schon klar. Klären. Es wird wieder was verlangt und ich muss es schlucken."

"Aber so ist das ja nun auch nicht Herr Reubelt." Sagte Frau Winkmann.

"Nein? Welche Alternativen habe ich denn? Ich bin dagegen, dass sie dort mit der Kleinen umzieht."

"Und welche Gründe sprechen dagegen?" Fragte Frau Winkmann.

"Die Kleine hat hier ihren Kindergarten. Ist hier schon an einer Schule angemeldet. Hat hier ihre Freunde und kennt Hildesheim. Das wäre die geringste Veränderung. Ich könnte mich da komplett um sie kümmern. Sarah kann gerne umziehen. Aber ohne Luna Marie." Jason klang trotzig und verschränkte die Arme.

Sarah, mit Tränen in den Augen, sagte: "Aber dort hat sie auch ihre Freunde. Eine tolle Familie. Es ist dort alles dörflich. So bist du doch auch groß geworden."

"Und?" Fuhr er sie an. "Du kannst in jedes Kack-Dorf ziehen. Ist mir völlig egal. Aber nicht in die direkte Nähe deiner Mutter. Und dass die Kleine da schon Freunde hat, ist ja kein Wunder. Jedes Wochenende, wo sie bei dir ist, bist du dahin gefahren. Hast sie sogar aus der KiTa genommen und bei der Oma wohnen lassen. Hast sie ohne mein Einverständnis dort in der KiTa reinschnuppern lassen. Und und und. Du hast das alles doch von langer Hand geplant."

"Hören sie auf mit irgendwelchen Vorwürfen." Wies ihn jetzt auch Frau Luchs zurecht.

"Klar. Wie immer ich bin schuld. Sie darf alles machen und

ich schau wie immer in die Röhre. Vor Gericht sagt sie noch, dass sie keine Pläne hat umzuziehen. Und ein paar Monate später will sie es ganz plötzlich."

"Es geht hier ja auch um das Geld."

"Geld? Da hat sie wohl mehr als genug. Es gibt für sie BAföG Kindergeld für sie und die Kleine. Unterhalt für sie und die Kleine. Und von ihren Eltern könnte sie auch noch welchen verlangen. Da ist sie selber schuld, wenn sie es nicht macht. Zusammengerechnet hat sie viel mehr als ich."

"Das überlassen sie mal ihrer Frau. Sie können wohl kaum beurteilen, wie es um ihre Finanzen steht." Sagte Frau Winkmann.

"Ach meinen sie? Ich kann sehr wohl eins und eins zusammenrechnen. Das ganze Jahr über ging es doch. Aber jetzt wo das KiTa-Jahr zu Ende geht und man kündigen könnte, zufällig genau da möchte sie jetzt umziehen? Und was ist mit ihrer Ausbildung? Sie muss doch noch ein Praktikum dranhängen. Die geht dann also bis Oktober. Dann ist die Kleine bei der Oma und sie fährt dann jeden Tag über eine Stunde zwischen dort und dem Praktikum hin und her, ja?"

„Nun beruhigen sie sich erst einmal." Doch Herr Milles Einwurf brachte Jason nur noch mehr in Wallung.

„Es kann doch wohl nicht angehen, dass sie erst rumlügt: Sie will nicht umziehen. Auf keinen Fall. Bla, bla. Und jetzt auf einmal fallen ihr irgendwelche Gründe ein, damit sie es kann? Also wenn sie wirklich umziehen will, dann muss sie vor Gericht gehen. Ich werde dem nicht zustimmen."

Er stand auf und verließ den Raum. Das war zu viel für ihn. Ein Umzug seiner Tochter würde für ihn in naher Zukunft den kompletten Verlust bedeuten. Da war er sich völlig sicher. Dort war sie unter voller Kontrolle dieser kranken Familie. Der Mutter, der Oma. Soweit durfte er es nicht kommen lassen. Die Frage war nur, ob er überhaupt eine Wahl haben wird.

Auf den Weg nach Hause rief ihn Herr Mille an und vereinbarte einen Termin mit ihm, um weiteres zu Besprechen.

Herr Mille und Frau Luchs waren vom Jugendamt eingesetzt worden, nachdem Jason um Unterstützung gebeten hatte. Er hatte gehofft, dass durch die Sozialarbeiter ein gemeinsames Auskommen und Absprechen zwischen Sarah und ihm möglich sei.

Allerdings hatte das bisher überhaupt nichts gefruchtet. Er hatte schon mehrere Termine mit Herrn Mille wahrgenommen. Aber dieser machte immer wieder widersprüchliche Aussagen.

Mal vertrat er die Meinung, dass man nichts unversucht lassen sollte. Mal meinte er, dass man auch lernen muss aufzugeben.

Seine Frau nahm die Termine mit ihrer Sozialarbeiterin nicht sehr ernst. Wie er später erfuhr, hatte sie erst einen Termin mit Frau Luchs wahrgenommen.

Herr Mille hatte sich zudem auch schon ein Bild von Sarah gemacht. Während Frau Luchs noch kein Gespräch mit Jason geführt hatte. Das waren alles Voraussetzungen, die von Anfang an zum Scheitern verurteilt waren.

Sarah wollte nicht und das Personal ist leider Gottes so inkompetent, dass Jason doch allein an allen Fronten kämpfen musste.

Zumindest fühlte es sich für ihn an.

Das System lief gegen ihn. Und egal, wie er steuerte. Egal, was er unternahm. Er kam nicht vorwärts. Ganz im Gegenteil: Er wurde mehrfach weiter zurückgeworfen.

Aber er war nicht der Typ, der in Selbstmitleid versank oder aufgab. Es würde schon irgendwie weitergehen.

Nach einem weiteren kurzfristigen Termin mit Herr Mille, traf man sich erneut vor dem Jugendamt. Jason wurde klar gemacht, dass er nur zwei Alternativen hatte.

Entweder er würde dem Umzug zustimmen und er dürfte alle Rechte im Umgang mit Luna Marie behalten. Oder aber sie würden vor Gericht gehen und er liefe in Gefahr dann das gemeinsame Aufenthaltsbestimmungsrecht zu verlieren. Dies hätte dann ja langfristig die Konsequenz, dass Sarah immer wieder umziehen könnte, wohin auch immer sie wollte.

So musste Jason also in den sauren Apfel beißen. Im Gegenzug handelte er aber eine schriftliche Vereinbarung aus. Dort waren Umgangskontakte festgehalten. Ebenso die Verpflichtung seiner Frau, ihn über alles Wesentliche zu informieren.

Der hämisch-triumphierende Blick, welchen Sarah ihn nach seiner Zustimmung zum Umzug zuwarf, würde er wohl niemals vergessen. So eine falsche Person hatte er in seinem Leben noch nicht kennen gelernt. Eiskalt. Berechnend.

Als armes kleines weinendes Mädchen vor den Ämtern und Richtern. Als Beeinflusser Luna Marie gegenüber. Hassend ihm gegenüber.

Hass.

Ein kleines Wort für ein großes Gefühl. Ein Gefühl, welches in Jason ebenfalls immer mehr heranwuchs. Hass.

Juni 2020

„Michael. Komm mal rüber." Bernd winkte seinen Kollegen zu sich heran. Er saß vor einem Stapel Akten. Eine lag geöffnet vor ihm.

„Was hast du denn gefunden?"

„Schau dir mal die Akte zu dem Kryczowiak an. Er ist mit all den Ermordeten in Kontakt gewesen. Und hier in der Akte von Frau Luchs steht, dass er durch eifersüchtiges, einnehmendes und aggressives Verhalten aufgefallen ist. Auch ein Protokoll der vielen Gerichtsverhandlungen weist darauf hin."

Michael las sich die Notizen durch. „Hm. Klingt interessant. Was wissen wir über ihn?"

„Seine Frau hatte sich von ihm getrennt und ist mit den Kindern weggezogen. Sie behauptete von ihm geschlagen worden zu sein. Er hat das Sorgerecht verloren und durfte die Kinder anfangs alle vier Wochen mal besuchen. Danach gab es keine Kontakte mehr zu irgendwelchen Behörden."

„Gut. Das könnte ein potenziell Verdächtiger sein. Findet alles über ihn heraus. Wo er lebt. Was er arbeitet und so weiter. Du kennst das ja."

Bernd nickte und machte sich gleich an die Arbeit. Die anderen Beamten waren in der Zeit weiterhin damit beschäftigt weitere Überschneidungen zu finden. Man hatte bisher fast tausend Fälle gefunden und ein Ende war noch immer nicht in Sicht.

All die Fälle durchsuchten sie nach Auffälligkeiten, wie sie bei Kryczowiak gefunden wurden.

Es galt endlich etwas handfestes in die Hände zu bekommen. Keiner wusste, ob es weitere Opfer geben würde. Keiner wusste, wann es diese Opfer geben würde. Auch wenn sie dann einen Verdächtigen haben würden, mussten sie unbedingt starke Beweise bei ihm finden. Denn an den Tatorten wurden keine Spuren hinterlassen. Der Faden von der Toilette in der Kneipe gehörte zur Kleidung Richter Orhans. Fingerabdrücke wurden weder in den Autos noch auf den Bildern zurückgelassen. Lediglich die Zeichnungen und Auszüge aus dem Gesetz selbst könnten ein Beweis sein, wenn sie das gleiche Papier und die gleichen Stifte bei einem Verdächtigen finden würden.

Gegen Mittag hatte Bernd erste Informationen gesammelt und die leitenden Beamten Steffen, Michael, Bernd und Samuel trafen sich im Konferenzraum. Der „Soko Papiervater" waren von der Polizeidirektion Hildesheim und dem Land Niedersachsen sowie Hessen zwanzig Beamten zugeteilt. Eine so große Soko hatte es in der Geschichte von Hildesheim noch nicht gegeben. Man war extra dafür in das leerstehende Gebäude der ehemaligen AOK umgezogen, da die eigenen Räumlichkeiten nicht ausreichten.

„Dann leg mal los." Nickte Michael Bernd zu, als alle Platz genommen hatten.

Bernd stand auf. Über einen Beamer warf er ein Bild eines

Mannes an die Wand. Ein weißer Osteuropäer mit kurzem dunklen Haar. Kantig-faltigem Gesicht. Er hatte eine kleine Narbe unter dem Auge, sonst aber keine weiteren Auffälligkeiten.

„Pawel Kryczowiak. 37Jahre alt. Geschieden. Vater von zwei Kindern. Der Sohn starb, als er 2Jahre alt war. Todesursache habe ich noch nicht rausfinden können. Die Tochter ist 7Jahre alt. Zum Zeitpunkt der Trennung war sie 5Jahre alt."

„Was zum geschätzten Alter der Person passt, die die Bilder an den Tatorten gemalt haben soll." Fügte Samuel ein.

„Genau. Das wollte ich auch gerade sagen." Bernd lächelte und fuhr fort: „Nach der Trennung gab es immer wieder Anzeigen sowohl von seiner Frau als auch von den Mitarbeitern im Jugendamt. Die Anzeigen reichten von Beleidigung bis hin zur leichten Körperverletzung. Seit gut einem Jahr fehlt von Kryczowiak jegliche Spur. Er war zuletzt in Hameln gemeldet. Aber dort ist er verzogen, ohne eine Adresse zu hinterlassen. Seitdem ist er nicht mehr in Erscheinung getreten. Es gibt keine Kreditkartenabbuchungen. Keine Kontobewegungen. Nichts. Allerdings hatte er kurz vor seinen Auszug in Hameln fast dreißig tausend Euro abgehoben."

„Was ist mit seiner Frau und seiner Tochter?"

„Da habe ich noch nichts herausbekommen. Sie ist vor einiger Zeit nach Polen gezogen. Ich bemühe mich gerade, dass die Kollegen dort für uns herausfinden, wo sie wohnen."

„Interessant. Durchaus interessant." Steffen kratze sich an seinen Bartstoppeln. „Da passt mehr zusammen, als es ein Zufall sein könnte."

Michael nickte. „Sehe ich auch so. Er hatte mit allen zu tun gehabt. Das Alter seiner Tochter. Er war mit Sicherheit sehr verärgert, da er ja alles verloren hat. Er ist aggressiv aufgetreten. Und seit einem Jahr, kurz vor dem ersten Mord an Richter Prietz, ist er mit einer größeren Menge Geld untergetaucht."

„Was ich mich nur frage: Ist es einer, der clever genug ist, so ohne Spuren zu hinterlassen einen Mord nach dem anderen zu begehen?" Bernd rieb sich über seinen dicken Bauch und ergänzte: „Er hatte die Schule abgebrochen und sein Geld nur einer Erbschaft zu verdanken. Viel getan hat er in seinem Leben noch nicht."

„Nun. Bei den ganzen Sendungen im Fernsehen, brauch er ja nur ein wenig aufgepasst haben. Aber vielleicht ist auch eine große Portion Glück dabei. Du solltest sowieso niemals den Fehler machen und jemand unterschätzen, nur weil er scheinbar nicht die nötige Bildung hat. Gerade das können sehr gefährliche Leute sein. Die denken oft anders. Unvorhersehbar."

Bernd schaute etwas verlegen zur Seite. Da hatte sein Kollege natürlich recht.

„Gut. Dann sollten wir schnellstmöglich die Ergebnisse aus Polen bekommen. Vielleicht weiß seine Frau, wo er sich aufhält." Michael nickte zu Bernd hinüber der die Hand gehoben hatte.

„Was hältst du davon, wenn wir die Presse einschalten?" Sagte dieser dann. „Also, dass wir den Kryczowiak als Zeugen suchen, oder so etwas."

„Sehr gute Idee. Die Presse ist eh ganz spitz auf den Fall. Und vorerst gilt Kryczowiak nur intern als ein Verdächtiger.

Wir können uns eine Verunglimpfung nicht leisten, falls er unschuldig sein sollte."

Michael atmete hörbar aus. „Gut, dass wir endlich eine Spur haben."

Am Abend wurde dann die Pressekonferenz auf vielen Sendern ausgestrahlt.

„Im Fall des als „Papiervater" bekannt gewordenen mutmaßlichen Serienmörders haben wir eine heiße Spur. Hierzu bitten wir allerdings die Öffentlichkeit um Mithilfe." Der Pressesprecher der Polizeidirektion in Hildesheim, der extra eingestellt wurde, blendete auf einer Leinwand ein Foto von Kryczowiak ein. „Wir suchen folgenden Mann. Pawel Kryczowiak. Er ist 39Jahre alt und circa 1,79m groß. Wir möchten dabei betonen, dass wir ihn in erster Linie als einen wichtigen Zeugen suchen. Wer sachdienliche Hinweise über den Aufenthalt von Pawel Kryczowiak hat, der wendet sich bitte an diese Telefonnummer." Auf der Leinwand wurde die Nummer der Polizei von Hildesheim eingeblendet. „Oder er wendet sich bitte an die ihm nächst gelegene Polizeidienststelle."

In den öffentlich-rechtlichen Sendern wurde nach der Ausstrahlung noch viel über den Fall diskutiert. Man spekulierte, in welchem Zusammenhang Kryczowiak zu den Morden steht. Man kam schnell zu dem Schluss, dass er nicht nur als ein Zeuge gesucht wurde.

Die Öffentlichkeit teilte natürlich zum großen Teil diese Ansichten. In Stammtischen, in den Pausen, in Bussen; eigentlich fast überall wurde über den „Papiervater" diskutiert.

Man sah in dem Serienkiller einen enttäuschten Vater an,

der Rache am System übte. Jemand, der sein Recht selbst in die Hand nahm.

Schnell gab es zwei Lager. Betroffene Väter, welche ebenfalls Schwierigkeiten mit den Müttern ihrer Kinder hatten, schlugen sich auf seine Seite und konnten ihn verstehen.

Der Rest konnte es nicht im Geringsten nachvollziehen.

Der Papiervater polarisierte.

Ein paar Tage später gab es die Rückmeldung aus Polen. Man konnte die Frau von Kryczowiak nicht ausfindig machen. Unter der zuletzt gemeldeten Adresse fand man nur eine verlassene Wohnung. Auch von der Tochter fehlte jede Spur.

Das hegte sofort den Verdacht, dass den beiden etwas zugestoßen sein könnte. Denn in der Wohnung selbst gab es einige Anzeichen eines Kampfes.

Laut der angehäuften Post war die Frau über Monate nicht mehr zu Hause gewesen. Allerdings gab es nie eine Vermisstenmeldung da sie keine Verwandtschaft mehr besaß. Und in der Schule hatte es niemanden gekümmert, als die Tochter dort nicht mehr erschien. Sie war sowieso nur unregelmäßig in die Schule gegangen. Man vermutete dort, dass die Mutter weggezogen war.

Bei der Polizei ging man nun aber davon aus, dass Pawel sie entweder entführt oder gar umgebracht haben könnte.

Die Fahndung wurde nun ausgeweitet. Neben Kryczowiak suchte man nun auch nach seiner Frau und Tochter. Auch in Deutschland, da sie hier ja einige Jahre gelebt hatten.

Dies nährte natürlich die Spekulationen, dass Kryczowiak

der Papiervater, also der gesuchte Serienmörder sei.

Gut eine Woche konzentrierte sich die gesamte Arbeit der „Soko Papiervater" auf die Suche nach Kryczowiak. Es verdichteten sich die Anhaltspunkte, dass er sich in Deutschland und nicht in Polen aufhielt. Es gab immer mehr Augenzeugen, welche Pawel gesehen haben wollten. Mal in Augsburg. Hamburg und auch in Leverkusen.

Nach der Ausstrahlung des Falles in der Sendung „Aktenzeichen XY ungelöst", kam der entscheidende Hinweis herein. Eine Rentnerin ist sich sicher, dass ihr Untermieter Pawel Kryczowiak sei. Er habe die Wohnung erst vor einigen Wochen angemietet. Allerdings hatte er einen anderen Namen angegeben.

Sofort wurde eine Sondereinsatzkommando zur Wohnung am Stadtrand von Frankfurt geschickt.

Es war gegen 23Uhr, als das Haus komplett umstellt war und die Einsatzkräfte das Haus stürmen wollten. Plötzlich schrie eine Stimme:

„Haut ab ihr Schweine." Dann blitzte mehrfach Mündungsfeuer in einem der Räume auf. Mehrere Schüsse in schneller Folge waren zu hören. Das Fenster zersplitterte und man hörte die Einschläge der Kugeln in den Transporter des Sondereinsatzkommandos.

„In Deckung. Sofort in Deckung." Rief der Einsatzführer. Alle Spezialkräfte suchten Deckung und warteten ab.

„Bring mir mal einer das Megafon." Sagte der Einsatzführer zu einer Gruppe von 3Polizisten, welche neben ihm hinter einem Müllcontainer hockten. Einer von ihnen sprang auf und huschte zum Wagen.

Sofort sah man wieder Mündungsfeuer aufblitzen und mehrere Kugeln schossen am Beamten vorbei. Der blieb ängstlich hinter dem Wagen hocken.

Der Einsatzführer beorderte zwei weitere Beamten mit Schutzschildern zu ihm und gemeinsam brachten sie ihm das Megafon.

In der Zwischenzeit war auch der erste Pressewagen erschienen.

Die wilde Schießerei hatte sich schnell rumgesprochen. Das gleißende Licht der Kameras flutete die Szenerie. Ein paar Leute huschten emsig hin und her.

„Die haben uns gerade noch gefehlt." Fluchte der Einsatzführer leise und blickte argwöhnisch zu den Journalisten, vor denen gerade schnell eine Absperrung aufgebaut wurde. Am unteren Ende der Straße sah man schon die nächsten Transporter von anderen Sendern kommen.

Ein Einsatz des SEK unter Beobachtung war immer kritisch, da jeder Fehler auf Band festgehalten und später auseinandergenommen wurde.

Der Einsatzführer wartete, bis etwas Ruhe eingekehrt war und sprach dann durch das Megafon:

„Pawel Kryczowiak. Wir wissen, dass sie es sind…"

„Halt die Schnauze du Bullenschwein!" Schrie die Stimme. Doch diesmal kam sie aus einem anderen Raum. „Ich habe eine Geisel. Verschwindet oder ich töte sie."

„Lassen sie uns in Ruhe darüber sprechen. Ich schicke ihnen ein Telefon rein, dann können wir ihre Forderungen verhandeln."

„Verpisst euch einfach. Zieht alle Bulle ab und lasst mich gehen." Rief Kryczowiak. Seine Stimme überschlug sich fast.

Der Einsatzführer holte seine Gruppenführer heran, um sich mit ihnen zu beraten.

„Was für eine Geisel könnte er denn haben? Wenn es so ungewiss ist, sollte wir auf keinen Fall stürmen."

„Aber er zeigt sich nicht verhandlungsbereit. Wir müssen erst mal versuchen zu deeskalieren. Er scheint gerade in einer richtigen Wuttirade zu sein. In so einer Situation ist sein Handeln kaum vorhersehbar."

„Das ist mir auch klar. Aber gerade hier vor den Kameras können wir keinerlei Risiko eingehen."

Wieder zum Haus gewandt, sagte er durch das Megafon: „Herr Kryczowiak. Wir ziehen uns zurück, wenn sie die Geisel gehen lassen."

„Wollt ihr mich verarschen? Danach stürmt ihr. Ich kenne euch Schweine."

„Wenn sie uns kennen, dann wissen sie, dass wir nicht einfach abziehen können. Sie wissen genau, wie solche Geiselnahmen ausgehen. Geben sie auf. Kommen sie in mit erhobenen..."

Der Einsatzführer wurde von eine erneuten Schusssalve unterbrochen. Hinter sich hörte er einen Mann aufschreien und sah sich um. Einer der Journalisten war unter dem Absperrband durchgegangen und stand ganz dicht hinter einem Einsatzfahrzeug. Eine der Kugeln hatte ihm am Arm getroffen.

„Verdammte Scheiße." Rief der Einsatzführer. „Schafft diesen Journalisten hier raus." Die Verletzung war ihm in dem Moment völlig egal. Vor der Absperrung standen schon zwei angeforderte Krankenwagen, die würden ihn dann versorgen. Ihn ärgerte es maßlos, dass diese sensationsgierigen Presseleute scheinbar keine Grenzen kannten.

Auf seinen Befehl hin wurden die Absperrungen weiter ausgedehnt. Außerdem ließ er durch die Feuerwehr große Scheinwerfer aufbauen, welche den Platz rund um das Haus beleuchteten.

Taktisch wurden alle möglichen Ausgänge von Schafschützen überwacht und auch die möglichen Fluchtwege wurden verlegt.

Der Einsatzführer wollte gerade wieder das Gespräch mit Kryczowiak aufnehmen, als ihm ein Telefon gereicht wurde.

„Ninza hier. Einsatzführer SEK."

„Hier ist Michael Bach. Leiter der „Soko Papiervater". Der Mann, den sie da festgesetzt haben, könnte der gesuchte Serienkiller sein."

„Das wissen wir schon und sind mit einem Großaufgebot vor Ort."

„Gut. Es wäre vielleicht hilfreich, wenn sie seine Tochter ins Gespräch bringen. Dass sie verstehen, dass er verärgert ist, vom System so im Stich gelassen worden zu sein."

„Das könnte durchaus ein guter Ansatzpunkt sein."

„Versuchen sie es. Vielleicht erfahren wir ja auch auf diesem Wege, wo seine Tochter und seine Frau sind."

„Wie heißt denn seine Tochter?" Wollte der Einsatzführer noch wissen.

„Mascha."

„Alles klar. Danke." Er legte auf und griff wieder nach dem Megafon.

„Pawel?"

Keine Reaktion.

„Pawel. Ich kann verstehen, wie sie sich fühlen."

„Einen Scheiß wissen sie." Fluchte Kryczowiak.

„Das mit ihrer Tochter ist echt mies gelaufen."

Kryczowiak schwieg.

„Mascha heißt sie, oder?"

Von drinnen hörte man ein kurzes Schluchzen. „Ja. Meine kleine süße Mascha."

„Beenden wir das hier und schauen zusammen, was wir machen können."

„Ich habe alles für sie getan." Die Stimme von Kryczowiak klang weinerlich.

„Machen sie es jetzt nicht schlimmer, als es ist." Sagte Clemens Ninza der Einsatzführer.

„Alles nur für sie." Rief Kryczowiak nach draußen. „Es tut mir so leid." Wieder erklang eine Schusssalve. Allerdings schien Kryczowiak in die Wohnung und nicht nach draußen geschossen zu haben.

„Los, los, los. Zugriff." Rief Clemens. Er hatte die Befürchtung, dass Kryczowiak gerade auf die Geisel geschossen hatte.

Zwei Beamten liefen zu den zerschossenen Fenstern und warfen Blend- und Rauchgranaten nach innen.

Ein anderer Trupp stürmte zur Tür und brach diese auf. Sofort stürmten mehrere SEK-Beamten nach innen.

Man hörte die kurzen Befehle, welche sie sich zuriefen: „Go. Go!"; „Vorrücken!"; „Feuerschutz!"; „Sauber!"; „Hier auch sauber!"

Dann hörte man erneut Schusssalven gefolgt von mehreren lauteren Schüssen. In der Wohnung blitzte es wie bei einem Gewitter auf.

Danach kam der Funkspruch nach draußen: „Zielperson am Boden. Ein Beamter verletzt."

„Mist." Entfuhr es Clemens. Zielperson am Boden hieß, dass Kryczowiak erschossen wurde.

Er und seine Gruppenführer kamen aus ihrer Deckung hervor und gingen nun ebenfalls in die Wohnung.

Diese war fast kahl. In einem Raum lag eine Matratze auf dem Boden, die Küche war komplett leer und in einem weiteren Raum stand ein Stuhl und ein paar Zeitschriften lagen herum. Außerdem sah man eine Vielzahl an Verpackungen von bestelltem Essen.

In der hinteren Ecke des Raumes mit dem Stuhl lag Kryczowiak zusammengesackt. In seiner Hand hielt er noch ein Foto seiner Tochter.

Überall im Raum sah man die Einschlagskrater der Kugeln, welche abgefeuert wurden. Die Wand hinter Kryczowiak war über und über mit seinem Blut bespritzt. Er war von mehreren Kugeln getroffen worden.

Von einer Geisel gab es keine Spur.

„Alles klar. Beweise sichern und dann aufräumen." Sagte Clemens, drehte sich um und ging wieder nach draußen.

Er musste jetzt erst einmal ein paar Telefonate machen.

Für Bernd, Michael, Steffen, Samuel und dem Rest der „Soko Papiervater" war damit die Arbeit noch längst nicht getan. Jetzt galt es stichhaltige Beweise zu finden, dass Kryczowiak auch tatsächlich der gesuchte Serientäter war. Da er augenscheinlich keinen Abschiedsbrief hinterlassen hatte, dürfte das ein schweres Stück Arbeit werden.

Die Presse hingegen feierte den Tod von Kryczowiak. Die Öffentlichkeit glaubte daran, dass die Serie jetzt ein Ende gefunden hatte. Man suchte nicht weiter nach Antworten. Man hinterfragte nicht weiter die Gründe. Mit dem Tod Kryczowiaks war das Thema nur Tage später aus der Presse verschwunden und hatte anderen Themen Platz gemacht.

Oktober 2016

Seit gut drei Monaten wohnte seine Tochter nun schon knapp 100Kilometer von ihm entfernt. Jedes zweite Wochenende machte er sich auf den Weg, um sie zu sich zu holen. Jedes Wochenende war es ein neuer Kampf gegen Vorurteile. Falschen Erwartungen. Ängsten.

Allzu oft fragte ihn seine Tochter: „Papa. Bist du wirklich so böse, wie Mama und Oma erzählen?"

Immer wieder zuckte Luna Marie bei schnellen Bewegungen von Jason zusammen und darauf angesprochen sagte sie: „Ich habe Angst. Mama hat ja auch immer Angst vor dir und versteckt sich."

Wie sollte er seiner fünfjährigen Tochter erklären, was eine manische Depression ist? Wie sollte er ihr erklären, dass ihre Oma und ihre Mama sich zusammengetan haben, um ihm Luna Marie weg zu nehmen?

Wie sollte er ihr seine Gefühle, seine Befürchtungen, seine Gedanken erklären?

Gar nicht. All das musste warten, bis sie größer war. Bis sie die Tragweite begreifen konnte.

Wenn sie dann überhaupt noch Kontakt zueinander hatten.

Für alle Fälle hatte Jason jegliche Korrespondenz, alle Termine und Verpflichtungen gesammelt.

Von nicht gestatteten Anrufen, über Verbote seine Tochter zum Vatertag sehen zu dürfen, bis hin zu einer haltlosen Anzeige wegen Verleumdung, welche gegen ihn erstattet wurde.

Jedes Schreiben. Jeden Whatsapp-Chat. Alles.

Sollte Luna Marie sich später selbst ein Bild machen können. Es würde keiner Worte bedürfen, um zu zeigen, warum es so gelaufen war, wie es nun ist.

Die Vater-Tochter Wochenenden versuchte er so zu gestalten, dass alle negativen Gedanken außen vor waren. Von Kino, über Ausflüge, stundenlangen Spielplatzbesuchen und Süßigkeiten, sollten es unbeschwerte Tage für Luna Marie sein.

Selten jedoch konnte sie sich über all das freuen. Oft war es nur eine gespielte Überraschung. Ein gekünsteltes Lächeln. Von solchen Sachen ließ sie sich schon lange nicht mehr beeindrucken.

Bei der Oma und der Mama bekam sie alles was sie wollte. Wann sie es wollte. Wie sie es wollte. Wo sie es wollte.

Diesen Wettstreit machte Jason nicht mit. Für ihn und bei ihm gab es Regeln und Grenzen. Trotz des Wunsches es Luna Marie so angenehm wie möglich machen zu wollen. Er war schon immer so. So kannte es Luna Marie von ihm. Wäre er jetzt anders, wäre er nicht er selbst. Und Luna Marie könnte vielleicht der einzige feste Halt verloren gehen.

So bis er also in den sauren Apfel, wenn sie nur müde

lächelte, nachdem er mit ihr einen schönen Urlaub an der Nordsee verbracht hatte. Sah darüber hinweg, dass sie mit ihrem Geburtstagsgeschenk nicht spielte, was er sich vom Munde abgespart hatte. Nahm es hin, dass sie auch mal weinte, weil er ihr ab und zu einen Riegel vorschieben musste.

Die Hauptsache für ihn war, dass er wenigstens ein paar Tage mit ihr verbringen wollte. Auch wenn sie Qualität seit dem Wegzug deutlich gelitten hatte.

Schweren Herzens entschloss er sich daher zu einer Lösung, welche ihm vielleicht zum Nachteil gereichen würde.

Nachdem er dem Jugendamt in Hildesheim in den Ohren gelegen hatte, dass es nach wie vor keine Anbindung am neuen Wohnort von Luna Marie gab, wurde Sarah endlich aufgefordert sich darum zu kümmern. Er selbst durfte es nicht, da er dort nicht gemeldet hatte.

Beim ersten Termin dort wurden wieder einmal nur Vereinbarungen getroffen, von denen er wusste, dass sie sie nicht einhalten würde.

Ihm war allerdings wichtig, dass er seine Tochter aus dem Kindergarten abholen konnte. Dies ermöglichte ihn eine gewisse Teilhabe am Leben von Luna Marie zu haben. Zum anderen ging er so der Familie von Sarah aus dem Weg, da eigentlich ständig die Oma oder die Brüder zur Kindesübergabe erschienen.

Sarah aber wollte nicht, dass er sie vom Kindergarten abholte. Erzählte was von Wohlfühlort. Und da könne ja nicht jeder hin und die Tochter abholen.

Die Argumente zogen aber selbst beim Jugendamtsmitarbeiter nicht. So fuhr sie wieder ihre Schiene und fing an zu weinen und rannte nach draußen, wo ihre Mutter wartete, um sie zu trösten.

So unterbreitete dann Jason seinen Entschluss. Er bat darum die Kleine vom Kindergarten abholen zu dürfen. Ebenso sie dann bis Montag behalten zu dürfen und da dann bis mittags wieder in den Kindergarten zurückzubringen. Dafür würde er sie nur noch alle vier Wochen zu sich nehmen.

Natürlich nahm Sarah das sehr schnell an. Wahrscheinlich jubelte sie innerlich.

Für Jason hingegen war es ein weiterer Verlust. Aber er hoffte, dass er vielleicht so die Qualität der Wochenenden verbessern könne. So musste die Kleine keine „Übergaben" mitmachen. War losgelöster von der anderen Familie. Er erfuhr etwas mehr über ihr Verhalten und Leben im Kindergarten. Vielleicht hatte es seine Tochter so leichter.

Er tat es nur für sie. Als Vater muss man manchmal sein eigenes Wohl, seine eigenen Empfindungen zurückstellen. Luna Marie war wichtiger.

Und wenn er damit Sarah sicher auch einen Gefallen tat, so hoffte er doch auch, dass es ein Gefallen für seine Tochter war. Dann war es wenigstens noch eine Kleinigkeit, welche er für sie machen konnte.

Er konnte noch einen Telefonkontakt zwischen den vier Wochen vereinbaren und das war es dann auch schon.

Weihnachten würde sie nicht eine Stunde bei ihm sein. Dafür durfte er dann wenigstens Silvester mit ihr verbringen.

Mit mulmigem Gefühl fuhr er nach Hause.

Juli 2020

Es war fast ein Monat vergangen, seit dem Pawel Kryczowiak ums Leben gekommen war. In der Zwischenzeit hatte die „Soko Papiervater" emsig nach Beweisen gesucht. Bewegungsabläufe rekonstruiert und weiter nach der Frau und der Tochter gesucht.
Heute stand eine große Besprechung zusammen mit dem Polizeipräsidenten an, um die Ergebnisse zusammen zu tragen.
Die Anzahl der Mitarbeiter der Soko war mittlerweile schon reduziert worden. Natürlich zur Kosteneinsparung. Zum anderen ging der Präsident aber genauso wie die Öffentlichkeit davon aus, dass Kryczowiak der Täter sei.
Michael nervte diese Voreingenommenheit. Sie hinderte nur. Nötige Mittel wurden gestrichen und damit die Arbeit erschwert. Er hatte gelernt: Auch wenn ein Fall noch so wasserdicht erscheint, so muss es nicht so sein, wie es scheint.

Nach und nach trudelten alle im großen Konferenzraum ein. Der Beamer lief schon und auch der Pressesprecher war vorhanden.
Bernd stand vorne am Flipchart und kratzte sich am Bauch. Er musterte alle Anwesenden. Steffen und Michael hatte er schon eine Weile nicht mehr gesehen, da sie von ihrer Dienststelle in Frankfurt ausgearbeitet und sie nur telefonischen Kontakt gehabt hatten.
„Fang an." Sagte Michael zu Bernd und sofort

verstummten die einzelnen Gespräche am Tisch.

„Wir haben jetzt einige Beweise und Indizien zusammengesammelt, um der Frage nachzugehen, ob Pawel Kryczowiak der gesuchte Serienmörder ist. Um gleich mal das Ergebnis vorwegzunehmen: Wir sind uns auch jetzt noch nicht zu 100% sicher." Bernd machte eine kurze Pause und der Polizeipräsident schüttelte leicht den Kopf.

„Aber gehen wir es Stück für Stück durch. Wir gehen davon aus, dass Pawel seine Frau und seine Tochter getötet hat. Bis heute haben wir keinerlei Lebenszeichen von den beiden erhalten. Er hatte immer wieder große Streitigkeiten mit seiner Frau und allen möglichen Ämtern, was den Umgang mit seiner Tochter betraf. Am Ende hatte er das Sorgerecht und die kompletten Umgangswochenenden verloren. Er musste also mehr als nur sauer auf die Behörden und Ämter gewesen sein. Richter Prietz und Richter Orhahn hatten sowohl Klagen von ihm abgewiesen als auch Klagen seiner Frau stattgegeben. Rüdtke betreute zeitweise seine Frau und seine Tochter während Mille und Luchs als Sozialarbeiter dafür eingesetzt waren, um zwischen den beiden zu vermitteln. Das war auch eher schlecht, als recht verlaufen. Wir wissen ebenfalls, dass sich Kryczowiak zu den Zeitpunkten der Morde in Deutschland aufgehalten hat. Wir haben bei ihm eine gestohlene Kreditkarte gefunden, welche er im letzten Jahr immer wieder verwendet hatte. Der Besitzer der Karte war verstorben und niemand hatte die Karte sperren lassen. Wir haben ebenfalls recherchiert, dass er in Hannover auf einem Schießstand das Schießen mit kleinkalibrigen Waffen

111

geübt hatte."

Er machte eine kurze Pause, um etwas zu trinken und fuhr dann fort: „Seine Tochter, Mascha, war bei der Trennung der Eltern so alt, wie man es vom Zeichner der Bilder vermutet hat. Wir haben also einen Mann mit hohem Aggressionspotential. Einen Mann der Motiv und Gelegenheit hatte. Einen Mann, der alle Opfer kannte. Hinzu kommt, dass er kurz vor seinem Tode eine Art Geständnis ablegte und rief: „Alles nur für sie.". Das lässt die Vermutung zu, dass er sich mit den Morden rächen wollte." Bernd stoppte kurz.

„Das klingt alles nachvollziehbar und sehr eindeutig." Sagte der Polizeipräsident und rieb sich die Hände.

„Nicht ganz." Sagte Bernd und erntete einen bösen Blick vom Präsidenten. „Wir haben keine direkte Verbindung zu den Tatorten. Er hat dort keine Spuren hinterlassen, so dass wir nicht beweisen können, dass er wirklich an den Morden beteiligt war. Aber was viel wichtiger war: In der Wohnung hatte er mit einer Kalaschnikow geschossen. Von der Tatwaffe, einer gestohlenen Polizeidienstwaffe, fehlt jede Spur."

„Die kann er ja sonst wo entsorgt haben. Für mich sprechen die Indizien eine eindeutige Sprache. Auch, dass es bisher kein weiteres Opfer gibt, spricht dafür, dass Kryczowiak der Täter ist." Der Präsident ließ sich nicht von seiner Meinung abbringen. Er wollte den Fall endlich abgeschlossen wissen. Die Soko schließen und somit Kosten und Zeit einsparen.

„Mutmaßlich." Sagte Michael und alle wandten sich ihm zu. „Mutmaßlich." Wiederholte er. „Wir haben, bevor er auf dem Radar auftauchte, noch viele andere Verdächtige gehabt, welche zumindest ein Motiv hatten und mit allen Opfern mehr oder weniger bekannt waren."

„Hat denn die Überprüfung der Leute etwas ergeben?" Fragte der Präsident leicht sarkastisch.

„Nein. Denn sie ist noch lange nicht abgeschlossen. Wir sind einfach zu wenig Leute. Und alle hatten sich jetzt erst einmal auf Kryczowiak konzentriert."

„Ach. Papperlapapp." Warf der Präsident ein. „Für mich ist der Fall klar. Solange es keine neuen Hinweise gibt, dass Kryczowiak nicht der Täter ist, gilt der Fall für mich als abgeschlossen. Bis zum Ende des Jahres wird die „Soko Papiervater" alle Papiere in Ordnung bringen und die Arbeit dann einstellen." Er stand auf und verließ den Raum.

Zurück blieben einige ratlose Beamte. Einige andere waren erleichtert, dass es nun zu Ende war. Denn viele teilten die Sichtweise des Präsidenten.

Nur Bernd und Michael waren nicht restlos überzeugt. Hatten aber eben auch keine Beweise, dass dem eben nicht so war.

Wenig später saß Bernd wieder in seinem kleinen Büro und beugte sich weit über den Tisch. Kreuz und quer lagen mehrere Zettel und Akten verteilt. Auf einen kleinen Schmierzettel hatte er sich verschiedene Notizen gemacht, welche mal unterstrichen, mal durchgestrichen und mal mit Pfeilen verbunden waren. Immer wieder schaute er darauf und kramte eine entsprechende Akte hervor und nickte dann.

Das ergab alles einen Sinn. Dachte er sich. Zumindest war es mehr, als dass es nur Zufall sein konnte.

Er packte den Zettel in seine Jackentasche und verließ das Büro. Noch musste er warten und weitersuchen.

Januar 2017

Seit einem Monat war er endlich ein geschiedener Mann. Er war froh, dass es dann am Ende einigermaßen reibungslos abgelaufen ist. Er hatte schon befürchtet, dass Sarah wieder mit irgendwelchen Sachen kommen und sich quer stellen würde. Aber er hatte ihr auch keinerlei Angriffspunkte geboten. Den Unterhalt für sie und Luna Marie zahlte er schon seit der Trennung und Vermögensausgleich gab es keinen. Sie hatte durch die Trennung schon mehr als genug gewonnen, da sie nichts mit in die Ehe eingebracht hatte.

So schön die Scheidung funktioniert hatte, so bitter war der nächste Nackenschlag, welchen er einstecken musste. An seinem Geburtstag, kurz vor Weihnachten, holte Jason seine Tochter zu sich. Die Übergabe fand irrsinniger Weise im Jugendamt statt, da Sarah so furchtbare Angst vor Jason hatte und ihn nicht sehen konnte und wollte.

Ironischer Weise:

Drei Tage später beim Scheidungstermin hatte sie aber keinerlei Probleme in einer leeren Wartehalle neben ihm zu stehen...

Im Auto auf der Fahrt nach Hildesheim, erzählte Luna Marie aus dem Nichts heraus: „Und einmal war der Kühlschrank bei Mama leer."

„Wie der Kühlschrank bei Mama war leer?" Fragte Jason ungläubig nach. „Aber bei Oma ist er doch immer bis oben hin gefüllt."

114

„Das war ja nicht bei Oma. Sondern bei Mama in der Wohnung."

Jason schluckte schnell seinen Schock hinunter und wechselte das Thema. Er wollte seine Tochter nicht ausfragen. Aber es fiel ihm schwer. Da erfuhr er so nebenbei, dass seine Ex-Frau umgezogen ist.

Nicht nur, dass er nicht gefragt wurde. Ihm wurde nicht einmal die Adresse mitgeteilt. Und dass, obwohl er das gemeinsame Sorge- und Aufenthaltsbestimmungsrecht hatte. Sarah war verpflichtet so etwas abzusprechen.

Es war also nicht mehr genug ihn über Kleinigkeiten nicht zu informieren. Nicht genug seine Tochter gegen ihn aufzubringen. Nicht genug die Tochter mit ihren Ängsten zu beeinflussen. Jetzt zog sie einfach um.

Jason meldete sich nach dem Wochenende gleich beim Mitarbeiter vom Jugendamt. Dieser wusste jedoch von nichts und konnte oder wollte ihm keine Ratschläge geben, was denn Jason jetzt machen könnte.

Dieser war kurz davor zur Polizei zu gehen und Sarah wegen Entführung anzuzeigen. Denn immerhin wusste er ja nicht, wo seine Tochter sich aufhält, wenn er sie abgibt. Oder er müsse wieder vor Gericht gehen und gegen das Fehlverhalten vorgehen. Aber so, wie bisher die beiden Gerichtstermine verlaufen sind, fehlte ihm dazu die Überzeugung.

So wartete er bis zum nächsten Vater-Tochter Wochenende, in der Hoffnung, dass er bis dahin informiert werden würde.

Aber wie zu erwarten, stand weder im Übergabebuch noch sonst irgendwo etwas über die neue Adresse. Auch auf Nachfragen und direktes Ansprechen auf eine neue Adresse, wurde von Sarah überhaupt nicht reagiert.

Hilflos und machtlos. Genau das war es, was er fühlte.

Über das Bürgerbüro am alten Wohnort von Luna Marie erfuhr er dann wenigstens die Adresse. Er ließ sich das ausdrucken, um es als Beweis in den Händen zu halten. Sie war nicht weit umgezogen. Aber doch so, dass Luna Marie jetzt eine ganze Weile mit dem Bus zum Kindergarten und später zur Schule fahren musste.

Gut. Schule? Das wusste er ja noch nicht. Nach seinem Stand war sie noch immer nirgends angemeldet. Zumindest war das auch eine der Informationen, auf die er vergeblich wartete.

Als er Luna Marie nach Silvester wieder in den Kindergarten zurückgeschafft hatte, saß er noch lange in seinem Auto und grübelte, was er denn noch machen könnte.

Weder der Mitarbeiter vom Jugendamt noch die Sozialarbeiter oder gar Richter konnten oder wollten ihm helfen. Würde er die Sache selbst in die Hand nehmen und seine Tochter einfach bei sich behalten, dann würde es unter Garantie so gegen ihn verwendet, dass man ihm alle Rechte entziehen würde.

Gut. Was würde das schon für einen Unterschied machen? Aktuell hatte er Rechte. Aber nur auf dem Papier. Seine Ex-Frau schaltete und waltete ja dennoch allein und er konnte keine Entscheidung auch nur ansatzweise mittragen oder überhaupt erst einmal erfahren.

Vielleicht war es also tatsächlich einen Versuch wert?

Oktober 2020

Sie waren gerade mit dem Abendbrot fertig, da meinte Anna zu ihrer Mutter: „Darf ich heute noch zu Sina? Wir wollen gerne ins Kino. Und dann kann ich ja bei ihr schlafen."

„Was wollt ihr denn im Kino schauen?"

„Keine Ahnung. Irgendeinen Horrorfilm."

Saskia überlegte kurz. Aber was wollte sie machen. Ihre Tochter war alt genug. Da konnte sie ihr nicht mehr alles verbieten.

„Ok. Aber du schreibst mir, wenn ihr wieder bei Sina zu Hause seid."

„Danke, Mama. Mach ich dann. Das wird aber bestimmt spät werden."

Wenig später verließ Sina das Haus und Saskia fing an die Küche aufzuräumen. Danach wollte sie sich einen gemütlichen Abend vor dem Fernseher machen.

Sie war gerade dabei den Tisch abzuwischen, als es an der Tür klingelte. Saskia ging hin und schaute durch den Türspion. Mit dem Rücken zur Tür stand ein Mann, der ein kleines Paket in der Hand hielt und mit der anderen Hand mit einem Scanner den Aufkleber darauf ablas. Am Straßenrand sah sie den großen Transporter eines Paketdienstes stehen.

Schnell öffnete sie die Tür. Nicht, dass wie beim letzten Mal einfach nur eine Benachrichtigung im Briefkasten lag, obwohl sie doch zu Hause war. Sie konnte sich zwar nicht erinnern etwas bestellt zu haben. Aber das konnte ja genauso gut ihre Tochter gewesen sein.

„Ich bin schon da." Sagte sie zum Paketboten. Der drehte

117

sich um und Saskia wurde kreidebleich. Der Mann vor ihr war mit Sicherheit kein Paketbote. Er hatte zwar die Uniform an, allerdings trug er eine Clownsmaske, welche sein Gesicht völlig verdeckte.

„Hallo Frau Nessel." Sagte er mit sanfter Stimme und winkte ihr zu.

Saskia zitterte, griff aber geistesgegenwärtig zur Tür und wollte sie wieder zuschlagen. Der Mann war aber schneller, stellte seinen Fuß in den Türspalt und drückte sie dann mit einem Ruck auf. Dabei schlug die Tür gegen den Kopf von Saskia und sie fiel leicht benommen zu Boden.

Langsam ging der Mann auf sie zu und schleifte sie ins Wohnzimmer. Dort setzte er sie auf einen Sessel und ließ alle Rollläden nach unten, so dass niemand mehr von draußen hereinblicken konnte.

Langsam verschwand die Benommenheit bei Saskia und das Adrenalin gab ihr die Handlungsfähigkeit zurück. Mit einem Satz sprang sie auf und wollte zur Tür rennen. Abrupt blieb sie aber nach wenigen Metern stehen, als sie die Waffe sah, welche der Mann auf sie richtete. Er machte eine Bewegung Richtung Sessel und sagte: „Aber, aber Frau Nessel. Setzen sie sich doch. Eine solche Unruhe hier. Nicht, dass sich die Nachbarn gestört fühlen."

Leicht zitternd kehrte Saskia zum Sessel zurück und ließ sich hineinfallen. „Was wollen sie von mir?" Fragte sie mit schwankender Stimme.

„Ach eigentlich nicht sehr viel. Ich werde sie nur zur Rechenschaft ziehen. Für ihr Fehlverhalten."

Saskia riss die Augen auf. „Aber, aber. Was soll... Was soll ich denn falsch gemacht haben?" Stotterte sie.

„In ihren Augen vielleicht nicht sehr viel. Für mich aber hatte es eine sehr große Auswirkung."

„Aber ich bin doch einfach nur Hausfrau und Mutter."

„Vor einigen Jahren waren sie das aber nicht. Neben dem Studium haben sie Kindesübergaben begleitet..."

„Aber... Das... das ist unmöglich." Unterbach sie ihn stotternd.

„Was ist unmöglich?"

Sie schüttelte den Kopf. „Nein. Das kann nicht sein. Der Papiervater ist tot." Sie schüttelte noch einmal den Kopf. Tränen schossen ihr in die Augen. Sie wusste, was auf sie zukommen würde, wenn der Mann da vor ihr tatsächlich der Serienmörder war.

„Ich halte zwar von dem Namen nicht sehr viel, aber tot fühlt sich, denke ich, anders an." Sagte der Mann und strich sich mit einer Hand über den Körper, als ob er fühlen wollte, dass er noch da ist.

„Bitte. Bitte lassen sie mich leben. Bitte. Was auch immer ich falsch gemacht haben soll. Es tut mir wirklich leid." Saskia weinte.

„Dafür ist es zu spät, Frau Nessel. Das hätten sie sich überlegen sollen, bevor sie sich auf die Seite meiner Frau geschlagen haben. Bevor sie ihr Ratschläge gegeben haben, welche nicht nur falsch waren. Sondern wo sie auch nicht die Kompetenz zu hatten sie ihr zu geben!"

„Es tut mir wirklich leid. Bitte. Ich habe eine Tochter. Die braucht mich."

Der Mann schüttelte den Kopf und griff nach einem Kissen, welches auf dem Sofa lag.

„Ihre Tochter hatte sie lange genug. Ihr Vater freut sich bestimmt, endlich mal Zeit mit ihr verbringen zu dürfen.

Die haben sie ihm ja schön in der letzten Zeit verweigert."
Er richtete die Waffe auf sie und hielt das Kissen davor.
„Machen sie es besser, falls sie in einem zweiten Leben eine neue Chance erhalten sollten." Sagte er.

„Neeeein!" Schrie Saskia und sprang erneut auf, um in allerletzter Verzweiflung die Flucht zu versuchen. Da hörte sie einen dumpfen Knall und spürte einen brennend stechenden Schmerz in ihrer linken Schulter. Sie merkte, wie ihr das Blut warm den Körper runter rann, dennoch lief sie weiter.

Kurz vor der Haustür angekommen, hörte sie einen erneuten dumpfen Knall. Den stumpfen, gewaltigen Schlag, den die Kugel an ihrem Hinterkopf verursachte, nahm sie nicht mehr komplett wahr. Mit einem lauten Seufzer fiel sie zu Boden. Ein Arm Richtung Tür gestreckt.

Der Mann legte das Kissen auf das Sofa und löschte über all das Licht. Er ging noch einmal kurz zu Saskia und steckte ihr Zettel in die Tasche. Danach verließ er das Haus und fuhr mit dem Transporter davon.

Gut eine Woche später klingelte das Telefon bei Oberkommissar Michael Bach.

„Meinbach hier von der Dienststelle Düsseldorf-Süd. Ich hätte da was, was ihr euch anschauen solltet."

Nur wenige Stunden später trafen Michael und Steffen in Düsseldorf ein.

„Seid ihr euch da ganz sicher?" Fragte Michael Igor Meinbach, als sie in der Dienststelle angekommen waren.

„Ein Irrtum ist ausgeschlossen. Die Ballistik zeigt eine eindeutige Übereinstimmung mit der Tatwaffe aus den vergangenen Verbrechen."

„Ich wusste es!" Sagte Michael mehr zu sich selbst. Und zu Steffen gewandt sagte er:

„Ich schau mir schon mal die Beweise an und du informierst die Kollegen in Hildesheim. Jetzt heißt es: Die Arbeit wieder aufnehmen."

Steffen nickte und ging zum Telefon, während Michael von Igor in ein Büro begleitet wurde, in dem die Akten und Unterlagen des aktuellen Falles lagen.

„Dann erzähl mal, was ihr habt." Forderte Michael seinen Kollegen auf ihm diesen Fall näher zu bringen.

Dieser suchte sich schnell seinen Schmierzettel raus, auf dem er sich einige Notizen gemacht hatte.

„Also. Für uns sah es am Anfang nach einem einfachen Tötungsdelikt aus. Eine Eifersuchtstat oder Ähnliches. Frau Saskia Nessel wurde vor einer Woche von ihrer Tochter erschossen in der Wohnung aufgefunden. Ihr wurde einmal in die Schulter und einmal in den Hinterkopf geschossen. Wir haben es dann rekonstruieren können: Gegen 21Uhr wurde ein Paketdienst vor ihrer Tür gesehen. Wir gehen davon aus, dass der Täter so in die Wohnung gelangt ist. Vermutlich hat er die Tür mit Gewalt aufgedrückt. Zumindest passt die Wunde am Kopf von Frau Nessel dazu. Im Wohnzimmer wurde ihr in die Schulter geschossen. Wir gehen davon aus, dass sie fliehen wollte. Denn die zweite Kugel von hinten in den Kopf, traf sie direkt an der Tür nach draußen. Der Täter hat dabei ein Kissen als Schalldämpfer genommen. Daher hatten die Schüsse keiner der Nachbarn gehört. Den Paketdienstwagen haben wir mittlerweile auch gefunden. Er stand ausgebrannt auf einem Schrottplatz in der Nähe von Köln. Er war am Tag des Verbrechens gestohlen worden. Spuren konnten wir sowohl im Auto als auch in der Wohnung keine finden, die wir dem Täter zuordnen können. Lediglich eine Gürtelschnalle im verbrannten Auto weist darauf hin, dass der Täter seine Kleidung mit im Auto verbrannt hat. Ach ja. Ein von einem Kind gemaltes Bild war auch wieder beim Opfer." Er zeigte auf die Tatortfotos. „Wir hatten uns da anfangs nichts dabei gedacht. Keiner von uns hatte die Details von den anderen Fällen auf dem Schirm gehabt. Sonst hätten wir uns schon eher bei euch gemeldet." Sagte Igor, wie um sich zu entschuldigen.

Michael hatte lautlos zugehört und sich einige Notizen gemacht.

„Habt ihr die Kameras in der Umgebung und auf den möglichen Strecken zum Schrottplatz schon gecheckt?" Fragte er dann, obwohl er nicht damit rechnete, dass man dort etwas finden würde. Denn auch bei den anderen Taten, konnte da bisher nichts Verwertbares entdeckt werden.

„Ähm. Nein. Das haben wir noch nicht gemacht. Wir haben da leider nicht genügend Personal für." Sagte Igor etwas kleinlaut.

„Na das ändert sich dann wohl. Die „Soko Papiervater" wird hier übernehmen."

„Glaubst du wirklich, dass es derselbe Täter ist? Ich dachte Kryczowiak ist der Täter? Die Waffe kann ja irgendwie in die Hände dieses Täters gelangt sein."

„Das mag sein. Allerdings..." Er machte kurz Pause und zeigte ein Blatt aus der Akte von Saskia Nessel. „Allerdings glaube ich nicht an Zufälle. Frau Nessel hat vor einigen

122

Jahren schwierige Kindesübergaben begleitet. Also passt sie als Opfer genau in das Profil des Täters. Natürlich kann es ein Trittbrettfahrer sein, der irgendwie an die Waffe gekommen ist. Aber ich habe schon beim Tod von Kryczowiak nicht daran geglaubt, dass wir den Täter gefunden haben."

Igor Mainbach schaute verblüfft. Das Detail im Leben von Frau Nessel war ihm noch nicht aufgefallen. Anerkennend nickend, sagte er: „Jetzt wo du es sagst. Da magst du echt recht haben."

Am Abend wurde dann durchgehend in allen Sendern sowohl im Radio als auch im Fernsehen über den „Papiervater" berichtet. Sondersendungen nahmen die Verbrechen erneut unter die Lupe und selbsternannte Fachleute suchten nach Erklärungen, wie die Sache mit Kryczowiak zu bewerten war. Jetzt war man dort der Überzeugung, dass er wohl seine Familie umgebracht und sich dann in Deutschland versteckt hatte. Mehr aber auch nicht.

Der Papiervater war nun allgegenwärtig. Es wurde wieder diskutiert und spekuliert. Die Aufmerksamkeit für den Fall war jetzt noch weit größer, als sie vor der Tötung Kryczowiaks war.

Auch die Polizei bekam dies deutlich zu spüren. Die Zahl der Anrufe mit angeblichen Hinweisen stieg allein in den ersten Stunden nach dem Bekanntwerden, dass der Papiervater weiter mordete um über tausend Prozent. Es wurden aber auch immer mehr Stimmen laut, welche der Polizei Versagen vorwarfen. Man hätte sich zu sehr darauf eingeschossen, dass der Täter gefunden wurde. Das brachte ordentlich Ungemach in die Führungsetagen der Polizei, welche wiederum ihrerseits den Druck auf die Soko Papiervater erhöhte.

Irgendwann spät in der Nacht kam Mia zu Hause an. Sie hatte wieder Spätschicht gehabt. Völlig fertig ließ sie sich auf ihre Couch fallen und durchblätterte ihre Post. Es war heute anstrengend gewesen. In der Redaktion ging es drunter und drüber. Wegen dem wieder aufgetauchten Papiervater wurde das ganze Programm umgeworfen. Sie als Praktikantin musste ständig beim Umbau der Kulisse helfen und den Journalisten Wasser oder andere Annehmlichkeiten bringen. Lehrjahre sind halt keine Herrenjahre, dachte sie sich und seufzte.

Ihr fielen fast schon die Augen zu, als ihr ein Brief ohne Absender und ohne Anschrift auffiel. Sie beäugte ihn von allen Seiten. Ob der wieder von ihrem Ex-Freund ist? Er stalkte sie seit einer geraumen Zeit. Allerdings war es die letzten Wochen etwas ruhiger geworden. Sie war umgezogen und eigentlich sollte er nicht wissen, wo sie wohnte.

Mit etwas mulmigen Gefühl öffnete sie den Brief. Heraus fiel ein gefaltetes Bild. Es war von einem Kind gezeichnet und zeigte ein kleines Mädchen, welches weinend auf dem Boden saß. Daneben stand eine größere Person mit grimmig wirkendem Gesicht. Von der Länge der Haare her zu urteilen, wohl eine Frau. Sicher die Mutter, dachte sich Mia. Das Bild war komplett in Schwarz gehalten. Kein bisschen Farbe.

Sofort schossen Mia hunderte Gedanken in den Kopf. Sie starrte auf das Bild. Könnte das wirklich sein?

Als sie das Bild umdrehte, sah sie noch etwas. In Druckbuchstaben war in der unteren rechten Ecke „noch zwei" geschrieben.

Mia sprang auf und rannte in ihr Schlafzimmer. Dort stand ein großer Karton mit vielen Briefen, Zeitschriften und Werbezeitungen. Den hatte ihr Vater letzte Woche vorbeigebracht. Sie hatte vergessen eine Nachsendeadresse an ihrer alten Anschrift zu hinterlassen und der Vermieter hatte die Briefe in der Zeit gesammelt und sie dann irgendwann ihrem Vater übergeben.

Da sie den wichtigsten Leuten und Versicherungen und so weiter die Adressänderung schon durchgegeben hatte, ging sie davon aus, dass dort eh nur unwichtige Post war. Daher hatte sie den Karton die letzten Tage nicht beachtet.

Jetzt warf sie alles auf das Bett und durchwühlte die Briefe. Und sie fand tatsächlich noch mehrere Briefe, welche ohne Adressaten und Absender waren. Diese waren aber bis auf einen alle von ihrem Ex-Freund. In dem einen Brief war aber ein weiteres gemaltes Bild und auf der Rückseite stand „noch drei" geschrieben.

Ihr Herz klopfte bis zum Hals. Sie rannte zum Telefon und wählte nicht etwa die Nummer der Polizei. Nein. Sie rief ihren Redakteur an. Das war vielleicht ihre Chance.

Sie musste lange klingeln lassen, ehe sich mit verschlafener Stimme Christoph Robsen meldete:

„Robsen hier. Wer stört denn so spät?"

„Entschuldigen sie, Herr Robsen. Hier ist Mia Effler die Praktikantin."

„Was gibt es denn, was nicht bis zum nächsten Tag warten kann?" Der Redakteur klang etwas ungehalten. Er wurde ja schon öfter nachts aus seinem Bett geklingelt. Aber noch nie von einer Praktikantin.

„Es kann sein, dass wir eine ganz große Story bringen können. Über den Papiervater."

„Da sind wir doch schon dran. Oder haben sie was Neues?"

„Ja genau. Da bin ich mir ganz sicher." Mia klang so überzeugend, dass sich der Reporter schlagartig hellwach im Bett aufrichtete und fragte:

„Was haben sie denn?"

„Ich möchte erst die Zusicherung, dass ich an der Sendung mitarbeiten kann. Also egal, wie sie die Story bringen, ich möchte da mit dabei sein."

Der Redakteur lachte. „Nun lassen sie erst mal hören, mein Kind. Ehe sie hier irgendwelche Forderungen stellen."

„Ich bin mir sicher, dass ich Post vom Papiervater bekommen habe. Zwei Briefe. Jeweils mit einem gemalten Bild, wie sie auch an den Tatorten gefunden wurden. Und auf der Rückseite ist so etwas, wie ein Countdown."

Christoph stand schon neben seinem Bett und griff nach seiner Hose. Seine Frau war mittlerweile auch wach geworden und schaute zu ihm herüber.

„Wir treffen uns in einer halben Stunde in der Redaktion." Sagte er hastig und legte auf.

Mia grinste über das ganze Gesicht. Vielleicht wurde sie jetzt ihren Praktikantenstatus los.

Sie griff nach den Briefen, zog sich ihre Jacke wieder an und fuhr zur Sendezentrale von „RTL".

Mitten in der Nacht trafen sich Mia und Christoph in

126

dessen Büro. Nachdem sie ihm die Bilder und die Worte gezeigt hatte, grübelte er eine Weile. Dann sagte er:

"Das kann echt die Story des Jahres werden. Das Problem ist nur, dass wir das doch der Polizei zeigen müssten. Ich befürchte sonst, dass wir richtig Ärger bekommen werden."

"Mir wäre es das Risiko wert. Die Einschaltquoten wären sicher bombastisch. Und sie können ja so tun, als wenn sie nichts davon wussten. Aber das ist so exklusiv, das müssen wir bringen." Ermutigte sie ihn.

"Aber wir könnten ja auch mit der Polizei aushandeln, dass wir die Exklusivrechte darüber behalten."

"Meinen sie, wirklich, dass die Polizei uns darüber berichten lässt? Die behalten doch solche Informationen lieber für sich selbst."

"Hm. Es wäre wirklich ein enormer Marktvorteil, wenn wir eine Story darüber bringen würden." Er kratzte sich am Kinn und nickte dann. "Ok. Machen sie es. Wir werden heute in der Morgensendung eine Sondersendung einschieben."

Mia jubelte. Sie bedankte sich beim Redakteur, der abwehrend die Hände hob und sagte: "Wie sie schon sagten: Ich weiß von nichts."

Mia lächelte und ging in eines der Produktionsstudios und holte sich ein paar Helfer heran.

Wenige Stunden später machte sich Michael gerade einen Kaffee in seinem Hotelzimmer, als er wie verwurzelt vor dem Fernseher stehen blieb. Wie es der Zufall so wollte, hatte er RTL eingeschaltet.

"...unser laufendes Programm für einen Sonderbericht

von Mia Effler." Es wurde groß eine Kinderzeichnung eingeblendet. Genau jene, welche Mia in der Nacht in der Post als erste entdeckt hatte.

"Der Papiervater." Hörte man Mias Stimme im Hintergrund. "Der Papiervater wendet sich an die Öffentlichkeit. Dieses Bild wurde unserer Redaktion zugespielt. Es ist ein trauriges, ja fast schon ergreifendes Bild. Ein Kind. Ängstlich. Einsam. Und daneben die Mutter. Eine Mutter, welche nicht einmal die Hand ausstreckt, um dem Kind zu helfen.

Dieses Bild erzählt uns eine ganz eigene Geschichte. Vielleicht will sie uns begreifen lassen, was den sogenannten Papiervater zu seinen Taten treibt. Ist seinem Kind etwas zugestoßen? Wurden beide vom System im Stich gelassen?" Das Bild wechselte und man sah jetzt Mia hinter einen Schreibtisch sitzen und das Bild betrachtend.

"Ein Bild eines Kindes. Uns überlassen von einem Mann, der im vergangenen Jahr mutmaßlich sechs Personen geradezu hingerichtet hat. Sechs Personen, welche vom Staat dafür bezahlt werden Kinder zu beschützen. Hatten sie versagt? Hat er versagt? Ist es Hass? Trauer? Verzweiflung? Was treibt den Papiervater an? Die Liebe? Er möchte uns etwas sagen. Da bin ich mir sicher..." Michael griff zum Telefon und rief Steffen an. "Schalt mal den Fernseher..." Kurz Pause. "Ach hast du schon..."

"Gut. Treffen uns gleich im Büro." Er legte auf und lauschte weiter dem Bericht.

Mia war mittlerweile aufgestanden und stand direkt vor der Kamera. Mit bedrücktem Gesicht sprach sie weiter:

"... Und eine weitere Botschaft hat er für uns: Er wird bald fertig sein. Er hat einen Countdown hinterlassen. Eine klare Nachricht. Verständlich für alle. Es ist bald vorbei." Sie hielt die Rückseite der Zeichnung nach oben und es waren deutlich die Worte: "noch zwei" Zu lesen. Das TV-Bild wechselte und das Frühstücksfernsehen wurde eingeblendet. "Vielen Dank an Mia Effler für diesen Exklusivbericht. Der Papiervater rückt also..." Michael schaltete den Fernseher aus und machte sich fertig.

Kurze Zeit später sammelte Michael Samuel, Steffen und Bernd am Revier ein und sie fuhren zusammen zum Redaktionsgebäude von RTL.
Auf der Fahrt dahin machte Michael seinem Unmut Luft: "Immer diese sensationsgierigen Journalisten. Statt dass die sich erst mal bei uns melden, machen sie gleich ne eigene Sendung draus." Er schlug mit der Faust auf das Lenkrad.
"Glaubst du denn, dass das Bild wirklich von unserem Mann ist?" Fragte Bernd.
"Keine Ahnung. Vom Stil her, würde ich sagen ja. Aber solche Bilder können tausende Kinder gemalt haben. Nur egal, ob es ein Trittbrettfahrer war oder er selbst. Jetzt ihm da eine öffentliche Bühne anzubieten ist falsch. Ich frage mich sowieso, warum er sich gerade jetzt und warum gerade bei RTL meldet."
"Taktisch clever. RTL erreicht ein großes Publikum." Warf Steffen ein.
"Schon. Keine Frage. Und vermutlich auch, weil die für jeden Scheiß zu haben sind." Michael war weiterhin aufgebracht.
Am Sender angekommen, stürmte er auch gleich hinein

und suchte den Redaktionsleiter auf.

"Was haben sie sich dabei gedacht?" Fuhr er diesen an. "Wie konnten sie so etwas senden? Das ist Beweismaterial und sie hätten zuerst zu uns kommen sollen." Mia, die neben dem Redaktionsleiter stand antwortete:

"Mein Chef wusste davon nichts. Er dachte, es wäre einfach nur eine Sonderreportage. Das war alles meine Idee."

"Na dann können sie sich ihre Karriere jetzt sonst wo hinschieben." Zischte Michael.

"Das ist alles Pressefreiheit. Wenn sich jemand an uns wendet, dann hat die Öffentlichkeit ein Recht es zu erfahren."

"Bla..." Michael stockte. Bernd hatte eine Hand auf seine Schulter gelegt und machte ihm so deutlich, dass er jetzt doch lieber schweigen sollte. Er war viel zu aufgebracht. Die Polizei war selten gut auf die Presse oder Journalisten zu sprechen. Dennoch sollten sie sich alle im Zaum halten. Er übernahm jetzt das Reden und sagte:

"Erzählen sie uns jetzt bitte, wie sie an das Bild gekommen sind."

"Die Bilder." Sagte Mia und holte beide Bilder vom Schreibtisch und überreichte sie Bernd, der sie gleich in eine Beweisfolie steckte. Dann betrachtete er sie kurz.

"Es sind zwei Bilder. Eines wurde schon vor etwas längerer Zeit zugestellt. Aber da ich umgezogen war..."

"Mal langsam von Anfang an." Sagte Bernd beruhigend, da Mia sehr nervös und ängstlich wegen des forschen Auftretens von Michael wirkte. „Fangen sie ganz von vorne an. Jedes Detail ist wichtig."

130

"Also gestern in der Post hatte ich dieses Bild gefunden. Es war weder eine Anschrift noch ein Absender auf dem Briefumschlag."

"Haben sie diesen Umschlag noch?" Unterbrach sie Bernd.

"Ja natürlich. Der liegt zu Hause auf dem Tisch. Genau, wie der andere."

"Gut. Wenn wir hier fertig sind, wird sie ein Kollege nach Hause begleiten und die Umschläge abholen. Aber erzählen sie erst mal weiter."

Mia leckte sich kurz über die Lippen und fuhr dann fort: "Mir kam sofort der Gedanke, dass vielleicht vorher auch schon mal so ein Brief eingeworfen wurde. Allerdings war ich vor ein paar Monaten umgezogen und hatte keine Nachsendeadresse oder so was hinterlassen. Die alte Post von da hat mir mein Papa erst kürzlich vorbeigebracht. Und da habe ich dann das andere Bild gefunden. Da steht ja auf der Rückseite "noch drei". Ich denke, dass der Brief kurz nach dem Tod von Richter Orhahn in meiner alten Wohnung eingeworfen worden sein muss."

"Haben sie mal irgendwelche fremden Personen gesehen, welche in der Nähe ihrer Wohnung waren?" Fragte Steffen.

"Nein. In meiner alten Heimat wurde ich von meinem Ex gestalkt. Aber der sollte eigentlich nicht wissen, wo ich jetzt wohne."

Nach dem Fernsehauftritt wohl schon. Zumindest wo sie arbeitete. Dachte sich Bernd und fragte: "Trauen sie ihm zu, dass er als eine Art Trittbrettfahrer die Bilder eingeworfen haben kann?"

"Nein. Was sollte er denn davon haben?"

Da hatte sie natürlich recht. Die Beamten nahmen noch ein paar Daten auf. Dann fuhr Steffen mit Mia zu deren Wohnung, um die Briefumschläge abzuholen, während die anderen Beamten auf das Revier zurückkehrten.

Dort angekommen entschuldigte sich Bernd und zog sich in sein Büro zurück. Er holte seinen Schmierzettel raus und beugte sich über einen neuen Stapel Akten.

Während die Bilder und Briefumschläge im Labor auf mögliche Spuren untersucht wurden, hatten sich alle Mitarbeiter der "Soko Papiervater" im Konferenzraum versammelt, um das weitere Vorgehen zu besprechen. Eine Gruppe sollte weiter nach Überschneidungen suchen, während andere wiederum die Verdächtigenliste weiter abarbeiten sollte.

Eine dritte Gruppe sollte sich um die Videoaufzeichnungen von Köln kümmern.

Michael hoffte endlich mal etwas Handfestes zu finden. Seit einem guten Jahr jagten sie einem Phantom hinterher. Und sollte dieser sich jetzt tatsächlich noch an die Öffentlichkeit wenden, würde das die Arbeit nur erschweren.

Die Beamten wollten gerade den Raum verlassen, als Bernd hereingestürmt kam und aufgeregt rief:

"Ich glaube wir haben ihn!" Dabei wedelte er mit seinem Schmierzettel herum.

"Wie?" Fragte Michael ungläubig. "Wen haben wir denn?"

"Na unseren Täter. Ich glaube ich habe ihn gefunden. Also... Ich meine ich glaube zu wissen, wer er ist."

Sofort setzten sich alle Beamten wieder hin und Bernd

ging zum Flipchart und machte ein paar Notizen. Er fühlte sich gerade unglaublich stolz.

Nachdem er einige Fakten und Zahlen angeschrieben hatte, erläuterte er: "Schaut einmal. Wir wissen ja genau, wann die Taten verübt wurden. Das ist quasi die Zeitleiste "A". Ich habe dann die Akten der möglichen Verdächtigen durchstöbert, ob es da Ähnlichkeiten gibt. War einfach nur so aus dem Bauch heraus." Er machte eine kurze Pause und Michael machte mit der Hand eine ungeduldige Bewegung, dass er doch fortfahren möchte.

„Ich habe einfach nach einem Muster gesucht. Nicht nur danach, wer mit den Leuten Kontakt hatte, sondern auch in welcher Zeitspanne. Beziehungsweise in welchen Zeitabständen. Also unter allen Verdächtigen gab es niemanden, der in der gleichen Reihenfolge, wie die Morde waren mit den Leuten in Kontakt gekommen war. Aber: Nimmt man den Abstand der Morde, rechnet diesen aus und schaut, da ist mir aufgefallen, dass einer der Verdächtigen mit all den Leuten in genau umgekehrter Reihenfolge Kontakt hatte. Er hatte den zuerst getötet, mit dem er zuletzt Kontakt hatte. Als nächstes den, mit dem er zu vorletzt Kontakt gehabt hatte. Und so weiter. Die Abstände passen ganz genau und sind wohl eindeutig mehr als nur ein Zufall." Bernd stockte und Michael fragte:

"Hm. Klingt für mich zwar etwas weit hergeholt, aber dennoch sehr plausibel. Und es ist die einzige Spur, welche wir bisher haben. Daher: Fahr fort!"

Bernd nickte und strich sich über seinen Bauch, ehe er weiter ausführte: "Bei dem mutmaßlichen Täter handelt es sich um einen 36Jährigen gelernten

Kinderkrankenpfleger, der über sieben Jahre hier in Hildesheim gewohnt hat. Im Jahr 2015 hatte sich seine Frau von ihm getrennt und ihm nach und nach das Kind weggenommen. Dieser Jason Reubelt hat über Jahre versucht seine Tochter zu bekommen, ist bei den Behörden aber immer wieder abgeblitzt."

"Also einer, der durchaus einen Grund hat sauer auf das System zu sein. Dann gehe richtig in der Annahme, dass er eine Tochter hat, welche vom Alter her die Bilder gemalt haben könnte?"

"Ja. Sie müsste jetzt 9Jahre alt sein. Allerdings steht da jetzt nicht weiter was in den Unterlagen."

Michael nickte mehrfach. "Alles klar. Dann haben wir einen neuen Hauptverdächtigen. Ich will alles wissen. Wo er wohnt. Was er macht. Was er gegessen hat. Einfach alles. Und ich will es am besten gleich wissen. Teilt euch auf. Ein Team wird vorsichtig Kontakt zu seiner Ex-Frau aufnehmen. Wir müssen aufpassen. Der Kerl war die ganze Zeit clever genug, um keine Spuren zu hinterlassen. Jetzt muss alles wasserdicht sein, damit wir ihn drankriegen." Er schlug sich mit der Faust auf die flache Hand. Im Raum war deutlich die positive Energie zu spüren. Es war wichtig für die Motivation des Teams, wenn man eine Spur vom Täter finden würde. Dieses im „Dunkeln stochern" war auf lange Sicht deprimierend.

Über das Melderegister erfuhren Samuel und Bernd die Adresse von Jasons Ex-Frau. Gemeinsam machten sie sich auf den Weg, um sie zu befragen. Sie fuhren extra in Zivil, um keine Aufmerksamkeit zu erregen. Vor allem die Presse und das Fernsehen sollte nichts davon mitbekommen.

Bei der Wohnung angekommen, öffnete Ihnen die Mutter der Ex-Frau die Tür. Sie sah alt und mitgenommen aus. So als hätte sie einen langen Leidensweg hinter sich. Die Haare ungepflegt. Die Haut spröde. Die Anziehsachen völlig veraltet.

"Frau Molding?" Sprach sie Bernd an. "Wir sind von der Kriminalpolizei. Wir hätten da ein paar Fragen an ihre Tochter."

Die Frau lachte ein kurzes trockenes Lachen. "Da könnt ihr Fragen, wie ihr wollt. Die ist nicht hier. Die befindet sich in der geschlossenen Psychiatrie von Holzminden. Fahren sie dahin. Hier von mir werden sie mit Sicherheit nichts erfahren."

Höflich bedankten sich die beiden und machten sich sofort auf den Weg nach Holzminden, welches ungefähr eine halbe Autostunde entfernt war. Beide waren schon gespannt darauf, warum die Ex-Frau sich in einer Anstalt befand. Hatte vielleicht sogar der Papiervater etwas damit zu tun?

An der Anstalt angekommen, wurden sie von der Stationsschwester zurückgehalten. Frau Sarah Molding sei seit Wochen nicht vernehmungsfähig, war die Auskunft, welche sie erhielten. Auf Nachfrage, warum sie denn hier sei, erhielten sie nur den Verweis mit einem Gerichtsbeschluss wieder zu kommen, da dies der ärztlichen Schweigepflicht unterliege.

Unverrichteter Dinge kehrten die beiden Beamten also zum Revier zurück. Bernd suchte sofort den Staatsanwalt auf, um sich zu erkunden, ob sie einen

Aufhebungsbeschluss und damit Zugang zu den Krankenunterlagen von Sarah bekommen könnten.

Michael und Steffen hatten sich in der Zwischenzeit erkundigt, wo Jason Reubelt zuletzt gemeldet war. Sie waren allerdings nicht verwundert, dass sie vom Vermieter erfuhren, dass er unbekannt verzogen sei. Als nächstes wandten sie sich seinen Geldbewegungen und letzten Arbeitgebern zu. Doch auch hier: Völlige Fehlanzeige. Seit Januar 2019 gab es weder eine aktive Kontobewegung, noch wurde irgendwo seine Steuerkarte registriert. Es war so, als hörte er seit dem Monat auf zu existieren.

Als sich abends wieder alle auf dem Revier trafen, machte sich Ernüchterung breit. Von einer öffentlichen Fahndung nach Jason wollten sie erst einmal absehen, um nicht noch einmal ein Fiasko wie bei Kryczowiak zu erleben. Allerdings wurde intern an alle Polizeireviere der Steckbrief von Jason herausgegeben.
Parallel ließ Michael aber weiter nach anderen Verdächtigen suchen. Er war von dieser Zeitschiene, die Bernd präsentiert hatte noch nicht völlig überzeugt. Dennoch war der Ansatz mehr als nur interessant.
"Wer wäre denn nach deiner Rechnung der Nächste auf seiner Liste?" Fragte Michael. Daran hatte er vorhin gar nicht gedacht. Immerhin gab es ja noch die "Liste", wonach "noch zwei" übrig waren.
Bernd kramte seinen Schmierzettel heraus. "Also er hatte dann nur noch mit zwei Mitarbeitern vom Jugendamt zu tun gehabt. Und das ziemlich zeitgleich. Einmal Herr Kose

und dann Frau Winkmann. Wobei er mit Herr Kose fast nichts zu tun hatte, da er nicht wirklich für ihn zuständig war."

"Ok. Und in welchem Monat würde er zuschlagen, wenn er sich an diesen Zeitplan hält?"

Bernd dachte kurz nach. "Mit Frau Nessel hatte er im Oktober 15 ersten Kontakt gehabt. Mit dem Jugendamt im Juli 2015. Also in drei Monaten. Theoretisch Januar 2021."

"Gut. Dann haben wir also, wenn es stimmt, drei Monate, um ihn zu finden und zu stoppen. Das ist doch mal ein Ziel. Wir werden uns morgen mit den beiden Mitarbeitern zusammensetzen und Ihnen einen Begleitschutz zur Seite stellen. Ab Januar werden wir die Überwachung dann erhöhen."

Alle nickten.

November 2020

Als es an ihrer Tür klingelte, schrak sie aus ihrem Halbschlaf hoch. Schnell warf sie sich eine Jacke über ihren Schlafanzug und schaute durch den Türspion. Draußen stand ein in einem Anzug gekleideter Mann älteren Semesters. Durch die Tür fragte sie: "Wer ist denn da?"

"Jemand schickt mich. Sie wissen wohl schon wer. Ich soll sie abholen."

Mia stockte das Herz. Sie lehnte sich an die Tür und musste kurz Luft holen. War es das, was sie glaubte?

"Würden sie dann bitte kommen?"

"Ähm. Warten sie kurz. Ich muss mir noch was anziehen.

137

Es ist ja mitten in der Nacht." Schnell schlüpfte sie in ihre Klamotten vom Tag davor, schrieb halb im Anziehen, halb im Gehen dem Redaktionschef eine Nachricht und folgte dann dem Mann.

Unten stand eine edle Limousine. Sie war schwarz, mit silbernen Türgriffen und silberner Dachreling. Mia schätzte das Auto auf fast 10Meter Länge.

Der Mann in dem Anzug öffnete ihr die hintere Tür und sie nahm in dem geräumigen Innenraum Platz. Dort gab es ein eigenes Licht, Champagner und bequeme Sitze.

Während sich das Auto in Bewegung setzte, schaute Mia zu ihrer Wohnung zurück. Was tat sie hier eigentlich gerade. Ging sie nicht ein zu großes Risiko ein? Immerhin hatte sie ihrem Chef Bescheid gesagt. Aber Sicherheit gab ihr das nicht gerade.

Sie waren gerade einmal ein paar Minuten unterwegs, als sie ein Telefon klingeln hörte. Hektisch griff sie nach ihrem Handy, obwohl ihr der Klingelton völlig unbekannt war. Sie brauchte eine Weile, um zu begreifen, dass es nicht ihr Handy war, welches dort klingelte. Sich kurz umschauend, fand sie dann das klingelnde Telefon unter der Sitzreihe ihr gegenüber. Es musste bei der Fahrt heruntergefallen sein.

Sie schaute auf den Bildschirm: "Unbekannte Nummer" wurde angezeigt. Es klingelte jetzt schon eine halbe Minute und Mia zögerte noch immer abzunehmen. Dann überwand sie sich und wischte über den Bildschirm. Leise lauschte sie der sanften Stimme am anderen Ende der Leitung:

"Einen schönen Guten Abend Mia. Ich hoffe es stört nicht,

dass ich dich geweckt habe."

"Nein, nein. Ganz und gar nicht. Ich wünsche ihnen auch einen schönen Abend. Wie soll ich sie eigentlich nennen?"

"Du kannst mich ruhig duzen. Und den Namen habt ihr mir doch alle schon gegeben. Ich bin der Papiervater. Merkwürdiger Weise finde ich den Namen sogar sehr treffend. Habe ich mich selbst früher anderen gegenüber schon mal als solchen bezeichnet. Aber natürlich unter anderen Umständen, als ich den Namen von euch erhalten habe."

Mia war geistesgegenwärtig und ihr schwirrten tausend Fragen im Kopf, welche sie dem Mann stellen wollte.

"Sind sie... Äh..." Es kostete sie etwas Überwindung das Du auszusprechen. "Bist du verantwortlich, für die Taten, welche im Raum stehen?"

"Das nenne ich Ehrgeiz. Gleich mal mit der Tür ins Haus fallen. Aber Mia. So führt man doch kein Exklusivgespräch. Denkst du nicht, dass andere Fragen angebracht sind? Oder vielleicht solltest du mich sogar erst einmal reden lassen?"

"Öh... Ja, klar. Natürlich. Tut mir leid."

"Du brauchst dich doch nicht entschuldigen." Die Stimme wurde noch sanfter und Mia fühlte sich irgendwie von ihr angezogen.

"Ich möchte dich loben, dass du mit den Bildern nicht gleich zur Polizei gegangen bist. Die Öffentlichkeit soll erfahren, warum all das geschieht. Vielleicht ist es mir möglich endlich etwas zu bewegen, was in Zukunft vielen helfen wird. Und wenn ich nur den Anstoß gebe, dann hat sich all der Aufwand auch gelohnt."

"Wofür möchtest du denn den Anstoß geben?" Fragte

Mia.

"Dazu kommen wir irgendwann noch. Ich möchte in erster Linie, dass du mir vertraust. Ich möchte, dass wir beide gut miteinander arbeiten können. Wir beiden würden davon profitieren."

"Also an mir soll es nicht liegen." Mia wurde immer selbstbewusster. Die Stimme klang so vertrauenerweckend, als würde sie die Person schon lange können.

"Sag mir einfach, was ich machen muss. Ich schau dann, was ich machen kann."

"Danke, Mia. Ich werde mit Sicherheit darauf zurückkommen. Jetzt darfst du mir eine Frage stellen. Aber wähle mit Bedacht. Nur eine einzige Frage."

Mia überlegte kurz. Nur eine einzige Frage? Ihr schossen so viele durch den Kopf. Sie könnte ihn die ganze Nacht befragen, wenn es nach ihr ginge. Dann fiel ihr aber doch eine ein, welche sicher erst einmal wichtiger war: "Wie viele Opfer wird es denn noch geben?"

Die Person am anderen Ende lachte kurz. "Aber Mia. Da hätte ich dir jetzt mehr zugetraut. Für heute hast du deine Frage gestellt. Eine Antwort wirst du leider von mir nicht bekommen, da ich deine Frage als rhetorisch auffasse. Ich halte dich für intelligent genug, dass du sie dir selbst beantworten kannst."

"Aber..." Mia ärgerte sich über sich selbst. Der Mann hatte natürlich recht. Es gab ja den Countdown. Sie hatte die Frage wohl nur gestellt, um sich zu überzeugen, dass dem wirklich so war. Dass nach den "noch zwei" keine weiteren Opfer mehr folgen würden.

"Also Mia..." Mia wurde mit dem Oberkörper nach vorne

geworfen, als die Limousine mit einem Mal stark bremste und zum Stehen kam. Sie hörte draußen Polizeisirenen und dann wurde ihre Tür aufgerissen und einer der Beamten, die sie schon im Redaktionsgebäude gesehen hatte, zielte mit der Waffe nach innen. Als er sich überzeugt hatte, dass Mia allein im Auto war, zeigte er auf das Telefon, dass ihr aus der Hand gefallen war.

"Ist er dran?" Fragte er. Mia konnte nur nicken und reichte ihm mit zitternder Hand das Telefon. Der Schock saß ihr tief in den Knochen.

Michael schaute auf das Telefon und als er bemerkte, dass noch jemand dran war, hielt er es schnell ans Ohr.

"Hallo?" Fragte er.

"An die Arbeit. Sie haben noch viel zu tun, Herr Bach." Hörte er eine sanfte Stimme sagen und danach wurde aufgelegt. Michael wurde etwas blass und er schaute sich schnell um. Hier mitten auf der Kreuzung standen nur die Limousine und die Polizeiwagen. Die Umgebung wurde in flackerndes blau-rotes-Licht gehüllt und an vielen Fenstern der umliegenden Häuser war mittlerweile Licht angegangen und man sah Personen auf die Straße schauen.

"Bernd, komm mal her!" Rief Michael seinen Kollegen, der gerade mit seinem Privatwagen angekommen war. Er hatte sich noch gar nicht komplett angezogen. Das Hemd schaute halb aus der Hose und an den Füßen trug er noch seine Hausschuhe. Der Notruf hatte sie alle aus ihrer Nachtruhe gerissen.

"Was ist Michael?"

"Er war am Telefon. Und er wusste, wer ich bin." Michael klang noch immer erschrocken-überrascht.

"Hat er dich vielleicht an der Stimme erkannt, oder meinst du, dass er uns beobachtet?"

"Keine Ahnung. Auf jeden Fall werden wir einige Beamten losschicken, die hier mal in den umliegenden Wohnungen nachsehen. Vielleicht ist er hier ja untergeschlüpft."

"Wird gemacht. Allerdings kann er ja auch einfach mit dem Fahrzeug hinterher gefahren sein. Mir kamen mehrere Fahrzeuge entgegen, als ich hier angekommen bin."

Michael nickte und wandte sich zu Mia: "Was in drei Teufels Namen haben sie sich schon wieder dabei gedacht? Wollten sie wieder einen Alleingang machen? Sie haben es hier mit einem gefährlichen Killer zu tun! Seien sie froh, dass uns ihr Chef informiert hat. Danach war es leicht sie über ihr Handy zu finden. Danken Sie der modernen Technik."

Mia zuckte mit den Schultern, als wolle sie fragen, was denn alle hätten. "Ich bin von der Wohnung abgeholt worden und im Auto hat das Telefon geklingelt. Was sollte da schon passieren. Außerdem habe ich nicht den Eindruck, dass der Papiervater mir irgendwas tun würde."

"Sind sie jetzt eine Profilerin, die Mörder einschätzen kann?"

"Nein. Das nicht. Aber ich durfte jetzt ja ein paar Minuten mit ihm reden. Und ich bin einfach davon überzeugt, dass er mir niemals etwas tun würde."

Michael schüttelte auf Grund dieser Naivität den Kopf. "Leichtsinnig. Das ist äußerst leichtsinnig. Diese Gier nach einer Story kann sie schnell das Leben kosten. Aber jetzt werden sie erst mal mit auf das Revier kommen und genau erzählen, was er ihnen am Telefon gesagt hat. Dazu denke ich ernsthaft darüber nach sie wegen Behinderung bei einer öffentlichen Ermittlung anzuzeigen."

Auf dem Revier wurde die Aussage aufgenommen. Auch der Fahrer gab seine Aussage ab. Er war Angestellter in einem Limousinen-Service. Dort hatte heute Morgen in der Post ein Brief ohne Anschrift und Absender gelegen. In dem waren 1000Euro und die Anweisung, dass ein Fahrer Mia abholen und mit ihr eine halbe Stunde in der Stadt umherfahren sollte. Danach sollte sie wieder zu Hause abgesetzt werden. Außerdem war ein Telefon mit im Brief, welches hinten ins Auto gelegt werden sollte. In dem Brief stand weiter, dass es eine Überraschung für Mia werden sollte. Während sie unterwegs war, sollte in der Wohnung ein Heiratsantrag vorbereitet werden.
Da man im Limousinen-Service öfter ungewöhnliche Anfragen bekommt, wurde das nicht weiter hinterfragt. Schon gar nicht bei einer Barzahlung von 1000Euro.

Die Untersuchung des Telefons brachte auch nichts. Es war ein Prepaidhandy, wie man es überall kaufen konnte. Keine Nummer darauf gespeichert. Und Michael konnte sich schon denken, dass wohl auch die Spurensicherung außer Mias und seine keine weiteren Spuren finden würde. Genauso, wie ja mittlerweile die Ergebnisse der untersuchten Bilder da waren. Sie waren wie die Briefumschläge fast schon klinisch rein, wie sich die Labormitarbeiterin ausdrückte.
Die letzte Hoffnung waren noch die Handydaten. Vielleicht hatte der Anrufer noch das Telefon. Zumindest aber würden sie wohl seine Bewegung rekonstruieren

143

können.

Später sollte man erfahren, dass das Handy um die Zeit des Anrufes herum, von dem aus angerufen wurde, erst kurz vor dem Anruf aktiviert wurde. Wer auch immer damit telefoniert hatte, war tatsächlich der Limousine gefolgt. Das zumindest ergab die Auswertung der Daten. Michael veranlasste darauf hin, dass auf der Strecke die Verkehrskameras ausgewertet werden sollen.
"Auf der großen Kreuzung hier," Michael zeigte auf die Karte. "Gibt es auf jeden Fall eine Kamera. Die Bilder bitte als erstes anfordern!"

Mia Effler ließ er gegen Morgen dann wieder gehen. Es brachte wohl nichts sie anzuzeigen. Im Gegenteil würde sie so in Zukunft vielleicht gar nichts mehr sagen. Oder aber der Kontakt von ihr zu Täter würde abbrechen. Aber er bat sie, dass sie sich das nächste Mal an die Polizei wenden sollte, wenn der Täter wieder mit ihr Kontakt aufnahm. Allerdings war er sich im Klaren darüber, dass sie sich kaum daran halten würde. Je mehr er darüber nachdachte, desto weniger konnte er ihr ihr Handeln verübeln.

Im Laufe des Tages erschien die nächste Sondersendung zum Papiervater. Mia berichtete von ihrer Kontaktaufnahme und stellte den Serienkiller fast schon als eine sehr warmherzige Person dar. Man konnte sich nicht des Eindrucks erwehren, dass sie Verständnis für seine Taten aufzubringen schien.
Der Bericht hatte etwas Rührendes an sich. Vermutlich

erreichte sie damit ein breiteres Publikum. Natürlich heizte der Bericht die Diskussionen an. Was wollte der Papiervater bezwecken? Warum wendete er sich an die Öffentlichkeit? Warum gerade an Mia?

Am nächsten Abend lagen schon die Auswertungen der Verkehrsüberwachung vor. Man hatte ja eine klar begrenzte Zeit und Strecke, welche abgesucht werden musste.

Michael, Bernd, Samuel und Steffen schauten sich den Zusammenschnitt der Technik an. Darauf war ein dunkler PKW zu erkennen, der in einem großen Abstand der Limousine folgte. Eine Überprüfung des Kennzeichens wurde schon durchgeführt. Es war ein gestohlenes Fahrzeug. Die Fahndung danach lief schon auf Hochtouren.

Vom Fahrer des Fahrzeuges konnte man selbst mit den besten Bildbearbeitungsprogrammen nicht sehr viele Details erkennen. Doch die Beamten waren sich sicher, dass die Person eine Maske aufhatte. Man konnte auch erahnen, dass wohl Handschuhe getragen wurden. Von daher hätte auch eine bessere Auflösung nicht viel mehr hervorgebracht. Die Scheiben des Fahrzeuges schienen durch eine Folie abgedunkelt zu sein.

Michael ließ sich mit einem leisen Seufzen in seinen Sitz zurückfallen. "Das ist doch eine verdammte Scheiße." Murmelte er leise und die anderen blickten zu ihm.

"Der Mistkerl ist clever. Er weiß genau, was er machen muss. Das kann doch nicht sein, dass die halbe Polizei schon sein Foto hat und er ist sogar so dreist, dass er mit einer Maske durch die Stadt fährt."

"Glaubst du nicht, dass er mittlerweile sein Aussehen verändert hat?" Fragte Bernd.

Michael zuckte die Schultern. "Ja, klar. Das ist schon möglich. Oder besser gesagt wahrscheinlich. Das Foto, welches wir von ihm haben ist drei Jahre alt. Eine sehr lange Zeit. Aber dennoch ärgert mich es. Ich hadere immer noch mit mir, ob wir an die Öffentlichkeit gehen sollen. Ich befürchte nur, dass es entweder wieder einen Fehlschlag gibt, falls es dieser Reubelt nicht ist. Oder aber, dass er nur noch mehr Aufmerksamkeit bekommt, als ihm eh schon zu Teil wird. Denn er scheint ja irgendwas mit dem Fernsehen zu planen."

"Wir sollten vielleicht diese Frau Effler überwachen. Immerhin hat er sich wieder an sie gewandt." Warf Samuel ein.

"Die Anträge bei der Staatsanwaltschaft für eine Telefonüberwachung habe ich schon längst gestellt." Michael nickte. "Allerdings kann er sich jederzeit jemand anderes aussuchen. Und wir können nicht jeden Mitarbeiter in jedem Sender überwachen. Und selbst in dem Fall mit der Effler ist es extrem schwierig. So wie das gestern Nacht gelaufen ist, hätten wir auch mit einer Überwachung kaum etwas ausrichten können."

Februar 2018

Jason saß auf dem Sofa und schaukelte hin und her. Es war das vierte Wochenende in Folge, in der Sarah einen Grund vorgebracht hatte, dass Luna Marie nicht zu ihm konnte. Mal war sie auf eine wichtige Feier eingeplant. Mal so krank, dass sie nicht einmal das Bett verlassen konnte.

Er konnte weder mit ihr reden noch sonst irgendwie Kontakt aufnehmen. Schon das gesamte letzte Jahr, waren die Kontakte mehr als dürftig gewesen. Von der Einschulung hatte er nur über Umwege erfahren und als er dort dann auftauchte, wurde er wie ein Aussätziger behandelt. Von allen ignoriert und schief angeschaut.

Seine liebevoll gestaltete Schultüte ging in der Masse der Geschenke der anderen unter. Sarah selbst sah er gar nicht. Und auch mit Luna Marie konnte er kaum sprechen. Sobald die Einschulung vorbei war, hatte Sarah sie mitgenommen und die Schule verlassen.

Keine Arztuntersuchung. Keine Berichte. Er erfuhr nichts mehr. Immer wieder erkundigte Jason sich bei seinem Anwalt, was er denn tun könne. Immer wieder musste er sich gedulden. Solange sie das Kind nicht gefährdete, konnte er einfach nichts ausrichten. Es war keine Frage, dass sie sich ihm gegenüber falsch verhielt. Aber niemand glaubte dabei an eine Gefährdung für Luna Marie.

Dass das Fehlen des Vaters in der Erziehung oder einfach nur im Umgang langfristig negative Auswirkungen haben konnte. Das nach wie vor irgendeine psychische Erkrankung bei Sarah vorlag, von der niemand wusste, wie sie sich langfristig auf das Kind auswirkte,

Von all dem wollte niemand etwas wissen. Das wollte keiner sehen. Die gängigsten Sprüche waren: "Die Vergangenheit spielt keine Rolle."; und "Die Zukunft muss man sich entwickeln lassen."

Den Behörden fehlte die Weitsicht. Neben dieser Inkompetenz fehlte ihnen auch die Objektivität. Diese beiden Faktoren zusammen gefährdeten allein schon seine Tochter. So zumindest empfand es Jason. Daher war es auch schon lange her, dass er das letzte Mal Kontakt mit den Behörden hatte. Fast zwei Jahre der Enttäuschung haben völlig ausgereicht. Es war einfach kein Vertrauen mehr da.

Jason grübelte, was ihm für Möglichkeiten blieben. Sein Engagement im Väteraufbruch brachte ihn nicht weiter. Das Gericht brachte ihn nicht weiter. Luna Marie entführen? Mit ihr einfach verschwinden? Das würde auch nichts bringen. Er würde ja dann das mit Sarah machen, was sie mit ihm machte. Die Kleine vorenthalten. Das würde er nicht über das Herz bringen. Luna brauchte beide Eltern. Außerdem würde er alles verlieren, wenn er gefasst würde.

So blieb ihm nichts anderes übrig, als seine Tochter älter werden zu lassen und zu hoffen, dass sie irgendwann von allein zu ihm kommt. Dann könnte er ihr erklären, wie das alles gekommen ist.

Er starrte noch eine Weile schaukelnd auf die Vielzahl an Bildern, welche Luna Marie gemalt hatte. Die ältesten Bilder waren bunt und strahlten Freude und Kreativität aus. Die letzteren wurden dunkel und ablehnend. Jason spürte, dass seine Tochter ihn brauchte. Doch machen konnte er absolut nichts.

Im gleichen Zeitraum saß Luna Marie ebenfalls schaukelnd in ihrem Zimmer. Mal wieder war die Tür geschlossen und das kleine Mädchen war auf sich allein gestellt. Ihre Mutter saß im dunklen Schlafzimmer und wollte von ihr gerade nichts hören und nichts sehen.

Luna nahm sich ein Blatt Papier und griff nach einem

schwarzen Stift. Eine kleine Träne rollte ihr Gesicht herunter, als sie ein Bild von sich bei ihrem Papa zeichnete.

November 2020

Endlich war der Beschluss für die Krankenakte von Sarah angekommen. Bernd hatte die Unterlagen sofort aus Holzminden angefordert. Per Fax wurden diese auch wenige Minuten später zugestellt.

Er zog sich in sein Büro zurück und blätterte die Seiten durch. Je mehr er lass, desto mehr erblasste er.

Als er fertig war, ging er zu seinen Kollegen raus und sagte mit bedrückter Stimme: "Das solltet ihr euch mal anhören." Michael, Samuel, Steffen und ein paar andere Kollegen wandten sich ihm zu,

Bernd setzt sich auf einen Stuhl und legte seine Hand auf seinen ausladenden Bauch. Er holte tief Luft und las:

"Februar 2019. Überstellt wird eine 25Jährige Frau. Vorgeschichte: Psychotische Synkopen von 2009 bis 2010. Behandlung in mehreren Häusern. Ablehnung der Diagnose "psychotische Störung" durch Patientin und ihrer Mutter. Feststellung eines Reizdarmsyndroms mit psychischer Verstärkung im Jahr 2013. Behandlung einer Zwangsstörung im Jahr 2015. Ebenfalls im Jahr Behandlung einer manischen Depression. Behandlung wurde abgebrochen. Letzter Eintrag vom Frauenarzt 2018 mit dem Vermerk, dass eine psychiatrische Behandlung als zwingend erforderlich ist. Abtreibung im Jahr 2018. Aktuelle Situation: Einlieferung durch die Polizei von Hameln. Patientin wurde neben ihrer toten Tochter aufgefunden. Sie selbst hatte aufgeschnittene Pulsadern. Allerdings mit minimalem Blutverlust. Behandlung erfolgte vor stationär.

Die Tochter wurde erdrosselt. Laut Augenzeugenberichten, hatte auch die Tochter kaum noch am sozialen Leben teilgenommen. Fehlte sehr oft in der Schule. Kontakt zum Vater gab es laut Auskunft der Großmutter keinen.

Wir bitten um..." Bernd unterbrach hier, da das Weitere nicht wichtig war.

Samuel wischte sich über die Augen, als würde er ein paar Tränen wegmachen wollen. Michael und Steffen schauten betroffen auf die Tischplatte.

Samuel unterbrach die bedrückende Stille als erstes: "Ich vermute mal fast, dass das der Auslöser gewesen sein muss. Ich kann mich erinnern, dass der Reubelt vor den Sozialarbeitern, vor dem Jugendamt und vor dem Richter immer wieder auf eine langfristige Gefährdung seiner Tochter hingewiesen hatte. Er hatte immer wieder um eine Untersuchung gebeten. Jetzt scheint er alle zur Verantwortung zu ziehen, welche er mitschuldig an dem Tod seiner Tochter macht."

Michael nickte zustimmend. "Das sehe ich auch so. Zumindest deutet damit noch mehr darauf hin, dass Jason Reubelt der Papiervater ist. Es gibt kaum ein stärkeres Motiv als der Tod des eigenen Kindes. Zudem passt der Tod seiner Tochter mit dem Überfall auf die beiden Polizisten. Es fing quasi alles an, als sie gestorben war."

"Furchtbar." Entfuhr es Bernd und als ihn Michael fragend ansah, ergänzte er: "Es ist wirklich furchtbar. Ich habe selbst einen Sohn. Ich wüsste echt nicht, was ich machen würde, wenn ich so was durchmachen müsste. Was aber nicht heißt, dass ich seine Taten gutheiße." Er hob abwehrend die Hände.

"Ich denke es ist an der Zeit nun doch die Öffentlichkeit zu informieren. Die Indizien sind so stark, wir müssen diesen Jason Reubelt unbedingt finden. Im letzten Fall hatte es uns ja auch etwas gebracht. Wir werden extra eine Hotline einrichten. Denn ich vermute, dass es eine Vielzahl von Anrufen geben wird!"

Einen Tag nachdem über eine Pressekonferenz das Foto von Jason präsentiert wurde, überschlugen sich die Sender und Zeitungen mit Berichten. Wie erwartet gingen in den ersten 24Stunden so viele Anrufe in der Hotline ein, dass diese fast zusammenbrach.

Mia Effler saß gerade zu Hause über ihrer nächsten Sendung. Christoph gab ihr sein ganzes Vertrauen und hatte sie mit einer Reportage über Jason Reubelt beauftragt. Allerdings sollte sie es bis zum Abend fertig machen, bevor ein anderer Sender etwas brachte. Er half ihr mit einigen Unterlagen, welche er durch seine guten Verbindungen erhalten hatte.

Plötzlich klopfte es an der Tür. Mia schreckte hoch und ging zur Tür. Durch den Spion schauend, entdeckte sie aber niemanden. Sie öffnete die Tür einen Spalt weit und sah einen Briefumschlag auf dem Fußabtreter. Schnell riss sie die Tür ganz auf und nahm den Umschlag mit nach innen. Vorsichtig öffnete sie ihn und holte das Bild heraus. Nachdem sie ein Foto davon gemacht und nach irgendeiner Botschaft gesucht hatte, rief sie bei der Polizei an und informierte diese. Wenig später holten ein paar

151

Beamte den Brief ab. Es war jene Einheit, welche vor dem Haus stand und es überwachten.

Sie übergaben den Brief an Michael. Mit „übergeben" wurde auch ein Pizzabote. Er war die Person, welche zuletzt das Haus betreten hatte, bevor die Beamten wegen des Briefes informiert wurden.
Er gab zu Protokoll, dass ihn jemand angerufen hätte. Die Anweisungen waren, dass er zur öffentlichen Telefonzelle neben dem Bahnhof fahren sollte. Dort sei ein Brief, den er an die Adresse von Mia bringen sollte. Dafür durfte er die 100Euro behalten, welche auf dem Brief lagen. Der Pizzabote schwitzte und hatte Angst. Michael merkte sofort, dass er die Wahrheit sagte. Für hundert Euro hätte den Brief wohl jeder überbracht.
Routinemäßig ließ er den Geldschein und der Brief zur Spurensicherung schaffen. Vielleicht hatten sie ja diesmal Glück.
Denn noch immer hatten sie keine stichhaltigen Beweise, falls sie Jason fassen würden.

Mia hatte mittlerweile die Reportage abgeschlossen. Im Sender angekommen setzte sie sich mit Spezialisten zusammen und schnitt alles zusammen. Christoph schaute kurz vorbei und klopfte ihr anerkennend auf die Schulter. "Das wird klasse werden." Sagte er. Mia grinste. Das hoffte sie auch.

Zur besten Sendezeit wurde dann die Reportage ausgestrahlt. Den gesamten Tag über hatte der Sender dafür Werbung gemacht, so dass pünktlich Viertel nach acht allein in Deutschland über 15Millionen Zuschauer gebannt vor dem Fernseher saßen. Auch Bernd setzte sich neben seine Frau und folgte der Reportage.

"Gestern erfuhren wir alle, wer wohl hinter dieser grausamen Serie von Morden an Mitarbeitern des Jugendamtes und des Gerichtes verantwortlich sein soll. Es ist Jason Reubelt. Ein 37Jahre alter Kinderkrankenpfleger." Das aktuelle Fahndungsfoto wurde eingeblendet. "Doch wer ist dieser Mann? Wer ist es, der mutmaßlich sechs Menschen getötet haben soll? Was hat ihn dazu bewegt? Wir von RTL waren auf Spurensuche. Am Ende haben wir uns hoffentlich alle ein Bild von dem Mann gemacht, der in den letzten Monaten als sogenannter Papiervater durch die Medien geisterte." Es wurden Aufnahmen von einem kleinen Dorf und dann ein paar Kindheitsfotos von Jason eingeblendet, während Mia erzählte, wie Jason groß geworden war. Es wurde von seiner Familie berichtet. Von seiner Schule. Der Zeit in der Armee. Die Ausbildung. Immer wieder wurden Aufnahmen der Orte gezeigt oder Fotos aus jener Zeit. Bernd staunte, wie die Journalisten an solch Material gekommen waren.

Mia erzählte weiter. Wie er Sarah kennenlernte. Von der Geburt der Tochter. Der Heirat. Der Ehe.

Sie schaffte es dieses einfache Leben als etwas wunderbares und Einzigartiges darzustellen. Es war eigentlich ein Leben, wie viele andere. Und dennoch folgten alle der Reportage mit größter Aufmerksamkeit, so als wäre er etwas Besonderes.

"Doch dann kam die Wende im Leben von Jason. Der

153

Papiervater wurde zu dem, als was wir ihn heute kennen. Er wurde zu einem Vater auf Papier. Seine Frau verließ ihn in einem manischen Anfall. Eine Phase, wo sie glaubte die ganze Welt verändern zu können. In einer Phase, wo sie glaubte, dass alles schlecht für sie sei. Sie ließ ihn zurück. Zurück in einem Trümmerhaufen. Räumte ihm die Wohnung aus. Holte sich sein weniges Geld. Aber das Schlimmste, was sie ihm antun konnte: Sie nahm ihm seine Tochter." Danach wurde darüber berichtet, wie sich Jason verzweifelt an die Ämter wandte. An das Gericht. Wie er flehte. Wie er drohte. Und wie er am Ende zusehen musste, wie seine Ex-Frau mit seiner Tochter wegzog und er sie kaum noch sehen durfte.

"Aber dieser Schmerz allein reichte noch nicht aus. Der Schmerz allein trifft sicher vielfach mehrere Väter und auch Mütter in Deutschland." Mia wurde eingeblendet, wie sie an einem Schreibtisch gelehnt stand und mit traurigem Gesicht in die Kamera sprach. "Es sollte noch schlimmer kommen. In der folgenden Zeit sah er seine Tochter immer seltener. Erfuhr nichts mehr. Hatte alle Rechte, konnte aber dennoch nichts entscheiden. Nichts erfahren. Nichts machen. Eben nur ein Vater auf dem Papier. Ein Papiervater.

Ein Papiervater. Der Name war treffend. Er passte zu ihm. Nur waren die Hintergründe ja eigentlich ganz andere. Was ihm blieb, war die Erinnerung. Die Erinnerung, an die schönen Zeiten. An die wenigen Stunden. Ihm blieben die vielen Zeichnungen von Luna Marie. Und ihm blieb die Hoffnung, dass es irgendwann besser werden würde. Wenn Luna Marie erwachsen wird. Wenn die Zeit vergeht. Doch irgendwann bekam er ein Bild, was ihm wie Feuer durch die Knochen gefahren sein muss." Es wurde das Foto eingeblendet, welches Mia von dem letzten Bild gemacht hatte. "Sehen sie dieses Kind. Wie es verzweifelt auf dem Boden kniet. Wie es seine Hände nach diesem Mann ausstreckt. Nach ihrem Papa. Aber da ist diese Wand zwischen den beiden. Eine schier unüberwindbare Mauer. Und sehen sie, wie der Vater sich gegen diese Mauer stemmt. Sie wollen beide zueinander und doch können sie es nicht. Nicht nur die Szene. Nicht nur die schwarze Farbe drücken Schmerz, Angst und vor allem Trauer aus. Nein. Sondern schauen sie sich das an:" Es wurde in das Bild hineingezoomt und man sah einen kleinen eingetrockneten Tropfen. "Es ist der Tropfen einer Träne. Luna Marie weinte, als sie dieses Bild malte. Ein Hilferuf nach ihrem Vater, der aber absolut nichts ausrichten konnte. Und nur dann geschah etwas, was das Leben von Jason völlig veränderte. An einem kalten Februarmorgen wurde die Polizei zum Haus von Sarah gerufen. Was sie vorfand war ein Bild des Schreckens. Sarah hatte in einer absolut tiefen Phase der Depression die gemeinsame Tochter erwürgt und sich selbst die Pulsadern aufgeschnitten. Ein erweiterter Suizidversuch, den sie selbst überlebte. Luna Marie aber nicht. Luna Marie, oder "Dicke", wie sie ihr Vater immer gerne nannte, war im Alter von gerade einmal sieben Jahren gestorben." Es wurde eine Aufnahme von der Grabstelle eingeblendet, welche liebevoll gepflegt war. "Was muss Jason in diesem Moment gefühlt haben? Verzweiflung? Hass? Trauer? Wir alle wollen sicher niemals in eine solche Situation kommen. Keiner von uns möchte sein Kind auf eine solche Art und Weise verlieren. Er hat es.

155

Und scheinbar ist er seit diesem Tage auf der Suche nach Vergeltung. Auf der Suche nach dem inneren Frieden, den er wohl erst finden wird, wenn er alle getötet hat, welche er für schuldig hält." Es wurde wieder die Rückseite des Bildes mit der Aufschrift "noch zwei" eingeblendet. "Noch zwei scheinen auf seiner Liste zu stehen. Und ich bin mir sicher, dass wenn die Polizei ihn nicht findet, er nicht aufzuhalten sein wird. Der Papiervater. Ein Vater der es nur vom Papier her ist. Ein Vater, der von seiner Tochter immer wieder liebevoll auf Papier festgehalten wurde. Er ist der wohl berühmteste Serienkiller Deutschlands. Und wohl auch der erste Mörder, der es geschafft hat, die Bevölkerung in zwei Lager zu teilen..." Der Bericht führte dann noch einige Zeugen auf. Einige, welche sein Vorgehen guthießen und eben die Gegenseite. Am Ende wurde von Mia noch die Frage aufgeworfen, ob man nicht mal darüber nachdenken sollte die Gesetze zu ändern. "Ganz offensichtlich ist der Papiervater nur zum Mörder geworden, weil das Gesetzt ihm nicht das sein ließ, was er doch vom Papier her eigentlich war: Ein treusorgender, liebender Vater."

Damit endete die Reportage.

Bernd schaltete den Fernseher aus und starrte seine Frau an. "Man könnte fast schon Mitleid für diesen Mann haben, oder?"

"Fast? Also ich habe richtig starkes Mitleid. Er muss sich furchtbar gefühlt haben. Ich verstehe, warum er so gehandelt hat." Seine Frau streichelte ihn über das Gesicht. "Aber mach dir keine Sorgen. Uns wird so etwas nicht passieren. Das ist die Geschichte eines anderen

Lebens. Aber nicht die des unseren."

Bernd nickte. "Du hast natürlich recht, mein Schatz. Jeder hat es selbst in der Hand, was er aus seinem Leben macht. Er hat diesen Weg gewählt. Meine Aufgabe wird es sein ihn zu stoppen."

Mia saß noch bis spät in der Nacht an ihrem Computer und beantwortete einige der vielen Postings, welche auf dem Facebook-Account geschrieben wurden. Sie erntete viel Lob für die Reportage und manche verglichen sie schon mit berühmten anderen Moderatoren und Fernsehstars.

Posts über den Papiervater selbst, ließ sie aber vorerst unkommentiert. Sie war selbst noch sehr mitgenommen von der Reportage. Dennoch dachte sie schon darüber nach, was sie als nächstes berichten konnte. Aber bis dahin war wohl noch etwas Zeit. Vielleicht ließ der Papiervater bis dahin wieder etwas von sich hören.

Januar 2021

Mehrere Wochen waren vergangen, ohne dass sich eine heiße Spur ergeben hatte. Trotz der immer noch zahlreichen Hinweise aus der Bevölkerung ergab sich nichts Konkretes. So viele Menschen, wie den Papiervater an den unmöglichsten Orten gesichtet haben wollten. So viele Menschen, welche meinten, dass er gerade neben ihnen stand. Das er ihnen was gebeichtet hatte. Einfach zu viele Menschen, die vom großen Rampenlicht etwas abgekommen wollten.

In den Medien war der Papiervater präsenter denn je. RTL

strahlte einmal die Woche eine Talkrunde aus, in der Polizisten, Politiker und normale Bürger geladen wurden. Gemeinsam diskutierten sie über die neuesten Entwicklungen und Mutmaßungen. Die Sendung bekam immer guten Zuspruch und Millionen von Zuschauern verfolgten sie regelmäßig. Mia Effler bekam die Ehre und durfte diese Sendung moderieren.

Am Ende jeder Sendung wandte sie sich direkt an den Papiervater und bat ihn ein weiteres Zeichen zu senden.

Auch in den sozialen Netzwerken war der Papiervater allgegenwärtig. Es hatte sich eine richtige Fangemeinde gebildet. Einige Aktivisten hatten sogar eine eigene Homepage für ihn erstellt, wo sich seine Bewunderer austauschten.

Die Polizei beobachtete diese Seite mit Hilfe ihrer IP-Experten. Sie waren argwöhnisch. Aber ein solcher positiver Hype war leider nicht zu vermeiden und schon gar nicht zu verbieten.

Für die "Soko Papiervater" begann jetzt die heiße Phase. Laut der Zeitleiste mussten sie diesen Monat mit dem nächsten Mord rechnen. Aus diesem Grund hatte Michael sowohl bei Frau Winkmann als auch bei Herrn Kose mobile Einheiten abgestellt. Sie wurden auf Schritt und Tritt überwacht. Mit ihrem Einverständnis wurden auch ihre Telefone abgehört. Allerdings war bei beiden noch nichts Auffälliges passiert.

Bernd hingegen war weiterhin der Meinung, dass Herr Kose wohl nicht im Visier des Papiervaters war. Denn er war zwar der Erstkontakt, hatte aber sonst weiter nichts gemacht. Beziehungsweise machen können. Die "noch zwei" vom Bild sprachen allerdings eine andere Sprache. Und was machte das schon für einen Unterschied, ob man jetzt eine oder zwei Personen überwachte? Gut. Mit Sicherheit sah der Polizeipräsident das anders. Aber der wollte ja mittlerweile nur noch, dass der Fall endlich zu Ende gebracht wird. Da konnte er sicher darüber hinweg schauen.

Bis Mitte Januar geschah absolut gar nichts und die ersten Beamten begannen zu zweifeln und glaubten, dass der Papiervater aufgehört hatte. Michael und Bernd jedoch waren genauso wie die Profiler davon überzeugt, dass diese Person erst aufhören konnte, wenn die Rache befriedigt war. Vielleicht könnte so jemand auch dann niemals aufhören, bis er gestoppt wird.
In einer ruhigen Nachtschicht, welche Bernd und Steffen zusammen im Büro absaßen kam dann der Notruf rein, auf den alle gewartet hatten:
"Revier? Hier Einheit 83. Es sind Schüsse gefallen. Erbitten sofort Verstärkung!" Bernd rannte zum Mikrofon und bestätigte, dass er alle Einheiten zur Adresse von Herr Kose schicken würde. Er orderte das SEK an und ließ die Umgebung weiträumig absperren.
"Jetzt kriegen wir den Mistkerl." Sagte er zu Steffen, als die beiden zum Auto liefen, um ebenfalls zur Wohnung zu fahren.

Dort angekommen, erhielten sie einen kurzen Statusbericht. Es waren schon mehrere Polizeiwagen angekommen und an den Straßen errichtete man soeben Absperrungen. Das SEK sollte auch in wenigen Minuten eintreffen.

"Wir haben in der Wohnung zwei Schüsse gehört. Laut Mündungsfeuer aus dem Zimmer unter dem Dach." Der Beamte zeigte nach oben. "Wir haben sofort die Türen und anderen möglichen Ausgänge gesichert. Die Kollegen, welche bei Frau Winkmann standen, sind mit zur Hilfe geeilt, da sie am dichtesten hier am Ort des Geschehens waren. Seit den Schüssen ist es ruhig in dem Haus. Vermutlich hat er mitbekommen, dass wir die Türen blockiert haben. Zumindest hat er nicht versucht diese zu öffnen."

"Alles klar. Das habt ihr gut gemacht. Wir können also davon ausgehen, dass er noch immer im Haus ist?"

"Wir haben niemanden rausgelassen. Und einen Keller hat das Haus auch nicht, über welches er hätte verschwinden können!"

Bernd nickte zufrieden und schaute sich das kleine Haus an, welches von einem alten vermoderten Zaun umrahmt wurde. Der Rasen war ungepflegt und auch die Fassade blätterte hier und da schon ab. In einem der oberen Zimmer konnte man ein Licht brennen sehen. Sonst war alles dunkel.

Jetzt hieß es nur noch Warten auf das SEK, dann konnten sie sich hoffentlich den Papiervater schnappen.

Es klingelte an der Tür und Frau Winkmann öffnete sie einen Spalt, um zu schauen, wer da stand. "Frau Winkmann? Die Einheiten draußen wurden gerade zum Einsatz geholt. Es scheint, dass der Mörder gerade bei Herr Kose zugeschlagen hat. Ich wurde jetzt dafür abgestellt, bei ihnen in der Wohnung zu warten. Nur als

Vorsichtsmaßnahme."

Frau Winkmann betrachtete den Polizisten. Irgendwas an ihm kam ihr bekannt vor. Wie wenn man einem wildfremden Menschen begegnet und doch das Gefühl hat ihn zu kennen.

Sie ließ sich vorsichtshalber seine Marke zeigen und bat ihn dann herein.

"Möchten sie einen Tee trinken?" Fragte sie den Beamten.

"Nein, danke. Ich möchte, dass sie sich setzen. Bitte gehen sie schnell in das Wohnzimmer." Der Beamte redete auf einmal sehr leise. Frau Winkmann drehte sich erschrocken um und sie gewahrte, wie der Beamte seine Waffe gezogen hatte und in ihre Richtung hielt.

"Sie... Ich dachte..." Stotterte sie kreidebleich.

"Nun machen sie schon. Setzen sie sich schnell ins Wohnzimmer."

Schnell folgte sie seinen Anweisungen und setzte sich.

"Also sind sie nicht zu meinem Schutz hier? Sind sie etwa der Papiervater? Daher kamen sie mir wohl so bekannt vor." Murmelte sie mehr zu sich. Der Beamte drehte sich kurz zu ihr um. Wie kam sie darauf, dass er ihr bekannt sein könnte? Er musterte kurz ihr Gesicht. Gerade als er sich wieder umdrehen und weiter zur Küche gehen wollte, erhielt er einen Schlag auf den Kopf und ihm wurde sofort schwarz vor Augen.

Frau Winkmann riss die Augen auf und starrte fassungslos auf einen dunkel gekleideten Mann mit einer Clownsmaske, der mit dem Griff seiner Waffe ein weiteres Mal auf den Kopf des Beamten schlug und ihn dann mit einem Kabel fesselte, welches er von einer Lampe abriss. Sie war außerstande sich auch nur ansatzweise zu bewegen. Sie begriff gar nichts mehr. Erst glaubte sie, dass der Beamte der Papiervater sei, der sich eingeschlichen hatte und jetzt wurde dieser überwältigt. Von dem echten Papiervater? Sie fing an zu weinen. "Herr Reubelt. Sind sie es wirklich?" Fragte sie mit zitternder Stimme. "Ich weiß, dass das damals unglücklich verlaufen ist. Aber ihr Auftreten hat uns keine andere Wahl gelassen. Im Gegensatz zu ihrer Frau hatten wir bei ihnen nicht das Gefühl, dass Luna gut aufgehoben wäre." Frau Winkmann versuchte durch Reden einen Zugang zu finden und sich vielleicht aus der Situation zu retten, wenn sie Reue zeigte. Der Mann mit der Maske ließ sie auch reden, ohne sie zu unterbrechen. Er lehnte einfach am Türrahmen. Die Waffe leicht nach unten gerichtet.

"Wenn ich das genauer gewusst hätte, was mit ihrer Frau war, dann hätte ich mich dafür eingesetzt, dass sie ihre Tochter kriegen. Wirklich." Frau Winkmann schluchzte.

"Wirklich?" Fragte der Mann.

"Ja, wirklich." Frau Winkmann nickte heftig.

"Das ist schön für sie. Nur ist es dafür jetzt zu spät. Oft genug haben sie den deutlichen Hinweis bekommen, dass da was nicht stimmt. Sind gebeten worden es zu untersuchen. Und was machten sie? Drohten sogar mit Klage, wenn dem Jugendamt weiter Inkompetenz vorgeworfen wird. Wissen sie noch, was zuletzt zu ihnen gesagt wurde?"

Frau Winkmann schluckte wieder. Sehr wohl wusste sie, was Jason ihr zum Abschied beim letzten Termin gesagt hatte. Frau Luchs war damals auch mit anwesend gewesen. Dennoch sagte sie: "Nein. Das weiß ich nicht mehr."

162

"Dann helfe ich sehr gerne. Es war etwas, wo sie daraufhin wieder mit ihren so übermächtigen Anwälten gewedelt hatten, wenn weiter gedroht werden sollte. Damals waren die Abschiedsworte: "Sollte der Kleinen jemals etwas zustoßen, was darauf zurückzuführen ist, dass sie ihre Arbeit schlecht gemacht haben, dann werde ich sie zur Rechenschaft ziehen.". Und genau das wird jetzt gemacht. Da helfen ihnen auch ihre Anwälte nicht." Der Mann ging zum Sofa, nahm ein Kissen und hielt es vor die Waffe. Frau Winkmann saß einfach nur starr mit weit aufgerissenem Mund und Augen da und sah, wie er die Waffe auf sie richtete. Sie sah noch, wie das Futter des Kissens durch die Luft schleuderte. Dachte in dem Augenblick kurz daran, dass sie das ja gleich aufsaugen müsste. Dann merkte sie einen brennenden Schlag an der Stirn. Danach nichts mehr.

Endlich traf das Sondereinsatzkommando ein. Bernd kam es wie eine Ewigkeit vor. Dabei hatte es nur wenige Minuten gedauert.
Das SEK beriet sich kurz und man entschied sich sofort zu stürmen. Sie hofften damit das Überraschungsmoment auf ihrer Seite zu haben, da sie davon ausgingen, dass der Täter erst auf eine Verhandlung warten würde. Man ging nach den Schüssen davon aus, dass Herr Khose wohl längst tot war. Und weitere Personen lebten in dem Haus nicht.
Es dauerte nur wenige Augenblicke, da wurde die Tür aufgebrochen und acht vermummte SEK-Beamte stürmten in die Wohnung. In jedem Raum wurde eine Blendgranate geworfen. Danach wurde dieser gesichert.

Bernd folgte den kurzen Befehlen am Funkgerät.

"Alles gesichert." Wurde am Ende durchgegeben. "Vom Verdächtigen keine Spur!"

"Scheiße!" Fluchte Bernd. "Habt ihr alles gecheckt?" Fragte er durch das Mikrofon."

"Roger. Alles sauber. Schlafende Person im Obergeschoss."

Bernd ging in die Wohnung. Tatsächlich war niemand zu sehen. Oben im Schlafzimmer lag Herr Kose und schlief tief und fest. Auf dem Nachtschrank stand ein halb ausgetrunkenes Glas Rotwein.

"Herr Fleischer. Kommen sie mal her. Das müssen sie sich ansehen." Rief einer der Beamten Bernd. Bernd ging in den Nebenraum. Es war ein vollgestellter Raum. Herr Kose hatte hier allerlei Möbel abgestellt, welche er nicht mehr gebrauchen konnte. Beide Räume waren nur durch eine chinesische Trennwand geteilt.

Der Beamte stand neben einen kleinen Schrank und zeigte nach innen. Bernd warf einen kurzen Blick hinein und griff sofort zum Telefon. Er wählte die Nummer des Beamten, den er zur Wohnung von Frau Winkmann geschickt hatte. Als er diesen nicht gleich erreichen konnte, rief er laut:

"An alle Beamte: Sofort abrücken und zur Wohnung von Frau Winkmann. Das war hier ein Täuschungsmanöver. Vier Beamte bleiben hier."

Sofort stürmten alle Beamte nach unten und rasten zur nicht weit entfernten Wohnung von Frau Winkmann. Bernd betete, dass ihr nichts passiert sei und versuchte die ganze Zeit den Beamten vor Ort zu erreichen.

An der Wohnung angekommen, stürmten die Beamten sofort nach innen. Bernd war einer der ersten. Im

Wohnzimmer angekommen, sah er was passiert war. Wütend schlug er mit der Hand gegen den Türrahmen. "Scheiße. Scheiße. Scheiße." Brüllte er.

Das SEK sicherte die Wohnung. Aber vom Täter war keine Spur. Bernd veranlasste sofort eine Ringfahndung, hatte aber kaum Hoffnung.

"Man. Verdammte Scheiße." Er schlug wieder mit der Hand gegen den Türrahmen. Michael war mittlerweile auch angekommen und legte einen Arm um seine Schultern. "Hey. Das ist nicht deine Schuld. Wir haben alles getan, was möglich war mit dem begrenzten Personal was wir hatten. Fragen wir erst mal den Kollegen, was sich hier zugetragen hat." Sagte er und deutete auf den Beamten, der von seinen Fesseln befreit wurde und gerade wieder zu sich kam.

Er brauchte eine Weile, um sich zu sammeln und erzählte dann: "Also wie abgemacht, bin ich in die Wohnung. Frau Winkmann war etwas skeptisch. Aber sie ließ mich rein. Wir kamen gerade rein, als ich in der Küche eine Bewegung gesehen hatte. Ich sagte zu Frau Winkmann, dass sie ins Wohnzimmer gehen sollte. Für einen kurzen Augenblick war ich abgelenkt. Die Frau glaubte, dass ich der Mörder sei, weil ich natürlich meine Waffe gezogen hatte. Das musste der Täter ausgenutzt und mich niedergeschlagen haben. Ich bin erst wieder zu mir gekommen, als ihr hier angekommen seid." Der Beamte rieb sich seinen Hinterkopf. Man konnte deutlich die Schwellung vom Schlag erkennen. Auch seine Augen waren ganz blutunterlaufen.

"Gut, danke. Das war es erst mal. Lassen sie das an ihrem Kopf bitte von einem Sanitäter untersuchen." Wies ihn

Michael an. Danach forderte er die Spurensicherung an, damit der Tatort gesichert werden konnte.

Er ging zur Leiche und suchte, nach dem Bild, was der Täter bisher immer hinterlassen hatte. Und tatsächlich war auch hier wieder ein Bild. Es war mit zittrigen Händen gemalt und wohl nie fertig geworden. Es war wieder ein kleines Mädchen darauf zu erkennen. Daneben ein Fenster mit Gitterstäben vor. Mehr nicht. Michael tütete das Bild ein und fuhr mit Bernd zur Wohnung von Herr Kose zurück.

Die Sanitäter waren gerade dabei dort wieder abzurücken. Bernd fragte, was denn mit dem Mann sei: "Es scheint, dass ihm etwas in das Getränk gemischt wurde. Wir haben ihn nur schwer erwecken können. Er ist sofort wieder eingeschlafen. Wir nehmen ihn jetzt mit in das Krankenhaus." Bernd nickte. "Bitte entnehmt dort eine Blutprobe." Zudem wies er einige Beamten an, dem Krankenwagen zu folgen und Herr Kose nicht aus den Augen zu lassen.

"So. Jetzt zeige mir mal, was hier abgegangen ist." Sagte Michael zu Bernd.

"Naja. Ganz offensichtlich wurde Herr Kose betäubt. Neben seinem Bett stand eine Weinflasche. Daher denke ich, dass dort etwas eingemischt wurde. Der Täter muss in das Haus eingedrungen sein, als er nicht zu Hause war. Da wurde es ja nicht überwacht. Wir hatten ja nur die Genehmigung und die Leute für Personenschutz. Tja. Und oben in einer Abstellkammer hat er eine Vorrichtung gebaut. Er hat eine Waffe an eine Zeitschaltuhr angeschlossen. Irgendwann wurden durch die gebaute Vorrichtung mehrere Schüsse abgegeben, welche die

Beamten vor dem Haus alarmiert hatte." Die beiden waren mittlerweile oben angekommen und Michael sah sich um. Er nickte mehrmals.

"Es sind sogar zwei Vorrichtungen." Sagte er und deutete auf ein anderes Gerät. "Dieses hier hat die Schranktür aufgeschoben. Und das andere die Waffe ausgelöst. Alles ins Labor schicken und auf Spuren untersuchen." Michael sah sich noch einmal um und griff dann zur Waffe. Er öffnete das Magazin. "Platzpatronen." Sagte er. "Er hatte also auf keinen Fall vor Herr Kose zu schaden. Ich meine er hätte ihn vergiften können. Erschießen. Alles. Es war tatsächlich nur ein Ablenkungsmanöver. Gerissen. Und natürlich richtig ärgerlich, dass er damit durchgekommen ist. Das wird mit Sicherheit noch ein Nachspiel für die Soko haben." Michael kratzte sich am Hinterkopf. Bernd schaute missmutig drein und daher fügte Michael an: "Aber wir haben uns völlig korrekt und strikt nach Vorschrift verhalten. Mit so etwas hier konnte nach dem bisherigen Vorgehen des Täters nicht wirklich jemand rechnen." Bernd nickte leicht. Es beruhigte ihn etwas. Dennoch war es ein wirklich bescheidenes Gefühl. Eine Frau war gestorben, obwohl sie die Aufgabe hatten sie zu beschützen.

"Ich denke, dass wir nach diesem Fall für Kose endlich eine neue Identität durchkriegen werden. Wäre dem Antrag für beide schon eher nachgekommen worden, würden wir jetzt nicht hier stehen." Michael griff nach seinem Telefon. Ihr rief bei den Beamten an, welche Mia überwachten. Sie sollten heute Nacht besonders aufmerksam sein. Vielleicht würde er sie heute wieder kontaktieren, nachdem er nun ja erfolgreich zugeschlagen hatte.

Es dauerte die ganze Nacht, bis beide Häuser auf Spuren untersucht waren. Bernd und Michael fuhren erst am frühen Morgen ins Büro zurück. Steffen und Samuel fuhren ins Krankenhaus, um Herr Kose zu befragen. Vielleicht war ihm ja irgendwas merkwürdig vorgekommen.

Auf dem Revier wartete schon der Polizeipräsident auf die beiden Beamten.

"Wisst ihr eigentlich, was da auf uns zu kommt? Wenn die Öffentlichkeit erfährt, dass wir für den Schutz von Frau Winkmann Leute abgestellt hatten und sie dennoch getötet wurde. Der Ruf wäre völlig zerstört. Es wird nicht immer gelingen alles vor der Presse geheim zu halten. Wir können Gott danken, dass sie noch nicht wissen, dass die Morde mit einer Polizeiwaffe begangen wurden. Und an eine mögliche Klage der Hinterbliebenen von Frau Winkmann mag ich erst gar nicht denken."

Bernd und Michael hörten schweigsam den Ergüssen des Polizeipräsidenten zu. Der redete noch eine ganze Weile über mögliche Konsequenzen und Untersuchungen, ehe er sich abreagiert hatte und in sein Büro abdampfte.

Die beiden berieten sich, wie sie jetzt vorgehen sollen. In der Zwischenzeit meldete sich ein Beamter, der die Nachbarn von Frau Winkmann befragt hatte und sagte aus, dass er kurz vor dem Eintreffen des SEK einen Mann mit einer Clownsmaske weglaufen gesehen hat. Eine weitere Bestätigung für Michael, dass es sich um ihren Mann handelte. Denn die Person auf der Verkehrsüberwachung von vor ein paar Wochen hatte auch eine Maske getragen. Ebenso wurde bei der

Auswertung der Videos von Köln nach dem Tod von Saskia Nessel in dem Pakettransporter ein Mann mit Maske gesehen. Aber leider war das alles viel zu wenig. Es gab weiterhin keine direkte Verbindung zwischen den Taten und Jason Reubelt.

Februar 2019

"Herr Reubelt?"

"Ja, bitte?" Jason schaute die beiden Beamten argwöhnisch an. Was gab es denn jetzt wieder? Eine neue Beschuldigung durch seine Ex-Frau?

"Dürften wir bitte kurz reinkommen." Die belegte Stimme und der betretene Blick der Beamten machten Jason stutzig. Sein Herz fing heftig an zu klopfen und das Blut wich aus seinem Gesicht.

Als sich alle gesetzt hatten, sprach der wortführende Beamte, ein alter Mann mit untersetztem Bauch und Glatze: "Wir müssen ihnen leider mitteilen, dass wir ihre Tochter Luna Marie heute Morgen tot aufgefunden haben."

Jason erstarrte. In seinem Gesicht konnte man keinerlei Regung erkennen. Er saß da und schaute die Beamten an. Erst den einen. Dann den anderen.

"Es tut uns wirklich sehr leid." Fügte der andere Beamte an. Ein junger Mann mit einem riesigen Vollbart.

Jason schaute noch einmal zum einen und dann zum anderen.

"Was ist passiert?" Die trockene und kalte Stimme ließ die beiden Beamten erschauern.

"Wir gehen davon aus, dass ihre Ex-Frau Sarah Molding sie

erdrosselt hat."

Jason stand auf, ging zur Tür und öffnete diese.

"Würden sie jetzt bitte gehen?" Sagte er weiter mit kalter Stimme.

Die Beamten schauten sich kurz an und gingen zur Tür. "Wenn sie irgendwelche Hilfe brauchen, melden sie sich einfach bei uns." Der ältere Beamte überreichte ihm eine Visitenkarte. "Und nochmals unser herzlichstes Beileid."

Jason schloss hinter ihnen die Tür. Wie ein Roboter ging er zum Sofa und schaltete den Fernseher ein. Es lief gerade ein Film von Bud Spencer und Terence Hill. Er lehnte sich zurück und lachte immer wieder.

Er aß etwas. Schaute den Film bis zum Ende. Dann rief er seine Eltern an.

"Luna Marie ist tot." Sagte er völlig emotionslos. "Sarah hat sie ermordet. Ich schicke euch dann die Termine für die Beerdigung." Er würgte jeden weiteren Kommentar ab und legte auf.

Als es Abend geworden war, ging er in das Kinderzimmer von Luna Marie und legte sich auf ihr Bett. Er schaute zu den Bildern, welche sie gemalt hatten und die sie gemeinsam im ganzen Zimmer aufgehängt hatten. Er schaute zu ihren Hausschuhen hinüber. Streichelte ihre Kuscheltiere.

Als er aus dem Fenster schaute, sah er den herrlichen Nachthimmel. Es war keine einzige Wolke zu sehen und die Sterne blinkten und funkelten. Noch immer verzog er das Gesicht nicht. Keine Trauer. Keine Träne. Keinen Hass. Er spürte in diesen Stunden nichts. Nur eine unendliche Leere. Eine Leere, die ihn anzog. In sich hineinzog und verschlucken wollte.

Die Leere fühlte sich gut an. Dieses Gefühl nichts zu fühlen. All die Ängste, Befürchtungen, Hoffnungen. All die Wut. Tiefschläge. Alles was er die letzten vier Jahre durchmachen musste, war auf einmal weg.

Mit einem Ruck setzte er sich auf und ging zu seinem Wagen. Ohne weiter nachzudenken, fuhr er nach Hameln zur Polizeidienststelle. Dort war auch die Rechtsmedizin. Er hörte laut Musik und pfiff vor sich hin. Das Fenster war weit unten und die kalte Luft umwehte ihn.

Gleich würde er in die Rechtsmedizin gehen und die Mitarbeiter dort würden ihn fragend ansehen. Was er denn hier machen würde? Ob er falsche Informationen erhalten habe? Er könne beruhigt nach Hause fahren. Denn seine Tochter war gar nicht tot.

Es waren fast schon Glücksgefühle, welche ihn durchströmten, als er ausstieg und straffen Schrittes das Revier betrat. Er grüßte fröhlich die Beamten und ließ sich den Weg zur Rechtsmedizin zeigen. Dort war in der Nacht allerdings keiner mehr da, so dass er sich kurz gedulden musste, bis jemand der zuständig war kam.

Als sich Jason vorgestellt hatte, erwartete er, dass der Mediziner jetzt alles aufklären würde. Er strahlte ihn hoffnungsvoll an. Doch als er merkte, wie dieser ihn anstarrte, versteinerte sich seine Miene. Jason fing an zu zittern und musste sich kurz setzen.

Er schüttelte sich kurz. Man. So schlecht hatte er nun lange nicht mehr geträumt. Gut. Geht er halt mit dem Mann dort rein und dann würde er eben sicher aufwache. In der fast komplett weißen Obduktionshalle waren mehrere Tische nebeneinander aufgereiht. Ganz außen nahe an den Waschbecken lag ein kleiner schwarzer

171

Leichensack auf dem Tisch. Die anderen Tische waren alle leer und blank geputzt. Sie reflektierten das Licht der starken Neonröhren. In der Luft lag der Geruch nach Formaldehyd. Ein ekliger und schwerer Geruch. Er machte Jason leicht benommen. Zumindest schob er sein Gefühl der Schlappheit und Benommenheit darauf.

Der Mediziner ging zu dem letzten Tisch und öffnete den Leichensack. Dann trat er beiseite. Jason war kurz mitten im Raum stehen geblieben und ging dann ganz langsam auf den Tisch zu.

Noch bevor er den Tisch ganz erreichte, erkannte er seine kleine Prinzessin. Sie war etwas blass, doch schien sie einfach zu schlafen. Ihr Hals war etwas blau und rot. Aber sonst sah sie einfach wie ein kleiner schlafender Engel aus. Jason lächelte völlig verzerrt und ihm schossen die Tränen in die Augen. Er griff nach der Hand von Luna. Sie war so furchtbar kalt und er fing an sie zu reiben, damit sie warm werden würde.

"Hey Dicke. Es ist Zeit aufzustehen. Papa ist hier." Flüsterte er ihr zu und strich ihr die Haare hinter die Ohren. "Wir wollten doch am Wochenende ins Kino gehen. Du hast dich doch so sehr darauf gefreut." Jason gab ihr einen Kuss auf die Stirn und die Tränen rannen ihm das Gesicht in Strömen herunter. "Komm schon. Dicke. Prinzessin. Du sollst doch nicht immer so lange schlafen. Wir müssen noch so weit nach Hause fahren." Er streichelte ihr immer wieder über die Wangen. Er schüttelte sie leicht an der Schulter und ihr Kopf rollte auf die Seite. Erschrocken ließ Jason sie los und hielt sich die Hand vor dem Mund, um nicht laut aufzuschreien. "Doktor. Bringen sie schnell eine Decke. Meiner Kleinen ist kalt." Rief er zum Mediziner herüber und griff wieder nach ihrer Hand. Er legte ihren Kopf wieder gerade und küsste ihr immer wieder auf die Stirn. "Dir wird gleich wieder warm, Prinzessin. Danach kannst du in Ruhe weiterschlafen. Schlaf dich ruhig aus. Wir können auch später nach Hause fahren. Und das Kino läuft dir nicht weg." Jasons Knie zitterten. Seine Stimme wurde immer leiser. Der Arzt trat neben ihn und zog ihn langsam weg. Jason ließ ihn gewähren. "Schlaf gut meine Kleine. Ich wecke dich nachher." Flüsterte er und sah verschwommen, wie das Bild immer kleiner wurde und sich am Ende die Tür schloss.

Wie er in das Auto gekommen und was in der Zwischenzeit passiert war, da hatte er keine Ahnung. Er wusste nur, dass er erst mal nach Hause fahren musste. Er fühlte sich gerade so unglaublich müde. Ausgebrannt. Noch immer rannen ihm die Tränen die Wangen herunter. "Meine kleine Prinzessin." Flüsterte er immer wieder. "Schlaf bitte gut." Er trat auf das Gaspedal.
Während so die Bäume der Allee an ihm vorbei rauschten, dachte er: Jetzt kurz nach links oder nach rechts lenken. Das wäre ganz einfach. Geht ganz schnell. Keine Probleme. Keine Gedanken.
Jason schnallte sich ab und umklammerte das Lenkrad...

Januar 2021

Die "Soko Papiervater" traf sich zu einer Konferenz. Nachdem die Bevölkerung erfahren hatte, dass der Papiervater wieder zugeschlagen hatte, wuchs beim großen Teil der Bevölkerung die Angst. Die Forderung nach einer schnellen Aufklärung wurde immer lauter. Immer mehr Politiker schalteten sich in den Fall ein und der Soko standen mittlerweile nahezu unendliche Ressourcen zur Verfügung. Vom Bundesnachrichtendienst, über verschiedene Spezialisten bis hin zu ausländischen Geheimdiensten, erhielten sie von allen Seiten Unterstützung. Die Mordserie, welche sich nun seit über 1 1/2Jahren hinweg zog, hatte ganz Europa in den Bann gezogen.

"Wir haben ein ganz großes Problem." Eröffnete Michael die Runde. "Wir wissen, dass unser Täter noch immer ein Ziel hat. Aber wir können nicht mit Gewissheit sagen, wer das ist. Wir sind alle Möglichkeiten durchgegangen. Und am Ende bleibt nur eine Person übrig. Sarah Molding."
Bernd stand auf und übernahm: "Genau. Wir gehen davon aus, dass sie sein letztes Ziel sein wird. Sie hat seine Tochter getötet. Sie ist für ihn die Ursache all seines Leidens. Wir haben daher schon alle notwendigen Schritte unternommen. Sarah wurde mit einer neuen Identität ausgestattet und in einer anderen Klinik untergebracht. Sie wird rund um die Uhr überwacht. Die Informationen, wer sie ist und wo sie sich befindet, haben nur ganz wenige Leute. Dem Täter sollte es so unmöglich sein sie zu finden."
"Herr Kose ist völlig raus?" Fragte einer der Anwesenden.
"Ja. Wir gehen davon aus, dass er von Anfang an kein Ziel von ihm war. Und da wir keine weitere Person ausmachen konnten... Sie ist die einzige, welche da noch übrigbleibt."
"Gut. Aber was wird jetzt unternommen, um ihn zu fassen?"

"Wir werden versuchen eine Finte zu starten. Wir werden eine Information an die Presse durchsickern lassen, die beinhaltet, wo Sarah sich gerade aufhält. An dem angegebenen Ort werden wir dann eine verkleidete Polizistin unterbringen. Kurz nachdem die Information veröffentlicht wurde, werden wir sie dann an einen anderen Ort bringen. Dabei gehen wir davon aus, dass uns Jason beobachten wird. Er wird also den neuen Ort herausfinden. Den werden wir strategisch gut auswählen. Es wird dann eine Falle werden. Die falsche Sarah an einem Ort, den wir kontrollieren können."

Bernd strich sich mehrfach über seinen Bauch. "Ui. Das klingt richtig gut. Quasi ein Maulwurf bei der Polizei, der etwas an die Presse ausplaudert. Und wir müssen reagieren und bringen die "Sarah"," er machte mit den Händen Gänsefüße, "an einen Ort, den wir vorher präpariert haben. Das könnte tatsächlich funktionieren."

Auch die anderen Anwesenden nickten zustimmend. Im Folgenden wurden die Einzelheiten besprochen und schon erste Schritte veranlasst.

Mia kam aus der Dusche und ging in die Küche, um sich einen warmen Tee zu kochen. Den Abend wollte sie heute in Ruhe vor dem Fernseher verbringen. Die letzten Wochen waren sehr anstrengend. Sie war seit einem Monat fest beim Sender angestellt und verdiente richtig gut Geld. Bald würde sie in eine größere Wohnung ziehen. Die Reportagen und Sendungen über den Papiervater waren für sie das richtige Sprungbrett in ihrer Karriere gewesen. Darum hoffte sie jeden Tag eine weitere Nachricht von ihm zu erhalten. Sie schaute mehrmals in den Briefkasten. Rief ihre Mails ab. Aber nichts. Sie glaubte, dass die Beamten draußen ihn wohl abschreckten. Selbst sie erkannte die in Zivil gekleideten Männer, die fast immer an der gleichen Stelle parkten.

Sie hatte schon den halben Tee ausgetrunken, als sie ein leichtes Klacken an der Fensterscheibe hörte. Immer wieder. Rhythmisch.

Mia stand auf und warf sich ihre Decke über die Schulter und ging zum Fenster. Sie lächelte, als sie eine Taube auf der Fensterbank sah, welche mit ihrem Schnabel gegen das Fenster klopfte. Sie öffnete das Fenster und verscheuchte sie. Die Exkremente wollte sie auf der Fensterbank nicht haben.

Langsam ging sie wieder zum Sofa zurück, als es erneut anfing gegen die Scheibe zu klopfen. Die Taube war schon wieder da. Mia scheuchte sie weiteres Mal weg.

Am nächsten Morgen wachte sie früh auf. Sie war auf dem Sofa eingeschlafen und hatte es nicht mehr ins Schlafzimmer geschafft. Noch leicht verschlafen öffnete sie ihren Computer. "Ach nö. Nicht dein Ernst." Sagte sie und drückte immer wieder auf den Startknopf. Doch der Computer blieb dunkel. Wütend klappte sie ihn wieder zu und zog sich an. Dann musste sie also schnell vor der Arbeit in ein Fachgeschäft vorbeifahren. Denn den Großteil der Dokumentation für die nächste Reportage hatte sie auf dem Rechner. Der musste wieder zum Laufen gebracht werden.

Also fuhr sie zum Fachgeschäft, welches gar nicht weit von ihrer Wohnung entfernt war. Es war das einzige weit und breit.

Sie instruierte den Mann, dass er sich beeilen und sie anrufen solle, wenn der Computer fertig sei. Sie brauchte ihn ja dringend für die Arbeit. Als sie das Geschäft verlassen wollte, winkte ihr von Richtung der hinteren Treppe ein Mann zu. Die Treppe führte zur Privatwohnung des Inhabers. Mia zögerte kurz und ging zu dem Mann. "Kommen sie schnell mit." Raunte er ihr zu und zog sie hinter die Treppe. Dort war ein kurzer Flur, der zu einer Tür führte, welche in den Hinterhof mündete. Der Inhaber schien dies nicht zu bemerken, oder es störte ihn nicht. In dem kurzen Flur war die Besuchertoilette. Es erweckte so wohl keinen Argwohn.

Der Mann, der stark nach Bier und Urin roch, zog Mia mit sich über den Hinterhof und durch ein gegenüberliegendes Haus hindurch. Vor diesem Haus stand ein Taxi, in welches sie sich setzen sollte. Der Taxifahrer wies sie an ihr Handy auszuschalten. Mia folgte auch diesen Anweisungen. Sie war sich sicher, dass die Leute vom Papiervater geschickt wurden. Sie freute sich schon endlich neue Informationen zu erhalten. Sie verschwendete keine Sekunde einen Gedanken daran irgendjemanden zu informieren. Die Polizei hatte ihr schon das letzte Mal eine bessere Story versaut, als sie die Limousine gestoppt hatten.

Als Mia nach einer Viertelstunde noch immer nicht aus dem Fachmarkt gekommen war, stürmten zwei Beamte hinein und sahen sich um. Mit Erschrecken mussten sie feststellen, dass sie sie verloren hatten. Sie informierten sofort das Revier und versuchten Mia über das Handy zu orten.

Nach einer längeren Fahrt hielt das Taxi an einer öffentlichen Telefonzelle. Sie stieg aus und der Fahrer fuhr sofort davon.

Mia schaute sich um. Sie war an einer dicht befahrenen Straße und mehrere hundert Menschen waren auf dem Fußweg unterwegs. In der Nähe war ein großes Bürogebäude, in dem viele der Leute arbeiteten. Außerdem standen bald die Zeugnisferien an und viele waren einkaufen.

Nachdem kurzer Zeit des Wartens klingelte das Telefon und Mia nahm den Hörer ab.

"Hallo Mia." Hörte sie die sanfte Stimme wieder sagen.

"Hallo." Sagte Mia freudig. Sie freute sich wirklich ihn wieder zu hören. Beim Klang seiner Stimme fühlte sie sich sofort wohl.

"Ich hoffe sie haben ihr Telefon wirklich ausgeschaltet? Sonst wird unser Gespräch wieder so abrupt beendet. Vielleicht hat man ihnen sogar einen Sender verpasst."

"Nein. Also ja. Das Telefon habe ich ausgemacht. Und von einem Sender hat man mir nichts gesagt."

"Gut. Wir werden es ja sehen. Aber kommen wir zur Sache. Ich möchte sie um einen Gefallen bitten."

"Gerne. Was kann ich für sie machen?"

"Ich werde ein kleines Video drehen. Und ich möchte, dass sie es erhalten. Ein wenig bearbeiten und dann senden."

"Ähm, ok." Mia grübelte kurz. Sie dachte nur daran, was das wieder für ein Ärger mit der Polizei geben könnte. Und als würde er ihre Gedanken kennen, sagte der Papiervater:

"Keine Angst. Sie dürfen das Video gerne der Polizei zeigen. Ziehen sie einfach vorher eine Kopie. So, wie sie es ja mit dem Bild auch gemacht haben. Vielleicht lässt die Polizei das auch zu. Das werden sie ja sehen."

"Gut. Aber warum haben sie mir nicht gleich das Video mit Anweisungen geschickt?"

Sie hörte ein kurzes Lachen. "Das hätte ich machen können. Aber sehen sie es als kleines Spielchen an. Ich liebe die Herausforderung."

Mia lächelte leicht. Das gefiel ihr. "Ich würde sie gerne einmal persönlich treffen." Sagte sie etwas leise. Geradezu schüchtern.

"Vielleicht machen wir das mal. Das war es von mir. Und es wäre schön, wenn sie das nächste Mal wieder ihre Jeans anziehen. Die steht ihnen fantastisch. Diese blaue Schlabberhose ist nicht so der Hit." Klicken. Mia blickte sich leicht erschrocken um. Sie suchte die Gehwege ab, ob wer mit einem Telefon langlief. Denn er schien sie beobachtet zu haben. Ein merkwürdiges Gefühl kroch in ihr hoch. Zum einen fühlte sie sich geschmeichelt. Zum anderen unwohl, dass er sie sehen konnte und sie ihn nicht.

Sie schaltete ihr Handy wieder ein und informierte die Polizei.

Wenig später saß sie auf dem Revier Michael gegenüber und musste Rede und Antwort stehen. Sie erzählte ihm alles und bat ihn zeitgleich das Video, wenn es käme auch senden zu dürfen. Sie würde es ihm sofort geben, aber wollte es senden dürfen. Michael gab ihr nur unter Vorbehalt eine Zusage. Je nach dem, was der Inhalt war, könnte er vielleicht zustimmen.

Es war eine schwierige Situation. Er würde ihr gerne verbieten überhaupt irgendwas zu senden. Aber auf der anderen Seite sah es weiterhin als eine Chance an, dass Jason eine Person hatte, an die er sich wendete. Das ist dann wenigstens ein Anhaltspunkt, welchen sie Hatten. Er fühlte sich mittlerweile in seiner Ehre angegriffen, da der Papiervater sie schon so lange an der Nase herumführte und immer wieder austrickste.

Allein, wie er heute mit einfachen Mitteln die Beamten von Mia abgeschüttelt hatte.

Es stellte sich später heraus, dass ihr von einem Free-Account ein Wurm zugeschickt wurde, der den Laptop lahmlegte. Dann hatte er einen Obdachlosen und den Taxifahrer bezahlt und Anweisungen gegeben. Allerdings hatte er die beiden wohl nicht direkt angesprochen. Sowohl der Obdachlose als auch der Taxifahrer beschrieben eine ganz andere Person. Diese hatte keinerlei Ähnlichkeit mit Jason. Oder zumindest mit dem letzten Foto, welches sie von ihm hatten. Vermutlich wurde auch diese Person von ihm beauftragt. Allerdings war es schwierig, wenn auch nicht unmöglich, diese zu finden.

Mit seinen Kollegen besprach Michael, dass man nun die Kleidung von Mia verwanzen würde. Allerdings wollte er ihr das nicht mitteilen, da er ihr nicht so ganz vertraute. Heute hatte sie ja auch erst mit dem Papiervater gesprochen und sich dann an die Polizei gewendet. Es war wie ein Kämpfen an zwei Fronten.

Am Abend berichtete Mia Effler dann im Fernsehen über

ihre neuesten Erlebnisse. Sie kündigte hier das kommende Video schon groß an. Das ärgerte Michael maßlos. Er wollte das natürlich noch gerne geheim halten und die Möglichkeit offen gelassen es nicht senden zu lassen. Er hätte es vielleicht gerichtlich stoppen können, aber das Kind war nun in den Brunnen gefallen.

Januar 2019

Er krallte das Lenkrad so fest, dass seine Knöchel weiß hervortraten. Für einen kurzen Augenblick schloss er die Augen und sah in Gedanken Luna Marie, wie sie lachend umhersprang. Er riss die Augen auf und lockerte den Griff vom Lenkrad. Der Wagen schrammte nur knapp am Baum vorbei und Jason steuerte wieder auf die Straße zurück. Er schnaufte kurz durch. Sein Herz raste und kalter Schweiß rann ihm unter den Achseln hervor.
Nein! Das hätte sie sicher nicht gewollt.
Im gemäßigten Tempo fuhr er nach Hause.

Jason brauchte noch eine Weile, um richtig tief im Inneren zu begreifen, dass seine Tochter gestorben war. Immer wieder, wenn er die Augen schloss, hatte er ihr Bild vor sich. Wie sie lachte. Tanzte. Spielte. Und am Ende auf dem Tisch in einem schwarzen Sack lag.
Es war die Zeit, in der ihm alles egal wurde. Er lehnte jegliche Hilfe ab. Meldete sich auf unbestimmte Zeit krank und zog sich zurück.
Zeitgleich kümmerte er sich so liebevoll, wie es ihm die Umstände zuließen um die Beerdigung. Suchte einen Sarg aus. Verschickte Einladungen. Er suchte eine Grabstelle in

ihrer Geburtsstadt Hameln aus. Direkt neben einer wunderschönen Eiche. Jason hatte viele Stunden mit ihr draußen in der Natur zugebracht. So sollte sie jetzt auch irgendwo ein Stück weit in der Natur weilen dürfen.

Am Tage der Beerdigung kamen sehr viele Menschen. Arbeitskollegen. Freunde. Einige kannte er gar nicht. Ihn schüttelte es jedes Mal, wenn jemand mit seinen Beileidsbekundungen kam. Keiner von denen konnte wissen, wie er sich fühlte. Keiner von ihnen würde es verstehen können. Denn keiner von ihnen hatte es durchgemacht.

Als sich alle um den bunt geschmückten Sarg versammelt hatten, hielt Jason mit fester Stimme eine Abschiedsrede für Luna Marie:

"Jahrelang warst du ein Traum meines Lebens. Ein eigenes Fleisch und Blut. Ein Kind. Ein Du. Nach all dem Warten waren es auf einmal nur noch neun Monate. Freude. Glück. Hoffnung. All dies Positive verknüpfte ich in Erwartung deiner selbst. Als du dann das Licht der Welt erblicktest an diesem warmen Maimorgen. Als ich deine Nabelschnur durchschnitt. Dein erstes Schreien vernahm. Da war der Traum wahr geworden. Eine kleine Prinzessin ist in mein Leben getreten. Ein Engel als Teil meiner selbst. Solch ein Glück ist kaum in Worte zu fassen. Jeder der Kinder hat, weiß aber, was ich meine. Vier wundervolle Jahre warst du immer an meiner Seite. Es gab Höhen und Tiefen. Ich war sicher nicht immer nett zu dir. Mal streng. Mal böse. Mal lieb. Mal fürsorglich. Doch habe ich es immer nur gut mit dir gemeint. Habe deinen Weg vor mir gesehen und wollte dir stets der richtige Begleiter sein.

Ach was hatten wir für wundervolle Momente. Deine ersten Schritte im Sand der Ostsee. Wie du "Papa" zu mir sagtest. Deine Liebe zu den Tieren. Dein Lachen. Du warst immer meine Dicke. Mein kleiner Engel." Jason machte eine kurze Pause. „Dann kam die Zeit, die uns beiden viel Kraft kostete. Doch die wenigen Tage, die wir seitdem hatten, genossen wir besonders. Sie waren intensiver als alles andere je zuvor. Ich habe immer versucht ein guter Vater für dich zu sein. Auch wo ich es nicht mehr durfte. Nichts ließ ich unversucht. Am Ende vergebens. Und du? Du warst einfach meine Tochter. Du brauchtest nichts machen und doch wurde dir so viel abverlangt. Und jetzt? Jetzt wurdest du aus dem Leben gerissen. Dein zartes Pflänzchen zertreten. Wirst nie wieder mit mir lachen können. Mich nie wieder bei Mensch-Ärgere-Dich-Nicht schlagen. Nie wieder kann ich deine Haare flechten oder in deine so tiefen Augen schauen. Nie wieder wirst du nachts zu mir rüberkommen, wenn du dich fürchtest. Nie wieder deine Tränen von mir weg pusten lassen. Nie." Jason stoppte kurz und wischte sich Tränen weg. "Aber dennoch wirst du immer ein Teil von mir, ja von dieser Welt sein. Ich werde dich für immer ganz dicht bei mir haben. In meinem Herzen. Niemand kann mir die Erinnerung an dich nehmen. Und niemand die Träume, welche wir beide hatten. Auch wenn ich sie jetzt allein träumen muss. So werde ich es machen. Damit du in mir weiterlebst meine Prinzessin. Fare well." Jason legte eine rosa Rose auf den Sarg und lehnte kurz seinen Kopf gegen diesen. Danach drehte er sich um und verließ den Friedhof.

183

Februar 2021

Die Finte der Polizei war angelaufen. Man hatte durchsickern lassen, wo sich Frau Reubelt aufhielt und die Presse hatte dies sofort aufgegriffen und belagerte die psychiatrische Klinik. Die echte Frau Reubelt war zu diesem Zeitpunkt schon lange woanders untergebracht.

Von außen nicht sichtbar verluden die Beamten die "falsche Frau Reubelt" in einen Transporter, der dann aber sichtbar für die Presse von Polizeiwagen begleitet davonfuhr. Durch die getönten Scheiben des Transporters konnte man die Umrisse der Frau nur schemenhaft erkennen. Größe und Statur passten.

Natürlich wurde die Presse davon abgehalten dem Konvoi zu folgen. Die "falsche Sarah" wurde dann in die psychiatrische Klinik in Wunstorf verlegt. Das Gebäude wurde jedoch wie vorher besprochen präpariert.

Michael war sich sicher, dass Jason diese Verlegung beobachten würde. Wenn er jetzt versuchen würde an sie heranzukommen, dann würden sie ihn schnappen.

Rund um die Uhr waren mehrere Beamten verdeckt vor Ort. Manche als Personal des Krankenhauses verkleidet. Andere als Gärtner oder auch als Patienten. In jedem Winkel waren winzige Kameras mit Bewegungssensoren angebracht. Eine Festung, die zum Gefängnis des Papiervaters werden sollte.

Zeitgleich mit der vorgespielten Verlegung bekam Mia über eine unbekannte Mail das versprochene Video zugeschickt. Sie schaute es sich ein paar Mal an, machte sich dann eine Kopie und übergab es der Polizei.

184

Bernd und Steffen warfen einen ersten Blick auf das Video, während Michael noch den Einsatz koordinierte.

"Hm. Ist ja nicht gerade der Renner das Video." Sagte Bernd und biss von einem Donut ab. Auch Steffen machte ein etwas enttäuschtes Gesicht.

"Ich hätte da jetzt auch etwas mehr erwartet. Oder besser gesagt etwas anderes. Die paar Tafeln, welche da hochgehalten werden. "Ich bin unschuldig."; "Opfer des Systems". Tse. Einen auf unschuldig zu machen? Jetzt? Das ist mal wieder eine so typische Masche. Glaubt er wirklich, dass er damit durchkommt? Oder hat er gar Hoffnung, dass so ein Video gesendet wird? Man kann es ja nicht mal wirklich als Video bezeichnen. Zudem ist es nicht validiert. Gar nix." Steffen lachte.

Bernd lachte mit und sagte: "Aber pass mal auf. Da kommt bestimmt noch der ganz große Knall. Das ist bestimmt wieder so ein Spielchen von ihm." Beide hörten auf zu lachen. Beim Gedanken daran, dass hinter dem für sie sinnlosen Video ein Plan stecken könnte, ließ die Freude verfliegen.

Mia dachte wohl kurz ähnlich. Sie überlegte, ob und wie man das Video verwenden könne. Da kam eine zweite Nachricht. In dieser standen eine ganze Menge Zeiten und Hinweise. Mia runzelte die Stirn. Sie druckte sich die Nachricht aus und löschte diese dann, so wie ihr darin angewiesen wurde. Danach machte sie sich mit einem Entschlüsselungsprogramm an die Arbeit. Es war aufwendig und extrem zeitraubend. Aber je mehr sie vorankam, desto mehr machte das alles ein Sinn.

Erst gegen Abend war sie so weit fertig, dass sie einen

Probelauf machen konnte. Ein Lächeln huschte über ihr Gesicht. Sie strich sich eine Strähne hinter das Ohr und starrte aus dem Fenster. Was ein gerissener Mann. Dachte sie sich. Und in ihr wuchs weiter der Wunsch ihn einmal persönlich zu treffen.

Ein paar Tage später wurde noch immer kein Video in den Nachrichten veröffentlicht und die Beamten klopften sich gegenseitig auf die Schultern.
"Gott sei Dank. Wenigstens denkt die Presse einmal so wie wir. Gibt es sonst irgendwas Neues?" Michael warf einen fragenden Blick in die Runde.
"Jeden Tag der gleiche Mist. Falsche Hinweise. Verdächtigungen etc... Aber weiter nichts Konkretes." Antwortete einer der Beamten, der für den Telefondienst zuständig war.
"Und aus Wunstorf?"
"Dort ist auch alles ruhig."
"Gut. Laut den Profilern wird unser Mann in jedem Fall noch diesen Monat zuschlagen. Denn in diesem Monat jährt sich der Todestag seiner Tochter zum zweiten Mal. Und damit könnte sich der Kreis für ihn schließen. Außerdem wird ein Suizid danach nicht ausgeschlossen. Wir müssen also auf der Hut sein und alles versuchen ihn lebend zu bekommen. Die Genugtuung sich so aus der Affäre zu ziehen, gönne ich ihm nicht." Michael schaute entschlossen aus. Die lange Jagd nach dem Mörder und wie er sie teilweise an der Nase herumführte. Wie sie kaum etwas gegen ihn in der Hand hatten. Das war eine enorme Herausforderung für ihn. Für sie alle war dies der größte Fall in ihrer Karriere. In einer gewissen Art und

Weise schrieben sie alle ein kleines Stück Geschichte mit.

Es wurde langsam dunkel und in der Nähe der Psychiatrie von Wunstorf hielt ein dunkler Transporter. Der Fahrer verschwand kurz in den Fond und stieg dann hinten mit einer Tasche aus. Er sah sich um. Alles war ruhig. Keine Menschenseele war hier auf diesem abgelegenen Parkplatz. Man hörte lediglich ein leises Rascheln, wenn ein kleiner Windstoß durch das Gestrüpp wehte.

Er holte noch einmal tief Luft, dann setzte er sich eine Clownsmaske auf und bewegte sich langsam im Schatten in Richtung eines kleinen Nebengebäudes der Klinik. Hier wurden ausgelagerte Geräte und alte Betten aufbewahrt, ehe diese dann in die Dritte Welt weiterverkauft wurden. Am Gebäude angekommen, blieb er kurz stehen und lauschte. In der Ferne hörte er ein paar Leute reden. Irgendwo fuhr gerade ein Auto vorbei. Sonst nichts. Das Gebäude selbst war völlig dunkel. Die wenigen Straßenlaternen hier, warfen große Schatten und in diesen bewegte sich der Mann zur Hintertür des Gebäudes weiter.

Mit dem Stemmeisen aus seiner Tasche hebelte er die Tür auf. Es knackte laut. Er richtete sich auf und lauschte wieder kurz. Nichts war zu hören. Leise schlüpfte er in das Gebäude.

Nur wenige Minuten später kam er wieder heraus und huschte schnell in Richtung eines weiteren Gebäudes. Dort war die Kinderpsychiatrie untergebracht.

In der Lagerhalle sah man wenig später flackerndes Licht hinter den Fenstern aufleuchten. Es dauerte noch einige Zeit, erster Rauch quoll schon heraus, ehe die

Feuermelder Alarm gaben.

"Michael. Wir müssen schnell nach Wunstorf." Bernd war außer Atem. Er hatte gerade einen Anruf entgegengenommen und war sofort herausgestürmt. Michael war gerade unten und holte ein wenig frische Luft. Oben im Büro war es sehr stickig. Karsten hatte mit ihnen zusammen Dienst. Und der drehte die Heizung immer auf volle Leistung und hielt die Fenster geschlossen.

"Geht es los?" Fragte Michael und strahlte über das ganze Gesicht. Bernd nickte heftig und stand schon am Wagen, um einzusteigen. "Los, los. Den Rest erzähle ich dir im Auto!"

Michael öffnete den Wagen und wenig später waren sie schon unterwegs. Es stand eine rund vierzig Minuten lange Autofahrt vor ihnen.

"Also." Fing Bernd noch immer leicht außer Puste an. Sein Bauch bebte bei jedem Atemzug. "Es war ganz gut, dass du den Überwachungsradius nicht nur auf das Gebäude beschränkt hast. Das Team, welches das Gelände weiter draußen überwacht, hat wohl unseren Mann entdeckt. Sie haben alles auf Band. Ein Mann mit einer Clownsmaske ist in ein Lager eingebrochen und hat Feuer gelegt. Vor wenigen Minuten ist dort jetzt auch der Feueralarm losgegangen. Wie geplant haben die Beamten noch nicht eingegriffen."

Michael nickte und griff zum Telefon. Er rief den Einsatzleiter vor Ort an. Dieser teilte ihm mit, dass der gesuchte Mann sich in der Nähe der Kinderpsychiatrie aufhielt und das Gebäude mit der "falschen Frau Reubelt" beobachtete.

"Wir könnten sofort zugreifen. Wir haben 2Beamte in seiner direkten Nähe." Fügte der Einsatzleiter an.

"Nein Torsten. Wir halten uns an unseren Plan. Er wird jetzt damit rechnen, dass alle zur Hilfe eilen, um den Brand zu löschen. Ich möchte, dass du zwei Beamten aus dem Gebäude instruierst. Sie sollen raus rennen. Dabei sollen sie telefonisch Verstärkung anfordern. Unser Mann wird das Feuer ja zur Ablenkung gelegt haben und kann sich denken, dass wir Sarah bewachen. So wird er denken, dass die Bewacher weg sind und wird dann ins Gebäude gehen. Dort drinnen schnappen wir ihn dann. Auf frischer Tat ertappt ist der stärkste Beweis, welchen wir bekommen können." Michael legte auf und gab nun richtig Gas. Er wollte gerne vor Ort sein, wenn es der Mann verhaftet wurde.

In der Ferne waren die Sirenen der nahenden Feuerwehr zu hören. Das Feuer war mittlerweile auf das Dach übergegriffen und loderte lichterloh. Immer mehr Leute rannten hin und laute Schreie und Rufe waren zu hören.

Da öffnete sich endlich die Tür der geschlossenen Psychiatrie und zwei Männern rannten heraus. Sie schauten erschrocken zum Feuer hinüber. Einer von ihnen griff sich an sein Ohr und rief: "Hier Einheit 7. Wir brauchen Verstärkung am Krankenhaus in Wunstorf. Ein Feuer ist ausgebrochen. Wir checken die Lage und sichern dann das Gebäude." Sie rannten in Richtung des Feuers.

Der Mann schaute ihnen so lange hinterher, bis er sie nicht mehr sehen konnte und schlich sich zur Rückseite der geschlossenen Anstalt. Immer wieder blieb er kurz stehen und lauschte.

Über eine Regentonne kletterte er auf das Vordach des Hinterausganges. Von hier war es leicht einen der oberen Sims zu erreichen. Er kletterte hinauf und blieb kurz stehen. Es war ein schmaler Sims und er hatte kaum Möglichkeiten sich festzuhalten.

Schritt für Schritt tastete er sich seitwärts, bis er auf das Dach der Eingangshalle klettern konnte. Er schaute sich um und sah in einiger Entfernung die Leiter, welche zum Hauptdach führte. Behände kletterte er hinauf und huschte zum nächsten Sims, der zu den Fenstern führte. In der ganzen Reihe der Fenster, hinter denen die Patienten untergebracht waren, gab es nur ein Fenster, vor dem keine Gitterstäbe angebracht waren. Dieses stemmte er auf und kletterte hinein.

Der Raum, in dem er sich befand, war die Umkleidekabine der Mitarbeiter. Diesen Raum konnte man nur mit einer Zugangskarte betreten oder verlassen. Aus seiner Tasche holte er eine solche Karte und öffnete vorsichtig die Tür. Er spähte auf den Gang hinaus. Nichts war zu sehen. Eilig lief er den Gang hinunter und presste sich schnell in eine Nische, als in der Nähe eine Schwester aus einem Zimmer kam. Gott sei Dank ging sie in die andere Richtung. Er atmete tief durch und setzte seinen Weg fort. An Zimmer 13 angekommen, zog er seine Pistole aus der Tasche und öffnete die Tür.

"Hände hoch. Waffe fallen lassen und Hände hoch." Brüllte es auf einmal aus allen Ecken. Das Zimmer war taghell beleuchtet und es knieten zwei vermummte und mit schusssicheren Westen bekleidete Beamten auf dem Boden und zielten mit Sturmgewehren auf ihn. Aus den

190

anderen Zimmern stürmten ebenfalls vermummte Beamte heran und umzingelten ihn.

"Sofort die Waffe fallen lassen." Schrien die Beamten erneut.

Doch der Mann zögerte. Plötzlich löste sich ein Schuss und der Mann schrie auf. Sein Blut spritzte auf die Beamten, welche hinter ihm standen. Mit einem lauten Schlag viel seine Waffe auf den Boden. Sofort stürmten die Beamten auf den Mann und warfen ihn zu Boden. Es herrschte einen kurzen Augenblick ein heilloses Durcheinander. Niemand hatte mit dem Schuss gerechnet. Alle brüllten Anweisungen und jeder versuchte Herr der Lage zu werden. Da rief der Beamte, der gerade die Handfesseln bei dem Mann anlegen wollte: "Ruhig. Seid doch alle mal ruhig. Wir brauchen hier schnell Sanitäter. Wir wollen doch nicht, dass er uns verblutet." Sofort verstummten alle. Über Funk wurden Sanitäter angefordert, welche auch schon wenig später eintrafen. Sie waren wegen des Feuers ja gerade vor Ort gewesen. Sie untersuchten den gefesselten Mann. Er hatte eine Schusswunde in der rechten Schulter.

Endlich trafen Michael und Bernd ein. Sie eilten sofort in das Gebäude. Oben herrschte große Hektik. Man hörte ein lautes monotones Piepen und dann rief jemand: "Zurücktreten." Danach ein lautes undefinierbares Geräusch. "Geh hoch auf 220." Rief die Stimme wieder. "Und zurückbleiben."

Wieder dieses Geräusch.

Bernd und Michael drängten sich durch die Beamten und sahen, wodurch das Geräusch ausgelöst wurde. Der

191

Verdächtige, noch immer mit der Clownsmaske auf dem Gesicht, lag mit entblößtem Oberkörper auf seinen gefesselten Händen. Ein Sanitäter kniete neben ihn und versuchte mit dem Defibrillator sein Herz wieder zum Schlagen zu bringen. Der EKG-Monitor zeigte aber eine Nulllinie an.

Mehrere Minuten lang versuchten die Sanitäter den Mann wieder ins Leben zurückzuholen. Aber vergebens. Sie standen auf und schüttelten den Kopf. "Da war nichts mehr zu machen. Sein Herz hat einfach versagt." Sagte einer von ihnen.

"Scheiße, scheiße, scheiße." Fluchte Michael. "Wie konnte das passieren? Wer hat geschossen?"

"Hey, komm runter." Sagte Torsten der Einsatzleiter. "Es ist alles nach Vorschrift abgelaufen. Der Verdächtige hat die Waffe nicht sofort fallen gelassen und wir haben ihn in die Schulter geschossen. Davon stirbt doch kein Mensch. Er muss an dem Schock gestorben sein, oder was auch immer." Er zuckte die Schulter. "Ist doch auch gut so. Spart der Staat Geld für den Prozess."

"Ich hätte ihn aber gerne lebend gehabt." Michael verzog das Gesicht. "Man." Er ging zu der Leiche. "Aber lasst uns endlich mal die Maske abnehmen." Vorsichtig nahm er die Maske herunter und hielt dann kurz mitten in der Bewegung inne. Dann riss er die Maske völlig weg und richtete sich auf. Er drehte sich zu Bernd um und schaute ihn mit riesigen Augen an. Dieser starrte ebenso wie die Beamten verblüfft auf die Leiche. Der Mann, der dort lag, hatte nicht einmal ansatzweise eine Ähnlichkeit mit dem gesuchten Jason.

"Wie kann das sein?" Michael schüttelte den Kopf und

schaute auf die Clownsmaske. "Trittbrettfahrer? Oder waren wir schon wieder die ganze Zeit hinter dem Falschen her? Oder was ist hier los?"

Bernd hielt sich beide Arme vor dem Bauch, als wollte er diesen schützend umarmen. Sein Gesicht war ein einziges Fragezeichen.

"Du... Also ganz ehrlich. Ich habe überhaupt keine Ahnung. Ich bin genauso verblüfft wie du."

Michael zögerte einen Augenblick. Dann fand er seine Fassung wieder. "Gut. Das lässt sich ja schnell aufklären. Hier alles eintüten. Und macht mir keine Schlampereien. Die Wachen bei der echten Sarah verstärken. Nur für den Fall der Fälle. Bernd du rufst da an und erkundigst dich, ob alles in Ordnung ist. Die Waffe geht sofort ins Labor. Und dann möchte ich eine Autopsie von dem Mann hier haben!"

Sofort nahmen alle Beamten emsig ihre Arbeit auf.

Michael musste sich erst einmal hinsetzen. Es war ihm, als wäre der Boden unter seinen Füßen schwammig geworden. Bernd setzte sich neben ihn und beide starrten sie eine Weile auf das rege Treiben.

Am nächsten Tag wurde das Polizeirevier von der Presse belagert. Michael hatte Schwierigkeiten überhaupt in das Gebäude reinzukommen. Dutzende Reporter rannten ihm hinterher und eine Vielzahl von Mikrofonen wurden ihm entgegengestreckt.

"Herr Bach: Ist die Serie jetzt vorbei?"

"Ist der Getötete der wahre Täter?"

"Bitte ein Kommentar."

Und viele andere Fragen wurden gestellt. Michael jedoch

ging wortlos an ihnen vorbei und war froh endlich im Gebäude zu sein. Seine Kollegen waren schon da und erwarteten ihn.

"Das ist ja die Hölle da draußen." Michael wischte sich den Schweiß von der Stirn.

"Die sind schon seit heute Nacht da. Die wollen halt Antworten." Meinte Samuel.

"Wenn wir welche haben, dann werden sie sie auch kriegen." Er grinste. "Jetzt aber frisch ans Werk. Mal sehen, ob wir den Fall zum Ende bringen können, oder sich was Neues ergibt. Wissen wir mittlerweile, wer der Tote ist?"

Steffen kramte eine Mappe hervor und antwortete: "Laut Ausweis, der im Transporter von ihm gefunden wurde, ist es Fynn Kruse. 27Jahre alt aus Bielefeld. Der Transporter ist auf ihn zugelassen."

"Ok. Welche Verbindung gibt es?"

"Die Nachtschicht hat eine Überschneidung herausgefunden: Er hatte im Krankenhaus Bethel in Bielefeld als Zivi gearbeitet. Und zwar auf der Station und zu der Zeit, als Sarah Reubelt dort 2010 in Behandlung gewesen war."

Michael war überrascht. "Ok. Ok." Er grübelte kurz. "Das ist ja schon mal ein Anfang. Und zu den Ermordeten?"

"Wir sind alle Unterlagen durchgegangen, konnten aber keine Überschneidung feststellen."

"Also ist es möglich, dass er Sarah kannte. Etwas weit hergeholt, aber da wäre ein Motiv vorhanden. Für die anderen Taten aber nicht. Hm. Ich habe so ein ungutes Gefühl in der Magengegend, dass die Sache zum Himmel stinkt. Hier ist ganz mächtig gewaltig was faul. Wir werden dem schon auf den Grund gehen."

"Michael und ihr Anderen?" Rief ein Beamter. Michael drehte sich um. "Was gibt es Aygün?"

"Hier. RTL macht Werbung, dass heute Abend der Abschiedsbrief vom Papiervater verlesen werden soll."

"Was?" Michael las sich die Sendevorschau durch. Er griff zum Telefon und wählte Mias Nummer. Da diese nicht abnahm, machte er sich mit Bernd zusammen auf den Weg zu ihrer Wohnung. Die Beamten davor waren längst abgezogen worden, da nach gestern nicht mehr auszugehen war, dass dies noch weiter nötig war.

Mia öffnete ihnen mit einem Lächeln die Tür. "Ich habe sie schon erwartet." Sagte sie und bat die beiden Beamten herein. "Ich wusste, dass sie gleich herkommen würden."

"Erklären sie mal, was das mit dem Abschiedsbrief auf sich hat?" Kam Michael ohne Umschweife auf den Punkt.

"Also. Sie haben doch auch das Video gesehen, oder? Ich bekam noch eine zweite Nachricht mit allen möglichen Zahlen und so. Das war ein versteckter Code, der die Erklärung enthielt, wo er einen Brief für mich versteckt hielt. Ich vermute er hat es deshalb verschlüsselt, damit ich lange genug für die Lösung brauche... Bis er... Na, sie wissen schon."

Michael setzte sich und ließ sich den Brief geben. Er war mit Computer geschrieben darauf war ein Zettel geklebt, mit der Anweisung diesen im Fernsehen zu verlesen, falls er sterben sollte.

Er brauchte eine Weile, ehe er ihn durchgelesen hatte. Dann gab er ihn Bernd, der ihn ebenfalls las. Danach saßen alle drei schweigend beieinander, ehe Bernd sagte: "Das passt irgendwie. Selbst wenn wir den Brief vorher bekommen hätten, oder er entkommen wäre, hätten wir niemals auf ihn geschlossen. Er nennt ja seinen Namen nicht."

Michael nickte langsam. Er runzelte die Stirn und nahm sich den Brief erneut. Zu Mia gewandt sagte er:

"Ich gehe davon aus, dass sie eine Kopie haben?" Mia nickte. "Gut. Sie können den Bericht heute Abend bringen. Dass sind wir dem armen Kerl schuldig. Vielleicht können wir so etwas gut machen. Natürlich alles Gesetz den Fall, dass es sich bestätigt."

Zu Bernd gewandt sagte er: "Wenn wir die DNA-Ergebnisse haben, dann wissen wir mehr. Bis dahin müssen wir sowieso erst mal warten."

Am Abend wurde nach einigen Vorberichten und Dokumentationen der Abschiedsbrief verlesen. Wieder saßen Millionen von Zuschauern vor den Fernsehern.

Mia saß auf einer roten Couch, die Beine übereinandergeschlagen. Auf dem Tisch vor ihr brannte eine Kerze. Mit festem Blick wandte sie sich an die Kamera:

"Es ist die Zeit gekommen, dass wir uns alle bei einem Mann entschuldigen sollten. Wir haben alle vorschnell geurteilt. Ihn durch den Dreck gezogen und sein Leben auseinandergenommen. Wir haben jedes Detail ans Licht gebracht. Haben mitgeholfen ihn zum meist gesuchten Verbrecher von Europa zu machen. Dabei scheint es so, als wäre er unschuldig.

Jason Reubelt. Wir glaubten er sei der Papiervater. Verantwortlich für sieben Morde. Ein Killer, der den Tod seiner Tochter rächen wollte. Aber ganz offensichtlich ist dem nicht so.

Gestern Abend ist der eigentliche Papiervater ums Leben gekommen, als er Sarah Molding töten wollte. Er hat mir vorab seinen Abschiedsbrief zukommen lassen, für den Fall, dass etwas passieren sollte.

Wir wissen nicht, wer er ist. Wie in den Vorberichten gesehen, hält sich die Polizei noch bedeckt. Aber ich ersehe es als meine Pflicht an seine letzten Worte an euch zu richten. Ungeschnitten und unzensiert:

"Hass ist ein unglaublich starkes Gefühl. Es macht dich stark. Es gibt dir Selbstvertrauen. Je länger du den Hass in dir heranwachsen lässt, desto unglaublicher wird dieses Gefühl. Es nimmt dich ein. Es lenkt und es steuert dich.

In mir brodelt dieser Hass seit Jahren. Staute sich immer weiter auf. Wurde immer mächtiger. Kaum noch zu kontrollieren.

Ich bin der Vater von Luna Marie. Ich. Kein anderer. Aber ich durfte es nie sein. Jemand anderes hat meine Stelle eingenommen. Jason Reubelt.

Er glaubte der Vater zu sein. Doch Sarah und ich wussten es besser.

Sie zwang mich zu schweigen. Wollte nicht, dass ihre "Gute Partie" versaut wird. Und ich begnügte mich mit Geld. Aber meine Vatergefühle wuchsen. Wurden stärker. Und mit ihr der Hass auf die beiden Personen, die am Leben meiner Tochter teilhaben konnten. Auf Jason. Er war ihr ein Vater, der ich nicht sein durfte.

Womit hatte er das verdient? Überhaupt nicht. Ich. Ich bin ihr Vater. Und niemand anders.

Und wie ich Jahre aus der Ferne zusah. Den Hass fütterte. Starb meine Tochter. Durch die Hand ihrer Mutter. Und ihr

197

angeblicher Vater hat nichts getan. Gar nichts.

Das sollten sie mir beide büßen.

Es war leicht die Spur auf Jason zu lenken. Ich wusste alles über ihn. Er war das perfekte Opfer. Denn Tote konnten sich nicht wehren.

Es funktionierte alles so wunderbar. Es war wie selbstverständlich. Wie ein Drehbuch. Mehr noch wie ein Spiel. Einfach. Lustig. Irgendwie befriedigend.

Und die Krönung der Tod der Frau, die meine Tochter getötet hat.

Wo diese Zeilen nun die Augen der Welt erblicken, bin ich entweder gestorben, oder mir ist es gelungen das perfekte Verbrechen zu begehen.

Denn mich zu finden ist unmöglich.

Lebt wohl."" Mia machte eine kurze Pause und legte den Brief beiseite.

"Und zurück bleiben viele Fragen. Es wird nicht nur die Aufgabe der Polizei sein die Antworten zu finden. Nein. Wir müssen auch bei uns suchen. Vielleicht finden wir so etwas Frieden."

Damit schloss die Sendung.

Zurück blieb ein ratloses und schockiertes Publikum. Am meisten betroffen war jedoch die Familie von Jason. So nebenbei erfuhren sie, dass ihr Sohn tot sei. Das sie doch keine Enkeltochter gehabt haben. Auch wenn es eine Genugtuung war zu hören, dass er wohl nicht der Täter war, so war der Schmerz und die Trauer größer.

Ende Februar 2021

Endlich waren alle Untersuchungsergebnisse vorhanden

und die "Soko Papiervater" fand sich zu einer außergewöhnlichen Sitzung ein.

Um die Polizeiarbeit transparenter zu gestalten und da der Fall eine so große Aufmerksamkeit in der Öffentlichkeitsarbeit erhalten hatte, hatte sich der Polizeipräsident entschlossen diese Sitzung ins Fernsehen übertragen zu lassen. Daher hatten sich alle Beamten heute besonders raus geputzt. Selbst Michael, der sonst immer in Freizeitklamotten unterwegs war, erschien heute in Anzug und Krawatte. Der Polizeipräsident hatte gestern Abend auch noch mal ausdrücklich darauf hingewiesen, wie wichtig eine gute Außendarstellung war. Der Ruf der Polizei hatte schon ordentlich bei diesem Fall gelitten. Nicht zuletzt dadurch, dass vor einigen Tagen nun doch durchgesickert war, dass eine Polizeiwaffe bei den Morden im Spiel gewesen war.

Da die Übertragung nicht live war, mussten keine Bestimmten Abläufe eingehalten werden und die Beamten konnten so besprechen, wie sie es immer taten. Michael als Leiter der Soko fing an:

"Es könnte sein, dass dies heute unsere letzte Sitzung zusammen ist. Sollte es uns gelingen zu belegen, dass Fynn Kruse der Papiervater ist, dann dürfte unsere Arbeit getan sein. Schon einmal vorab möchte ich mich für die tolle Arbeit zwischen den einzelnen Revieren bedanken. Vor allen ist hier die Zusammenarbeit zwischen Frankfurt und Hildesheim zu erwähnen. Vielen Dank."

Die Beamten applaudierten kurz.

"Tragen wir die Fakten zusammen. Die Tatwaffe?" Michael sah Steffen an.

Dieser stand auf und projizierte ein Bild der Waffe an die

Wand. "Die bei dem erschossenen Täter gefundene Waffe wurde eindeutig, als die gestohlene Polizeiwaffe identifiziert. Die Seriennummer stimmt überein. Außerdem ergab die Untersuchung der Projektile eine 100%ige Übereinstimmung. Die gefundene Waffe ist definitiv die Tatwaffe, welche bei den Morden verwendet wurde."

Michael nickte und Steffen setzte sich wieder hin. Er atmete erleichtert durch. So vor den Kameras hatte er doch leichtes Lampenfieber gehabt.

"Zur Maske." Michael sah sich im Kreis um und einer der Spezialisten für Gesichtserkennung stand auf.

"Die Maske ist eine seit mehreren Jahren nicht mehr verkaufte Marke. Wir konnten mehrere Detailgleichheiten auf den Videos erkennen. Auf Grund der Qualität der Videos kann man nicht von einer eindeutigen Übereinstimmung reden. Allerdings ist die Wahrscheinlichkeit sehr hoch."

Michael nickte wieder und blendete jetzt selbst etwas ein. Es waren zwei DNA-Profile zu erkennen. Viele im Team schauten ganz gespannt hin.

"Was wir bisher für uns behalten hatten: Der Täter hatte nirgends Spuren hinterlassen. So schien es zumindest. Allerdings ist ihm ein Fehler unterlaufen. Auf einem der Bilder, welches er der Reporterin Mia Effler geschickt hatte, war eine Träne. Alle Zuschauer der Sendung konnten sie sehen. Den Laborexperten ist es gelungen daraus eine DNA zu gewinnen. Der Vergleich mit der DNA von Fynn Kruse ergab eine Übereinstimmung. Luna Marie ist tatsächlich seine Tochter."

Ein Raunen ging durch den Raum. Die Reporter schauten

verdutzt hinter ihren Kameras hervor. Michael ließ aber schnell wieder um Ruhe bitten und fuhr fort:

"Kommen wir zu Fynn Kruse selbst. Was wissen wir über ihn und seine Bewegungen im Zeitraum der Morde?"

Bernd erhob sich etwas schwerfällig und blendete ein Diagramm mit einer Zeitleiste ein.

"Wir wissen, dass er zu der Zeit auf der Station in Bethel arbeitete, als Sarah dort untersucht wurde. Daher ist davon auszugehen, dass die beiden sich dort kennengelernt hatten. Kurz nachdem Sarah und Jason nach Hildesheim gezogen waren, zog auch er nach Hildesheim und nahm einige Gelegenheitsjobs auf. Nach der Trennung und dem auseinander ziehen der beiden, folgte er Sarah und zog in einen kleinen Ort bei Hameln. Wir konnten aber bis heute nicht belegen, ob die beiden erneuten oder generell dauerhaften Kontakt hatten oder gehabt haben. Kurz nach dem seine Tochter gestorben war, hatte er seinen Job in Hameln verloren. Die wenigen sozialen Kontakte, welche er gehabt hatte, brachen gänzlich ab. Kurz vor dem ersten Mord verliert sich seine Spur. Allerdings gab es immer wieder Kontobewegungen. Er bezog weiterhin seine Unterstützung. Ließ sich seine Käufe allerdings immer an verschiedene Postfächer senden. Wir haben Bilder von einigen Überwachungskameras an Bankautomaten, welche belegen, dass es tatsächlich er war, der Geld von seinem Konto abhob." Bernd schnaufte, als er sich wieder hinsetzte. Behände griff er nach den Keksen und dem Kaffee, die auf dem Tisch standen.

"Danke. Abschließend noch etwas über Jason Reubelt?"

Samuel übernahm diesen Part: "Da ist nicht viel zu sagen.

Kurz nach der Beerdigung von Luna Marie verliert sich jede Spur. Es gab weder Kontakt zu seinen Eltern noch irgendwelche Aktivitäten in sozialen Netzwerken. Er erschien nicht mehr zu seiner Arbeit und es gab keine aktiven Kontobewegungen. Seine Spur verliert sich kurz nachdem die Polizeiwaffe in Köln gestohlen wurde."

Michael nickte mehrmals. "Ich danke euch. Hervorragende Arbeit." Er nickte wieder.

"Dann fassen wir zusammen: Fynn Kruse war also der leibliche Vater von Luna Marie. Wie er davon erfahren hatte, wissen wir nicht. Darüber lässt sich nur spekulieren. Er hat im Laufe der Zeit einen unglaublichen Hass auf Sarah und Jason entwickelt, wie er ja selber schreibt. Für ihn gab es Zeit und Gelegenheit für jeden der einzelnen Morde. Er war untergetaucht und laut Bewegungsprofil sehr mobil. Es gab Abhebungen in Köln, Berlin, Hannover und Nürnberg. In seinem Abschiedsbrief behauptet er, dass Jason tot sei. Hier lässt sich natürlich auch nur spekulieren, da wir keine Leiche haben. Aber die Tatsache, dass Jason kurz darauf verschwand, als Fynn in den Besitz der Polizeiwaffe gelangte, lässt nicht viele andere Schlüsse zu." Michael machte eine kurze Pause. Dann spielte er eine Zusammenfassung der Überwachungsvideos von Wunstorf vor.

"So clever, wie hier vorgegangen wurde: Das Ablenkungsmanöver. Die Ortskenntnis. Die Abgebrühtheit. Und schlichtweg nur der Umstand, dass er an diesem Abend vor hatte Sarah zu töten." Er machte noch einmal eine kurze Pause, um die Worte wirken zu lassen. "Alles zusammen lässt den Schluss zu, dass Fynn Kruse der gesuchte Papiervater; der gesuchte Serientäter

ist."
Die Beamten klatschten laut und enthusiastisch. In den meisten Gesichtern war Erleichterung und Freude zu erkennen.
Zum Abschluss übernahm der Polizeipräsident das Wort: "Wir konnten alle sehen, was eine gute Polizeiarbeit ausmacht. Aus wenigen Spuren war es endlich gelungen das Puzzle zusammen zu setzen. Die Welt kann beruhigt aufatmen. Für euch meine lieben Kollegen gilt es jetzt aufzuräumen." Er lächelte. "Das habt ihr gut gemacht."

Es dauerte eine Weile, bis wieder Ruhe auf dem Revier eingekehrt war. Die Reporter stellten noch einige Fragen und machte noch ein paar Aufnahmen von Schreibtischen und Untersuchungszimmern. Auch viele der Beamten gingen erst einmal nach Hause. Die letzten Tage, Wochen und Monate hatten sie viele Überstunden ableisten müssen.

Bernd, Michael, Samuel, Steffen und einige wenige ausgewählte Experten blieben jedoch und versammelten sich kurz darauf wieder in dem Konferenzraum.
"Das war der offizielle Teil." Sagte Michael. "Gut, dass wir das jetzt hinter uns haben. Kommen wir zum inoffiziellen Teil. Was hast du denn, was nicht für alle bestimmt ist, Steffen?"
Steffen Blätterte in seinem Notizblock und fasste dann zusammen: "Ich bin vorhin in der Gerichtsmedizin gewesen. Bei Fynn Kruse konnte keine Erkrankung festgestellt werden, welche seinen plötzlichen Tod rechtfertigt. Wie du gewünscht hast, wurde auch eine

Blutanalyse vorgenommen. Die ergab, dass ein deutlich erhöhter Kaliumwert vorhanden war. Allerdings lässt sich nicht erklären, ob das nicht eine natürliche Ursache haben kann. Fakt ist, dass zu viel Kalium die Herzaktivität beeinträchtigt. Und vermutlich ist Kruse daran gestorben."

Michael runzelte die Stirn.

"Findet heraus, wer die Sanitäter waren, die ihn vor Ort behandelt haben. Wühlt in deren Vergangenheit und überprüft ihre Konten, ob sie in letzter Zeit über mehr Geld verfügt haben."

Bernd schaute Michael erstaunt an. "Denkst du, dass einer der Sanitäter ihn getötet hat?"

"Ich halte das gar nicht mal für so abwegig. Was das für uns dann im Fall der Fälle bedeutet, müssen wir dann schauen. Es wäre schön, wenn wir heute Abend schon erste Ergebnisse haben."

Zwar nicht am Abend, aber am nächsten Morgen lagen Ergebnisse vor. Michael und Bernd fuhren daraufhin zu einem der Sanitäter. Die Wohnung von Karl Gustafson lag etwas außerhalb von Hildesheim. Es war ein altes Haus mit ungepflegtem Garten. In der Garageneinfahrt stand ein uralter VW Passat.

Die beiden Beamten klingelten an der Tür und die Frau von Karl ließ sie herein und ging nach oben, um ihren Mann zu holen.

Als der die beiden Beamten sah, wurde er sichtlich nervös. Er setzte sich zu ihnen an den Küchentisch und wippte mit seinem Bein. Er schaute während des Gesprächs immer wieder aus dem Küchenfenster, um nicht den Blicken der Beamten begegnen zu müssen.

"Herr Gustafson. Wir haben da noch ein paar Fragen zum Tod von Fynn Kruse." Fing Bernd an.

"Der Kruse? Sie meinen den Papiervater?" Gustafson leckte sich über die Lippen. "Wie kann ich helfen?"

"Wir haben bei der Autopsie einen erhöhten Kaliumwert festgestellt. Können sie etwas dazu sagen?"

Die Pupillen von Gustafson erweiterten sich einen kurzen Moment und sein Wippen wurde stärker. "Keine Ahnung. Vielleicht hat er einen Herzinfarkt gehabt? An irgendwas muss er ja gestorben sein."

Bernd winkte ab. "Dann erklären sie uns bitte, was sie Herrn Kruse dort über den peripheren Zugang gespritzt haben? In den Aufzeichnungen findet sich nichts darüber." Bernd holte sein Tablet hervor und spielte die Szene der Überwachungskamera aus dem Zimmer vor. Dort sah man deutlich, wie Karl eine Spritze aus seiner Sanitäter Tasche holte und eine klare Flüssigkeit verabreichte.

Die Videoaufnahmen hatte die Nachtschicht gefunden, nachdem sich der Verdacht gegen Gustafson erhärtet hatte.

"Ähm. Also." Karl leckte sich erneut über die Lippen und schaute hilfesuchend ins Wohnzimmer, wo seine Frau saß, und die Szene beobachtete. "Ich glaube das war ein Schmerzmittel. Ich weiß es aber nicht mehr. Es war ja total stressig da. War ne außergewöhnliche Situation für mich. Ging drunter und drüber und so. Da kann schon mal was vergessen werden oder schief gehen."

Bernd nickte. "Da haben sie recht. So etwas kann da schnell mal passieren. Sollte natürlich nicht. Aber es

205

kann."

Das Gesicht von Karl hellte sich etwas auf. Scheinbar glaubten ihm die Beamten. Da holte aber Michael eine Kopie aus seiner Tasche und legte sie auf den Tisch:

"Sicher können sie uns erklären, woher sie auf einmal die 25.000Euro haben, mit denen sie ihren Kredit für die Wohnung hier vorgestern abbezahlt haben." Michael lächelte freundlich, als würde er jetzt tatsächlich eine plausible Antwort erwarten.

Karl wurde kreidebleich und sein Bein hörte auf zu Wippen. Er zögerte einen Augenblick und sagte dann: "Das wurde mir geschenkt, damit ich meine Schulden bezahlen kann."

"Dann nennen sie uns den Namen der Person, wir rufen sie an und sie wird es uns bestätigen. Dann hätte sich ja alles geklärt." Michael lächelte weiter, was Karl nur noch mehr verunsicherte.

"Ähm. Also. Die Nummer habe ich jetzt nicht hier. Der Freund ist gerade ins Ausland gefahren und kommt erst in ein paar Wochen wieder."

"Ach so. Und gegen eine Hausdurchsuchung hätten sie doch sicher auch nichts, oder? Wir würden bestimmt kein weiteres Geld hier finden, oder?"

Karls Nasenflügel bebten. Er machte den Eindruck, als würde er gleich losweinen. Seine Frau kam nun herüber und schaltete sich in das Gespräch ein:

"Falls mein Mann was Unrechtes getan hat. Was würde im schlimmsten Fall mit ihm passieren?"

Michael schaute sie überrascht an. Mit einem solchen Einlenken hatte er nicht gerechnet. Er schaute kurz zu Bernd und sagte dann: "Nun ja. Das kommt ganz auf die

Aussage ihres Mannes an. Wenn er die Wahrheit sagt und uns hilft, würde sich das sehr strafmildernd auswirken. Wenn es Hintermänner gibt und wir diese durch ihn sogar schnappen, könnten wir sogar über ein Zeugenschutzprogramm reden."

"Und das würde Straffreiheit bedeuten." Fügte Bernd an.

"Dies ist aber ein einmaliges Angebot. Denn sind wir mal ehrlich: Viele von uns sind doch froh, dass der Papiervater endlich keine Angst und Schrecken mehr verbreitet.

Karl überlegte kurz und griff nach der Hand seiner Frau.

"Also gut. Ich sage ihnen alles."

Michael unterbrach kurz das Gespräch und holte sein Diktiergerät hervor. Er verwies Karl auf seine Rechte und erklärte ihm, dass er ihn dann nachher vorläufig festnehmen müsste, wenn er sich strafbar gemacht haben sollte. Dort würde man dann alles weitere klären. Ebenso sprach er die Vereinbarung aufs Band. Das wollte seine Frau gerne so, da sie glaubte die Beamten würden sonst nicht Wort halten.

"Also. Ein paar Tage bevor das in Wunstorf passiert ist, hat mich eine Person auf dem Handy angerufen. Er hatte eine total tiefe Stimme. Er erzählte mir, dass er wollte, dass der Papiervater stirbt. Er habe durch ihn herbe Verluste erlitten und er sollte dafür büßen. Er erzählte, dass die Welt demjenigen dankbar wäre, der sie von diesem Monster befreit. Ich hatte anfangs erst aufgelegt, weil ich dachte, dass es ein Spinner ist. Aber er rief immer wieder an. Irgendwann lagen in einem Umschlag 5.000Euro vor der Tür und der Mann rief am Abend an und sagte, dass ich das Hundertfache von dem bekomme, wenn ich mache, was er sagt. Er meinte, dass es ganz einfach sein werde und man mir nichts nachweisen werden kann, wenn ich mich an den Plan halte.

Wissen sie, uns geht es finanziell nicht so gut. Die Schulden fressen uns auf. Wir gehen beide den ganzen Tag arbeiten. Haben kaum Zeit für uns. Und... Und da bin ich schwach geworden.

Die Person hat mir dann genau Anweisungen gegeben. Ich musste ihm meinen Dienstplan geben und er suchte sich eine Schicht aus. Er meinte, dass ich dort zu einem Notfall gerufen werde. Ich sollte immer am Funkgerät bleiben. Wenn ich dann den Kruse behandle, sollte ich ihm ein Medikament spritzen und er würde dann einfach einschlafen. Das Medikament hatte er mir zugeschickt. Das Problem war nur, dass ich an dem Abend so nervös war, dass ich die Spritze irgendwo verloren haben musste. Und so habe ich improvisiert und Kalium gespritzt. Da weiß ich auch, dass es zu Herzproblemen führt. Dann habe ich die Kabel vom Defibrillator abgezogen. Dadurch kam dort nie wirklich ein Signal an. Den Rest kennen sie ja. Zu Hause habe ich dann meiner Frau davon erzählt, weil ich es einfach nicht mehr ausgehalten habe."

Seine Frau umarmte ihn und er fing an zu weinen.

"Hat der Mann irgendwas gesagt, warum er wusste, dass Kruse einen Sanitäter brauchen wird?" Fragte Michael.

"Das hatte ich ihn auch gefragt. Und er meinte, dass dies arrangiert sei. Ich solle einfach nur vor Ort sein und das Medikament spritzen. Er meinte, dass dies in keiner Autopsie nachweisbar gewesen wäre."

"Gott sei Dank hast du es verloren. So ist es jetzt rausgekommen. Mit der Schuld hätten wir so nicht leben können." Flüsterte seine Frau und Karl nickte.

Michael ließ sich das Telefon von Karl geben und die Beamten nahmen die beiden mit auf das Revier.

Vom Auto aus, rief er Samuel und Steffen an. Diese sollten den Polizisten in Gewahrsam nehmen, der den Schuss abgegeben hatte.

Auf dem Revier angekommen, waren Steffen und Samuel schon dabei den Polizisten in den Verhörraum zu bringen. Der Mann hatte gerade Dienst gehabt und schien nicht sonderlich überrascht zu sein, als er festgenommen wurde.

Mit versteinerter Miene saß er hinter dem schlichten Aluminiumtisch. Er musterte die hellen Fließen in dem kargen Raum mit dem großen Spiegel auf der Stirnseite des Raumes.

Michael und Bernd übernahmen das Verhör. Dabei ging Michael keineswegs zimperlich vor. Er war verärgert. Sollte sich wirklich bestätigen, dass ein Polizist geschmiert wurde?

"So Herr Imroff. Sie haben jetzt zwei Möglichkeiten: Sie gestehen und wir verhandeln über ein gütliches Strafmaß, oder sie wandern für lange Zeit in den Bau."

Sebastian Imroff schaute die Beamten an und runzelte die Stirn. "Wenn sie mir sagen, was mir vorgeworfen wird..."

Michael knallte mit der Hand auf den Tisch und Imroff zuckte zusammen. "Ich sag es ihnen auf den Kopf: Wenn wir ihre Finanzen checken, werden wir irgendwo eine schöne Summe finden. Denn sie haben sich schmieren lassen. Sie wurden bezahlt Fynn Kruse bei der Festnahme zu verletzen."

Imroffs Gesichtszüge entglitten und er riss den Mund auf.

Er stotterte kurz ehe er sagte: "Woher... Wie... Wie sind sie da draufgekommen."

"Wir haben einen Zeugen, der dies bestätigt. Also erzählen sie uns jetzt ihren Teil der Geschichte und wir können darüber reden, ob sie nur wegen vorsätzlicher Körperverletzung angeklagt werden. Und natürlich werden sie in jedem Fall aus dem Dienst ausscheiden."

Sebastian sackte in sich zusammen. Ließ die Schultern hängen und flüsterte: "Ich wusste doch nicht, dass er sterben wird. Ich sollte ihn doch einfach nur verletzen."

"Alles von Anfang an." Sagte Michael barsch.

"Ich wurde von einem Mann angerufen. Er bot mir 250.000Euro, wenn ich Kruse bei der Festnahme verletze. Ich sollte ihn auf keinen Fall töten. Er meinte er hätte Verluste wegen ihm gehabt und er sollte dafür leiden. Der Mann wusste, dass ich zum Team gehörte, welches ab und zu zur Bewachung eingeteilt wurde. Er wollte meinen Dienstplan wissen und meinte zu mir: Irgendwann werde ich schon die Gelegenheit kriegen. Ich sollte sie klug nutzen und ich hätte finanziell ausgesorgt. Er meinte, dass das keiner untersuchen würde, da man in einer solchen Situation einen Schuss immer rechtfertigen kann. Vor allem, wenn er nicht tödlich ist. Und der Kruse hatte es mir ja leicht gemacht und die Waffe nicht sofort runtergenommen."

Michael stieß wütend seinen Stuhl zurück, als er aufstand. Er ging zur Tür und sagte zu Steffen: "Übernehmt ihr das jetzt. Ich will mit dem nicht weiterreden müssen." Also ein korrupter Polizist, dachte er. Dieser Fall zog immer weitere Kreise. Ein Fall von dem er glaubte, dass er endlich abgeschlossen sei.

Während Steffen die Aussage für das Protokoll aufnahm, suchte Michael die Technikabteilung auf. Er übergab das Handy von Karl Gustafson und Sebastian Imroff. Sie sollten für ihn herausfinden, wer und von wo aus die beiden angerufen hatte.

Danach fuhr er, ohne ein weiteres Wort zu sagen in das Hotel. Er brauchte erst einmal eine Pause.

Ein paar Tage später hatte man die Verbindungsdaten der Telefone überprüft und die Nummer herausgefunden. Diese war tatsächlich noch aktiv. Sie gehörte einem bekannten Kleinkriminellen, der mehrfach wegen Drogen- und Eigentumsdelikten aufgefallen und vorbestraft war.

Michael, dessen Laune heute wieder besser war, fuhr mit Bernd zur beim Bewährungshelfer hinterlegten Adresse.

Es war eine üble Wohngegend. Direkt hinter dem Hauptbahnhof, wo sich viele ausländische Mitbürger und Obdachlose aufhielten. In dem Haus lebten viele Drogenabhängige und es war genauso verwahrlost, wie wohl die meisten Menschen hier.

Oben an der Wohnung angekommen, öffnete niemand die Tür. Auch nach mehrmaligem Klopfen und Rufen regte sich nichts.

"Hörst du auch, dass dort jemand um Hilfe ruft?" Fragte Michael Bernd und zwinkerte diesem zu.

"Ja." Sagte dieser. "Da ist eindeutig Gefahr im Verzug."

Michael holte Schwung und trat mit einem kräftigen Fußtritt die Tür auf. Das Holz um das Schloss herum zersplitterte und die Tür knallte mit einem lauten krachenden Geräusch gegen die Wand.

Die beiden Beamten zogen ihre Waffen und stürmten nach innen. Hier roch es nach Exkrementen und kaltem Zigarettenrauch. Vor allen Fenstern waren dunkle, teils zerrissene Vorhänge, welche nur ein schummriges Licht nach innen warfen.

Im Wohnzimmer stoppten die beiden Beamten. Auf einer völlig zerpflückten und mit allen möglichen Flecken übersäten Couch lag der Gesuchte. Er hatte den Mund weit aufgerissen und einen Arm von sich gestreckt. Um den Oberarm war noch ein halb gelockerter Riemen. Direkt neben ihm auf dem Boden lag eine Spritze und anderes Drogenbesteck.

Michael fluchte: "Verdammte Axt aber auch. Scheiße ey. Was haben wir nur ein Pech."

Auch Bernd grummelte vor sich hin. Nach einer Weile sagte er: "Wie praktisch, dass der jetzt an einer Überdosis gestorben ist. Er war mit Sicherheit nur ein Mittelsmann."

"Aber ganz sicher. Suchen wir sein Handy und holen ein paar Beamte her, damit die das Haus hier ausräuchern. Wir machen diesen Junkies hier Dampf unter dem Hintern, bis einer anfängt zu singen. Es werden sicher ein paar Leute wissen, mit wem er so abgehangen hatte."

Sie hatte eine Weile überlegt, ob sie der Einladung Folge leisten sollte. Aber letztendlich hat sie sich dafür entschieden zu dem Diner zu fahren. Der Sender hatte von einem lokalen aufstrebenden Politiker eine Anfrage bekommen. Mia fuhr nun hin und wollte sich anhören, was er vom Sender wollte.

Der Politiker wohnte in einem bescheidenen Haus. Der Vorgarten war geschmackvoll mit einigen Ziersträuchern

212

bepflanzt und die Fassade in einem hellen Rotton gestrichen.

Nachdem sie geklingelt hatte, machte der Politiker persönlich die Tür auf. Er war allein zu Hause. Zumindest konnte sie niemand anderen sehen. Alois Schinkel war ein gutaussehender Mann Mitte dreißig. Er trug einen dunklen Anzug mit einer hellen Krawatte. Das Outfit stand ihm, fand Mia.

Er bat sie herein und sie nahmen beide am Tisch Platz. Mia war etwas mulmig zu Mute, da es fast schon etwas wie von einem Date hatte. Dabei war sie ja rein beruflich hier.

"Danke nochmals, dass sie sich die Zeit genommen haben und hierhergefahren sind, Frau Effler." Nahm Alois das Gespräch auf.

"Kein Problem. Mein Sender fand, dass sie eine Chance verdienen, und so bin ich hier. Schießen sie los."

"Ich habe ihre Berichterstattungen rund um den Papiervater verfolgt. Sie haben sie wirklich mit sehr viel Emotionen rübergebracht. Dafür schon mal meinen Respekt. Aber was ich wichtiger finde, es wurde hier ein sehr schwerwiegendes Thema angestoßen, welches aber irgendwie nicht weiterverfolgt wird."

"Sie meinen die Rechte der Väter?"

"Ja, genau." Alois nickte anerkennend.

"Ich habe mich auch schon gefragt, warum das noch nicht zum Thema gemacht wurde. Oder die Gesetze verschärft beziehungsweise überarbeitet wurden." Gestand Mia.

"Und genau hier möchte ich ansetzen. Ich kandiere in wenigen Monaten für einen Platz hier im Landtag. Allerdings kennt mich hier kaum jemand und es wird schwer. Ich möchte dabei eine ganz gewisse Wählerschaft erreichen. Die Eltern und die Alleinerziehenden. Meine Wahlkampagne soll sich rund um dieses Thema drehen. Wenn ich dann gewählt werde, habe ich die Möglichkeit Gesetzesentwürfe anzustoßen oder eben zur Diskussion zu bringen. Ich denke ich habe so die Möglichkeit etwas zu bewegen und dabei auf der Welle zu reiten, die der Papiervater, also der Fynn Kruse angestoßen hat."

Mia gefiel, dass der Mann so frei weg von der Leber erzählte. "Und was versprechen sie sich von uns?"

"Unterstützung. Mal hier und da eine Reportage und vor allem, dass sie mir einen Werbespot ermöglichen. Unentgeltlich da meine finanziellen Mittel bescheiden sind."

"Und was sollte das dem Sender bringen?"

"Nun ja. Sie würden von Anfang an eine Politikerkarriere fördern und wären ganz vorne mit dabei. Zudem könnte sich der Sender es auf die Fahnen schreiben, wenn die Rechte der Väter gestärkt würden. Sie haben in so vielen Dokumentationen und Reportagen schon Veränderungen angestoßen. Dies wäre dann ein neuerer Schritt. Sie würden nicht nur berichten, sondern handeln."

Mia überlegte kurz. "Ich werde dies Mal mit dem Redaktionsleiter besprechen. Muss aber zugeben, dass ich nicht abgeneigt bin."

Die beiden aßen zu Ende und tauschten noch ein paar Details aus. Dann machte sie sich auf den Rückweg.

Das ist sicher genau das, was der Papiervater auch gerne gewollt hatte. Dachte sich Mia. Sie glaubte nicht daran, dass es bei den Morden einzig und allein nur um Rache ging. Dieser Anstoß, den er durch diese Mordserie gegeben hat, der sollte wirklich genutzt werden. Vielleicht konnte sie sich im Nachhinein so ein wenig bei ihm dafür revanchieren, dass er ihr die Bilder und den Brief zukommen lassen hatte.

Februar 2019

"Oh man. Verschwinde." Fluchte Fynn. Er lag im Bett und hatte einen tierischen Kater. Und draußen klingelte jemand Sturm. Das ging ihm dermaßen gegen den Strich. Als nach ein paar Minuten noch immer keine Ruhe gegeben wurde, ging er dann doch endlich zur Tür.
"Ey, du Penner. Kannst du nicht woanders nerven?" Pflaumte er den Mann an, der ihm gegenüberstand. Es war ein Taxifahrer.
"Tschuldigung. Aber ich soll sie abholen. Fahrt ist schon bezahlt."
"Ich fahr nirgends hin. Verzieh dich wieder." Fynn wollte die Tür wieder zuschlagen, doch der Mann hielt ihn auf.
"Hier. Den Zettel hat er mir gegeben. Er meinte, dann kommen sie mit."
Fynn warf einen kurzen Blick auf die paar Worte.
"Wer hat dir den gegeben?" Fragte er.
"Einfach mitkommen. Dann sehen sie es doch."
Fynn ging kurz nach innen und zog sich was an. Dann stieg er zu dem Mann ins Taxi.
Die Fahrt dauerte fast zwei Stunden und führte zu einer abgelegenen Lagerhalle, welche schon seit einer Weile leer stand. Fynn stieg aus.
"Und was soll ich jetzt hier? Hier ist doch keiner." Maulte er den Taxifahrer an.
Dieser stieg aus und sagte: "Doch. Ich bin hier." Dabei zog

er sich die Silikonmaske und die Perücke vom Gesicht und Kopf.

"Du?" Rief Fynn verdutzt aus. Und dann nochmals lauter: "Duuuu?" Dann wollte er sich auf den Mann stürzen.

Doch dieser zog eine Waffe und sagte: "Ruhig, ruhig."

Mit geballten Fäusten und grimmigen Gesicht hielt Fynn inne. "Was willst du von mir?"

"Wir haben beide viel durchgemacht. Und ich kann dir etwas geben, was du für kein Geld der Welt kaufen kannst!"

„Was kannst du mir schon geben?" Fynn betrachtete den Mann abfällig.

„Rache."

Fynn entspannte sich etwas. "Ok. Ich bin ganz Ohr."

"Komm setzen wir uns erst einmal und ich werde dir meinen Plan erzählen."

Die beiden gingen in die Lagerhalle und setzten sich auf eine Bank. Der Mann reichte Fynn ein Bier und sie tranken ein paar Schlucke, eher der Mann anfing:

"Ich habe sehr wohl schon seit einer langen Zeit festgestellt, dass du der leibliche Vater von Luna Marie bist. Der Verlust muss dich also genauso schmerzen, wie er mich schmerzt."

Fynn nickte. "Ich durfte ihr ja nie der Vater sein. So wie ich wollte."

"Ich weiß." Jason nahm einen Schluck. "Ich durfte es eine Zeit lang. Und auch obwohl ich wusste, dass ich nicht der Vater bin, habe ich sie geliebt, als wäre sie mein Fleisch und Blut. Ich habe alles für sie getan. Genauso, wie du es auch getan hättest. Da bin ich mir sicher."

"Da kannst du einen drauf ablassen. Ich habe dich dafür

216

gehasst, dass du meine Rolle spielen durftest."

"Tja. Und ich dich, dass du der leibliche Vater bist." Beide lachten kurz, dann fuhr Jason fort:

"Ich habe mitbekommen, dass es in deinem Leben nicht immer geradeaus gelaufen ist. Und der Verlust von Luna wird unser beider Leben noch weiter aus der Bahn werfen. Oder meinst du nicht?"

Fynn schaute nachdenklich über den Unrat, der hier in der Halle lag. "Ja, es reißt mich nur noch mehr runter. Viel erwarte ich nicht mehr vom Leben."

"So geht es mir auch. Erst hat Sarah mir versucht mein Leben zu zerstören, als sie mich verlassen hatte und all die Geldsorgen auf mich zu kamen. Dann versuchte sie mir die Kleine wegzunehmen und am Ende hat sie sie sogar getötet. Ich erwarte nichts mehr vom Leben. Aber dennoch haben wir beide es in der Hand noch etwas daraus zu machen." Jason machte eine kurze Pause.

"Wir beide haben eine Feindin." Er machte wieder eine Pause und Fynn nickte.

"Sarah hat uns beiden unsere Tochter weggenommen. Dich hat sie nie Vater sein lassen. Mir hat sie es später auch verboten."

Fynn nickte heftiger und schaute entschlossen drein.

"Sie ist an allem schuld." Fuhr Jason fort. "Sie hat unser Leben zerstört. Sie hat uns das Liebste genommen was wir hatten. Was wir uns gewünscht hatten."

Fynn nickte noch heftiger und schlug die Bierflasche an der Kante der Bank kaputt. Er nahm sich eine Glasscherbe und machte eine Bewegung, als würde er jemanden die Kehle aufschlitzen. Dazu sagte er:

"Und wir beide werden sie dafür büßen lassen, was sie

uns angetan hat, oder?"

Jason nickte ganz langsam und lächelte dabei.

"Aber nicht einfach nur so. Wir werden das perfekte Verbrechen begehen. Und du: Du wirst zwei Fliegen mit einer Klappe schlagen können."

"Inwiefern?"

"Ganz einfach: Niemand wird dir den Mord zuschreiben, sondern mir. Damit hast du deine Rache an uns beiden. Aber wir beide haben unsere Genugtuung."

"Öhm. Da kann ich dir grad nicht ganz folgen."

Und da fing Jason an ihm Teile seines Plans zu erzählen.

Die beiden Männer saßen lange zusammen. Gegen Abend schüttelten sie sich die Hand, als würden sie einen Pakt besiegeln und fuhren beide gemeinsam davon.

März 2021

"Also ist es bestätigt?" Bernd lauschte am Telefon. Dann nickte er und legte auf. Zu Michael und Steffen gewandt, sagte er:

"Der verdeckte Ermittler hat bestätigt, dass unsre Drogenleiche mit dem Don von Hildesheim in Verbindung gebracht wird."

Der Don von Hildesheim war der mutmaßliche Kopf einer Mafia-ähnlichen Struktur, welche seit einigen Jahren ein richtiges Imperium in Hildesheim und vielen anderen Städten aufgebaut hatte. Er wurde mit vielen Verbrechen in Verbindung gebracht, aber man konnte ihm bisher nicht das geringste nachweisen.

Mehrere verdeckte Ermittler versuchten seit langer Zeit

218

Beweise gegen ihn zu sammeln. Aber sein Netzwerk arbeitete so geschickt, dass dies noch nicht gelungen war. Nach außen hin war es ein treusorgender Familienvater, der ein Abfallunternehmen leitete. Seine Frau war Lehrerin an einem Gymnasium und sein Sohn war der Star der Nachwuchsmannschaft der Hildesheimer Handballer. "Na super. Ich habe mir schon so was gedacht. Dann bemühen wir uns mal um einen Termin beim Don und schauen, ob wir ihm ein paar Fragen stellen dürfen." Michael verzog das Gesicht und griff nach seiner Jacke. Seit ein paar Tagen hatte er starke Rückenschmerzen. Aber zu Hause bleiben wollte er auf keinen Fall. Galt der "Fall Papiervater" offiziell als abgeschlossen, ermittelten die Beamten dennoch weiter.

Bevor die Beamten losfuhren, gab es endlich mal wieder eine Erfolgsmeldung. Steffen kam mit einem Bericht herein.
"Bei dem Geld, was wir vom Sanitäter haben, sind ein paar markierte Scheine aufgetaucht."
Michael nahm sich den Bericht und überflog ihn, während Steffen zusammenfasste: "Das Geld wurde von den verdeckten Ermittlern im Betrieb vom Don von Hildesheim in Umlauf gebracht. Es sind mehrere zusammenhängende Scheine und Nummern. Also kein Zufall."
Michael lächelte. "Da könnte der Besuch beim Don doch mal angenehmer werden. Es ist zwar kein starkes Druckmittel, aber vielleicht bringt es ihn ja in Erklärungsnot."

An der prachtvollen Villa des Dons, der mit bürgerlichem Namen Sergej Rostov hieß, angekommen, mussten Michael und Bernd eine Weile warten. Nach einer guten Viertelstunde war Sergej bereit die beiden zu empfangen. Er saß in seinem riesigen und prunkvoll eingerichteten Wohnzimmer. An der Tür standen zwei Männern in schwarzen Anzügen. Sie hatten breite Schultern und sahen vollkommen durchtrainiert aus. Sicher die Bodyguards des Dons. Michael musterte die beiden Männer.

Sergej begrüßte die Beamten überschwänglich, als würde er sich freuen sie zu sehen. Er bot ihnen etwas zu trinken an und fragte dann, warum sie denn hier seien.

"Wir möchten sie nicht lange stören, Herr Rostov." Sagte Michael gleich beschwichtigend. "Aber wir gehen da einer Spur nach. Wir glauben nicht, dass sie da etwas mit zu tun haben. Nur muss eben alles überprüft werden. Sie kennen das ja. Polizeiarbeit."

Sergej lachte. Er hatte eine richtige Reibeisenstimme und sein Lachen klang dementsprechend. "Ja, ja. Die liebe Polizeiarbeit." Sagte er vielsagend. "Was haben sie denn gefunden?" Durch seinen russischen Dialekt hatte Michael das Gefühl Sergej verwendete in jedem Wort ein R und er musste kurz leicht schmunzeln.

"Im Zusammenhang mit einer Tötung konnten wir die Täter ermitteln. Beide gaben an, dass sie für diese Tötung bezahlt wurden. Der Mann, der sie bezahlt hatte, ist an einer Überdosis gestorben. Aber das Geld haben wir gefunden. Nun ja. Mehrere Scheine entstammen dabei aus ihrem Unternehmen. Es wurde von der Steuerfahndung eingeschleust und markiert." Flunkerte

Michael etwas. Von verdeckten Ermittlern durfte er natürlich nicht reden.

"Und deswegen belästigen sie mich?" Sergej verzog enttäuscht das Gesicht. "Mein Unternehmen setzt jeden Monat mehrere hunderttausend Euro um. Da kann das auch mal passieren, dass Geld irgendwo bei dreckigen Leuten landet. Da muss aber ich nichts mit zu tun haben."

"Das werfen wir ihnen auch nicht vor." Noch nicht. Sprach Michael lieber nicht aus. "Wir müssen nur der Spur nachgehen. Und bei der Summe, um welche es hier geht, ist es nun schon mehr als ein Zufall. Vielleicht haben sie jemanden im Betrieb, der die Summe für die Tat entwendet hat?"

"Ich werde das untersuchen und mich bei ihnen melden." Sagte Sergej und stand auf. "Wenn sie dann jetzt bitte gehen würden?"

Auch Michael und Bernd standen auf. Sie bedankten sich und verließen die Villa.

"Jetzt haben wir ihn schon mal aufgescheucht. Ich hoffe die Kollegen haben alles für den Lauschangriff eingerichtet. Mal sehen, ob sich die nächsten Tage hier jetzt was ergibt."

Bernd grinste. "Tihi. Vielleicht kriegen wir echt den Don von Hildesheim dran. Danach bin ich reif für einen Orden."

Auch Michael lachte.

Aber weder die verdeckten Ermittler noch die abgehörten Telefonate brachten irgendwas ein. Vermutlich nutzte er ein nicht registriertes Telefon in einem Raum, wo er nicht abgehört werden konnte. Die nächsten Tage blieben ergebnislos.

April 2021

Die Reportagen und Werbespots über den aufstrebenden Politiker waren ein voller Erfolg. Das Thema war in der Öffentlichkeit noch sehr präsent und viele reagierten sensibel darauf. Schon damals gab es eine große Mehrheit, welche Änderungen forderten und so indirekt auf der Seite des Papiervaters gestanden hatten.

Mia war in der Zwischenzeit wieder umgezogen. Sie verdiente seit Anfang des Jahres so viel, dass sie sich ein eigenes Haus leisten konnte.

Es lag ein wenig außerhalb der Stadt. Direkt neben einem kleinen Wald und umgeben von viel Grün.

Sie hatte sich die Wohnung nach ihren Wünschen eingerichtet. Es herrschten weiße und beige Töne vor. Fast schon ein wenig zu steril. Außerdem hatte sie sich eine eigene Katze angeschafft, die gerne auf ihrem Schoß lag, wenn sie am Computer arbeitete.

So war es auch an diesem Abend. Sie las gerade ein paar Anfragen, beantwortete Kommentare auf ihrem Twitteraccount und trank ein Glas Wein.

Eine Mailadresse erregte ihre Aufmerksamkeit. Taubeamfenster@yahoo.de. Sie musste sofort an die Taube denken, welche an ihrer alten Wohnung ständig am Fenster geklopft hatte. Das ging über mehrere Abende so und hatte sie ganz schön Nerven gekostet.

Sie öffnete die Mail und las leise:

"Sehr geehrte Frau Effler. Gerne würde ich sie treffen und über ihre Arbeit reden. Ich bin ein großer Bewunderer von ihnen. Vielleicht haben sie keine Scheu und nehmen die Einladung an."

Solche Anfragen kamen jeden Tag zuhauf rein. Oft noch viel anzüglicher. In der Regel ließ sie diese auch unbeantwortet.

Aber der Absender der Mail faszinierte sie so sehr, dass sie sich überwand und zusagte.

Eine Antwort ließ auch nicht lange auf sich warten. Er würde sie in einer halben Stunde mit dem Wagen abholen. Sie sollte runterkommen und dort auf einen roten Polo warten. Stand dort geschrieben.

Eine halbe Stunde später saß sie dann in dem roten Polo. Der Fahrer ein mit merkwürdig steif wirkendem Gesicht und grauem Haar nickte ihr als Begrüßung kurz zu.

Ok. Einen Verehrer hatte sie sich doch etwas anders vorgestellt. Sie lächelte leicht bei dem Gedanken daran. Und als ob der Mann ihre Gedanken lesen konnte, sagte dieser:

"Vermutlich haben sie nicht jemanden, wie mich erwartet."

"Teils, teils. So richtig wusste ich ja nicht, wer oder was mich erwartet. Weiß ich ja auch jetzt noch nicht." Antwortete Mia ehrlich. Sie lauschte sehr aufmerksam, wenn er sprach. Er hatte die gleiche sanfte Stimme, wie der Anrufer, der wohl der Papiervater gewesen war. Aber der war ja tot.

"Ich danke ihnen, dass sie überhaupt gekommen sind. Möchten sie etwas essen?"

Mia hatte nichts dagegen einzuwenden. Doch statt in ein Restaurant oder ein Lokal zu fahren, hielt er an einer Pommesbude und holte für beide Currywurst. Mia musste wieder lächeln. Die Einfachheit gefiel ihr. Es musste ja nicht immer etwas Besonderes sein.

Nachdem sie eine Weile schweigsam im Auto gegessen hatten, erzählte der Mann: "Wie steht es um ihre Karriere?"

Mia schaute ihn kurz von der Seite an. Noch immer wirkte sein Gesicht steif und regungslos. Diplomatisch antwortete sie: "Ich bin zufrieden. Besser geht es sicher immer, aber natürlich auch schlechter."

"Jetzt wo die Sache mit dem Papiervater vorbei ist, wird es schwer sich dort im Haifischbecken durchzusetzen, oder?"

"Das auf jeden Fall. Aber so es Gott zulässt, möchte ich das ja auch nicht auf ewig machen. Irgendwann werde ich dann hinter den Kulissen arbeiten. Vielleicht sogar bei einem Film-dreh mitmachen. Oder so."

"Dann wäre es genau das Richtige, wenn sie noch einmal einen großen Coup landen und sich dann zurückziehen würden."

Mia zuckte mit den Schultern. "Ja, vielleicht. Aber das liegt ja nicht in meiner Hand. Entweder es passiert, oder es passiert nicht. Ich weiß ja bis heute nicht, warum gerade ich das Glück hatte und der Papiervater mit mir Kontakt aufgenommen hatte. Da bin ich ihm bis heute sehr dankbar."

"Früher oder später werden sie es sicher erfahren, warum gerade sie."

"Denken sie?" Mia schaute ihn skeptisch an, doch der alte Mann schaute die ganze Zeit vorne zum Fenster raus. "Kruse ist tot. Nur er hätte mir die Antwort geben können."

"Kruse ist tot. Das stimmt. Aber die Antwort ist nicht mit ihm gestorben." Sagte der Mann vielsagend.

"Wie meinen sie das? Wissen sie etwas?"

Doch der Mann ging auf die Fragen nicht ein und sagte stattdessen: "Wenn ich ihnen sehr brisante Informationen zukommen ließe..." Er neigte den Kopf hin und her. "Würden sie die in einer Story bringen? Sie würden damit ein paar Leute verärgern und hinter Gitter bringen."

Sie strahlte. "Für eine gute Story bin ich immer zu haben. Allerdings sollten die Informationen wasserdicht sein, nicht dass ich umsonst in ein Wespennest steche."

Der Mann nickte. "Das ist verständlich. So etwas würde ich auch unter keinen Umständen von ihnen verlangen."

"Dürfte ich vielleicht ihren Namen und oder ihre Beweggründe erfahren? Oder wollen sie anonym bleiben?"

Der Mann überging die Frage, startete den Motor und fuhr Mia wieder nach Hause. Die ganze Fahrt über verhielt er sich schweigsam und sie ließ es dabei.

An ihrer Wohnung angekommen, war Mia gerade ausgestiegen, da öffnete er kurz das Fenster und sagte: "Für die Öffentlichkeit möchte ich vorerst anonym bleiben." Dann fuhr er los. Und Mia blieb etwas ratlos zurück.

Oben in der Wohnung angekommen, fragte sie ihn per Mail, wie er denn auf den Namen seiner Mailadresse gekommen sei. Diese Frage hatte ihr die ganze Fahrt auf der Zunge gelegen, doch sie hatte es nicht fertig gebracht sie zu stellen. Warum? Das konnte sie sich selbst nicht beantworten. Es war wohl eine Mischung aus Angst, Unglaube und vielen anderen Gefühlen gewesen.

Wenn der Name nicht zufällig gewählt wurde, dann musste der Mann sie schon eine ganze Weile beobachtet haben.

Die Antwort ließ wieder nicht sehr lange auf sich warten. Diese war allerdings nicht geschrieben, sondern es kam ein Bild. Und tatsächlich. Es war ihre alte Wohnung mit der Taube vor dem Fenster. Mia erschauderte. Sie warf einen Blick aus dem Wohnzimmerfenster, ob irgendwo der rote Polo stand oder sie irgendwo den alten Mann erkennen würde. Aber es war keine Menschenseele zu sehen. Sie warf sich eine Decke über die Schultern. "Sie sind der Papiervater?" Sie las sich ihre Frage mehrfach durch und schickte sie dann zitternd ab. Nein. Das konnte doch nicht sein. Er war doch gestorben. Oder hatte er dort auch nur die Fäden aus dem Hintergrund gezogen?

Doch es musste so sein. Die Stimme passte. Das Wissen über sie. Das er ihr wieder helfen wollte.

Minutenlang saß Mia vor ihrem Computer und aktualisierte ihren Posteingang. Als dann endlich die Antwort eintraf, zögerte sie einen Augenblick, ehe sie diese öffnete. Enttäuschung klomm auf. Es war keine Antwort auf ihre Frage. Es war ein Dateianhang beigefügt mit dem Text: "Was sie mit diesen Informationen machen, überlasse ich ihnen. Sie werden schon die richtige Entscheidung treffen."

Sie schrieb ihm noch ein paar Mal. Flehte ihn an ihr die Frage zu beantworten. Doch es kam nichts mehr.

Mia stand auf und ging kurz auf die Terrasse. Sie brauchte jetzt dringend frische Luft. Wenn sie sich dann erholt hatte, wollte sie sich den Dateianhang anschauen.

Es war richtig angenehm mild für diese Jahreszeit und die

Luft so klar, dass man in der Ferne sogar einen Zug vorbeifahren hören konnte. Die Bäume knarrten leicht im Wind und viele Vögel sangen ihre Balzlieder.

"Ein schönes Fleckchen zu Hause haben sie sich hier geholt." Hörte sie die Stimme von dem alten Mann sagen und Mia erstarrte vor Schreck.

"Sie brauchen sich nicht fürchten, Mia." Die Stimme kam von der kleinen Sitzecke unten beim Grill. Mia ging langsam darauf zu.

"Sie?" Ihre Stimme klang zugleich leicht ängstlich und hoffnungsvoll. "Sind sie der Papiervater?"

"Glauben sie, dass es klug wäre ich gäbe es zu?"

Mia war bei dem Mann angekommen. Er stand an den Grill gelehnt und schaute in den Wald hinaus. "Nein, da haben sie natürlich recht. Aber..." Sie zögerte kurz, ob sie das wirklich aussprechen sollte.

"Aber?"

"Aber... Ich fühle mich irgendwie mit dem Papiervater verbunden. Ja fast schon..." Ihre Stimme wurde immer leiser. "Fast schon zu ihm hingezogen." Endete sie.

Der Mann drehte Kopf und schaute sie an, als würde er versuchen die Wahrheit aus ihrem Gesicht zu lesen.

"Vielleicht liegt das an ihrer eigenen Vergangenheit. Vielleicht liegt auch dort die Antwort, warum gerade sie damals ausgewählt wurden."

Mia schloss die Augen. Ihr Kindheit hatte sie völlig verdrängt und kämpfte nun damit sie nicht wieder nach oben kommen zu lassen. Der Mann schien das zu bemerken und sagte: "Lassen sie es zu Mia. Laufen sie nicht mehr davor weg." Dann verschwand er im Wald.

Mia ging leicht benommen nach innen und ging ins

Schlafzimmer. Der Mann hatte recht. Es wurde Zeit der Vergangenheit ins Auge zu sehen. Sie holte einen alten Schuhkarton unter dem Bett vor und kramte die wenigen Fotos raus, welche neben einigen anderen Erinnerungsstücken darinnen waren. Sie nahm sie fest in die Hand, legte sich aufs Bett und schloss die Augen.

Es wurde eine lange Nacht. Immer wieder zuckte sie im Schlaf von Alpträumen geplagt. Doch als sie am nächsten Morgen aufstand, ging es ihr deutlich besser. Ja, jetzt hatte sie verstanden.

Sie stellte sich im Bad vor den Spiegel und sagte laut: "Ich bin eine starke Frau."

Mias Eltern hatten sich getrennt, da war sie 6Jahre alt. Ihre Mutter hatte eine Affäre nach der anderen gehabt und irgendwann hatte es ihr Vater nicht mehr ausgehalten. Da die Mutter auch noch einen Hang zum Alkohol hatte, wollte der Vater Mia gerne zu sich nehmen. Allerdings waren die Sorgerechtsfrage und Erziehung durch Väter in dieser Zeit noch so rückständig, dass er von Anfang an keine Chance hatte.

Von jetzt auf gleich verschwand der Vater aus ihrem Leben. Ihre Mutter untersagte jeden Kontakt. Verschwieg ihr die Anrufe und warf die Post weg. Sie zog mit Mia von einem Ort zum anderen. Immer wieder hatte sie dabei neue Männerbekanntschaften, welche sich dann teilweise sogar an Mia vergriffen.

Mias Selbstbewusstsein war in ihrer Kindheit völlig zerstört worden. Sie hatte es später in der Schule und im Studium nicht leicht. Wurde immer wieder ausgenutzt und hatte Schwierigkeiten sich durchzusetzen. Dennoch blieb sie immer zielstrebig und voller Träume.

Ihren Vater jedoch sah sie nie wieder. Er war nach einigen Jahren der Trennung bei einem Verkehrsunfall ums Leben gekommen. Zumindest hatte ihre Mutter dies irgendwann beiläufig erwähnt.

Über ihr Leben wurde vor einigen Jahren beim Sender eine Reportage gedreht. Dort wurden viele Menschen interviewt, welche in ihrer Kindheit Gewalt erlebt hatten. Auf diesem Wege war Mia auch damals zu dem Praktikum gekommen. Sie hatte die Chance genutzt und statt des Geldes den Praktikumsplatz ausgehandelt.

Als Mia gefrühstückt hatte, fiel ihr mit Schreck wieder ein, dass sie den Dateianhang gestern noch gar nicht geöffnet hatte. Sie war so sehr mit Grübeln beschäftigt gewesen, dass ihr das völlig durchgerutscht war.

In der Mail war eine Audiospur enthalten. Es war ein Mitschnitt eines Telefonats. Mia spielte ihn ab und lauschte interessiert. Ihre Augen wurden immer weiter. Oha, dachte sie sich. Wenn sich das Bewahrheiten sollte. Sie machte sich ein paar Notizen zu den Anweisungen, welche mit dabei standen und zog die Datei auf einen USB-Stick.

Am Sender angekommen machte sie sich sofort an die Arbeit. Mit dem Redaktionsleiter besprach sie, wie man weiter vorgehen werde. Denn es war ein schmaler Grat. Erweist sich die Aufnahme als unecht, würde ihnen eine Klage wegen Verleumdung angelastet werden. Ist sie allerdings echt, wäre es ein Thema, welches die Einschaltquoten wieder nach oben schnellen lassen würde. Diesmal gingen die beiden allerdings kein Risiko ein, sondern übergaben der Polizei eine Kopie der Aufnahmen.

Michael kam extra in die Redaktion und besprach, was er damit vorhatte. Er war sehr dankbar, dass Mia endlich mal sich erst an ihn und nicht gleich an die Öffentlichkeit wandte. Ihre Quelle gab sie aber nicht preis. Auch nicht, auf welchem Wege sie die Datei erhalten hatte.

Der Beamte konnte ja nicht wissen, dass der Verfasser der Mail ausdrücklich darum gebeten hatte, dass die Datei vorher übergeben wird. So widersprüchlich, wie Mia es auch fand, aber weiter im Text stand, dass die Polizei mit Sicherheit eine Veröffentlichung wünschen wird. Und dem war ja dann auch so. Natürlich versprachen sich die Polizisten etwas davon. Eine Reaktion. Sie hatten schon alles dafür vorbereitet. Der Verfasser der Nachricht schien das mit eingeplant zu haben.

Am Abend ging der Blitz-Report, so das neue Sendeformat, auf Sendung. RTL hatte diese Kategorie als eine Art Breaking-News eingeführt. Die Sendung war der Renner, da hier immer wieder kritische Details und Berichte kurz und knapp veröffentlicht wurden. So konnte dann jeder selbst entscheiden, ob er zu den später erscheinenden Diskussionsrunden einschaltet.

Mia saß hinter ihrem Sendetisch, auf dem der Computer und dutzende Unterlagen lagen. Sie ließ extra an ihrem Arbeitsplatz drehen, da sie das authentischer fand.

Die Beamten Samuel, Bernd und Michael schalteten den Fernseher ein, um den erwarteten Bericht zu verfolgen. Sie waren etwas spät dran und die Sendung hatte schon begonnen:

"...wurde mir eine Tonbandaufnahme zugespielt. Ich muss zugeben, dass ich zugleich geschockt und fasziniert war. Der längst abgeschlossene Fall des Papiervaters hallt auch jetzt noch kräftig nach, da dort tatsächlich noch weit mehr dahintersteckt, als wir alle geahnt haben. Aber hören wir erst einmal hinein." Sie gab der Redaktion einen Wink und die Aufnahme wurde abgespielt:

"Sekretariat von Rostov Entsorgungsspezialisten, sie sprechen mit Frau Wenger, was kann ich für sie tun?" War die Stimme einer älteren Frau zu hören. Eine kaum zu definierende, wohl irgendwie verstellte Stimme antwortete:

"Stellen sie mich zu Sergej durch. Sagen sie einfach, dass sein Informant dran ist." Es war ein kurzes Musikstück zu hören, dann: "Sergej hier. Ich habe ihnen doch gesagt, dass sie nicht über die Dienstleitung anrufen sollen." Sprach eine tiefe Reibeisenstimme.

"Wäre es ihnen lieber, wenn ich bei ihnen zu Hause anrufe?"

"Ich habe ihnen doch eine Handynummer gegeben."

"Kann sein. Aber statt hier jetzt rumzudiskutieren, kommen wir zur Sache."

"Los, schießen sie los. Ist es so weit?"

"Es müsste bald losgehen. Die Polizei hat alles abgeriegelt. Es ist nur eine Frage der Zeit, bis der Papiervater in die Falle geht. Sie müssen nur dafür sorgen, dass er stirbt."

"Wird der Plan so bleiben?"

"Sind die beiden geschmiert worden?"

"Alles erledigt."

"Und der Zwischenmann?"

"Wird bald kein Problem mehr darstellen."

"Gut. Wenn der Papiervater tot ist, kann er nicht selbst eine Initiative für eine Gesetzesänderung starten. Oder eine Bewegung für Väter oder Ähnliches. Das übernimmt dann ihr Mann."

"Und sie meinen das klappt?" Die Stimme klang mehr als skeptisch.

"Mit Sicherheit. Er ist jung und charismatisch. Und mit dem Thema gewinnt er schnell die Herzen der Fans. Er muss sich nur auch an den Plan halten. Wenn er dann irgendwann im Land- oder Bundestag ist, haben sie direkten Zugriff auf einen Politiker und können ihn steuern, wie sie es brauchen."

"Gut. Dann reden, wir wenn einige Zeit ins Land gegangen ist, wieder!" Ein Klicken war zu hören.

Mia schaute wieder in die Kamera, nachdem sie vorher so getan hatte, als würde sie sich Notizen zur Aufnahme machen, um nicht einfach nur rumzusitzen.

"Sollte hier wirklich ein Mordkomplott an den Papiervater geplant worden sein? Wer ist Sergej..."

Michael schaltete den Fernseher aus und grinste über das ganze Gesicht. Denn einer der Techniker kam gerade herein:

"Wie sie es vermutet haben, Herr Bach. Wir haben gerade ein Gespräch von Herr Rostov abgehört. Er hat einen Dimitri angerufen und gesagt, er müsse ihn schleunigst treffen, da sie ein Problem beseitigen müssen. Die verdeckten Ermittler haben sich an sein Auto geheftet."

"Sehr schön. Sie sollen aus sicherer Entfernung versuchen mit einem Richtmikrofon das Gespräch mitzuschneiden. Danach erfolgt der Zugriff. Alle Beteiligten sollen festgenommen und hier auf das Revier gebracht werden."

Bernd rieb sich die Hände und auch Michael nickte zufrieden. "Ich liebe es, wenn ein Plan funktioniert." Sagte er das „A-Team" zitierend. Die umstehenden Beamten lachten.

Sergej war lange unterwegs. Die kleine Wohnung von Dimitri lag weit außerhalb von Hildesheim. Direkt neben einer von seinem Unternehmen geführten Deponie.
Zwei der Bodyguards postierten sich im Flur, während der Fahrer Sergej in das Wohnzimmer begleitete.
Die gesamte Wohnung war spartanisch eingerichtet und man sah, dass sie wohl eher nur als Unterschlupf benutzt wurde.
"Dimitri mein Freund." Begrüßte Sergej den großen stämmigen Mann überschwänglich. Dieser stand von seinem Sitzplatz auf und stellte die Bierflasche weg. Beide Männer umarmten sich.
"Sergej. Was verschafft mir die Ehre nach der langen Zeit."
"Ich habe mal wieder Arbeit für dich."
"Für dich immer wieder gerne. Willst du was trinken?"
"Nein danke. Ich bin nur kurz hier, um die Einzelheiten zu besprechen. Es gibt da einen Mann, der jetzt leider sehr unbequem geworden ist. Kannst du dich darum kümmern?"
"Du weißt doch. Wenn der Preis stimmt..."
Sergej lachte und legte einen sehr dicken Umschlag auf den Tisch.
"Diesmal gebe ich dir das Doppelte. Name und Anschrift stehen mit drin. Die andere Hälfte gibt es, wenn der Auftrag erledigt ist. Allerdings ist der Fall diesmal so brisant, dass du dann erst einmal für eine Weile

verschwinden so..." Sergej wurde von lauten Rufen und mehreren Schüssen unterbrochen.

"Was zur Höhle ist da draußen los?" Die beiden Männer sprangen auf und der Fahrer sowie Dimitri zogen ihre Waffen. Es fielen weitere Schüsse und mehrere Männer schrien. Dann wurde die Tür aufgestoßen und mehrere Beamte des SEK stürmten herein.

Sergej und Dimitri hoben sofort die Hände. Der Fahrer wurde einfach überrannt.

als Sergej abgeführt wurde, sah er seine Bodyguards tot vor dem Haus liegen. Neben einem Wagen wurden gerade zwei Beamte behandelt.

Zeitgleich hatte Michael angeordnet, dass der aufstrebende Politiker Alois Schinkel in Haft genommen wird. Diesen und Sergej ließ er auf sein Revier fahren. Alois konnte man zwar maximal die Mitgliedschaft in einer Mafia ähnlichen Organisation vorwerfen, aber dennoch, wollte er ihn erst einmal aus dem Verkehr und aus der Öffentlichkeit ziehen.

Zusammen mit Bernd ging er in das Verhörzimmer. Sergej hatte sich bequem hingesetzt, die Beine weit von sich gestreckt und rauchte eine Zigarre. Er machte ein siegessicheres Gesicht.

Nachdem er allerdings Mitschnitte aus dem Gespräch mit Dimitri vorgespielt bekam, verfinsterte sich sofort sein Gesicht. Er hatte sich schon Ausreden zurechtgelegt, warum er da war. Denn auf dem Geld und dem Zettel würde man keine Fingerabdrücke von ihm finden. Aber gegen seine eigenen Worte konnte er keine Ausreden vorbringen.

"Der große Don von Hildesheim." Setzt Bernd das Gespräch fort. "Jetzt ist es vorbei mit ihren Machenschaften. Allein für den Mordauftrag an Fynn Kruse werden sie lebenslänglich bekommen."

"Mein Anwalt wird den Beweis in der Luft zerpflücken. Irgendeine Tonaufzeichnung. Die kann jeder zusammengeschnitten haben." Murrte Sergej.

"Selbst wenn. Aber der Mordauftrag an Alois Schinkel, kostet ihnen dann den Kopf."

"Aber uns interessiert das gar nicht. Sie wandern hinter Gittern und sollten dann schön mit dem Hintern zur Wand schlafen. Denn viele Freunde werden sie da im Knast sicher nicht haben." Stieg Michael mit in das Gespräch ein.

"Päh. Sie können mich mal."

"Wir könnten aber dafür sorgen, dass sie nach der Verurteilung in eine schöne Haftanstalt kommen. Eine moderne. Dafür würden wir aber gerne wissen, wer ihr Informant war. Wer hat dieses Tonband mitgeschnitten und ihnen diese Anweisungen für die Ermordung von Fynn Kruse gegeben?"

Sergej lachte laut und lange. "Glauben sie mir, wenn ich das selber wüsste, dann hätte ich doch den Auftrag gegeben den zu töten, oder?"

Michael war verblüfft. Zum einen war dies ein indirektes Geständnis für den Mordauftrag an Schinkel und zum anderen hatte er natürlich vollkommen recht. Dieser Informant hatte ihn ja ans Messer geliefert. Einen besseren Grund hätte es für ihn ja nicht geben können, sich an ihm zu rächen.

Auch Bernd war verblüfft. So weit hatten die beiden

Beamten gar nicht gedacht und beendeten schnell die Befragung. Die gewünschte Information würden sie wohl nicht erhalten.

Vor dem Zimmer sagte Bernd zu Michael: "Na das war ja mal ein peinliches Fettnäpfchen." Sie lachten.

"Naja. Wir waren von unserem Erfolg geblendet und haben nicht weit genug gedacht. Wenn wir über die Telefonverbindung des Sekretariats nichts herausbekommen, dann wird es nahezu unmöglich werden den Mann zu finden, der da angerufen hat."

Michael schlug sich mit der Hand an die Stirn. "Gott. Heute ist der Groschen wirklich nicht weit gefallen. Wir haben den Rostov nicht einmal befragt, wie der Kontakt zustande gekommen war. Vielleicht kommt da ja was Brauchbares bei rum. Wir schicken da am besten Steffen rein. Der hat sicher bisher bei den Verhören immer gedrückt, wie ich das mitbekommen habe."

Und so ging Steffen in das Verhörzimmer und setzte sich Sergej gegenüber. Er musterte ihn kurz und fing dann an: "Sie wollen doch sicher auch, dass wir den Mann finden, der sie als Messer geliefert hat, oder?"

Sergej lachte: "Für ihn wäre es auf jeden Fall besser, wenn sie ihn vor mir oder meinen Leuten finden."

"Wie ist der Kontakt denn überhaupt zustande gekommen? Das war ja nicht der erste Anruf zwischen ihnen beiden, oder?"

"Ach sie sind einer der Sorte Blitzmerker, ja?" Verspottete er Steffen.

Steffen ging kommentarlos darüber hinweg. "Scheinbar haben sie ihn niemals direkt getroffen. Wann hat der erste

Kontakt stattgefunden?"

Sergej schaute Steffen argwöhnisch an. "Glauben sie wirklich ernsthaft, dass ich Interesse habe mit der Polizei zusammmen zu arbeiten?" Dann verschränkte er die Arme, lehnte sich zurück und schloss die Augen. Ein deutliches Zeichen, dass er jetzt nichts mehr sagen werde.

Steffen drehte sich um und schaute in den Spiegel, der von der anderen Seite ein Fenster war. Dahinter standen Michael und Bernd. Steffen zuckte mit den Schultern und verließ den Raum. Sergej wurde in die Untersuchungszelle geführt.

"War fast zu vermuten, dass er dicht macht. Er wird wohl selber alles versuchen den Mann zu finden. Aber ich glaube er hat nicht die geringste Ahnung, wer das ist." Sagte Steffen zu Bernd.

Dieser nickte. "Da ist er genauso schlau wie wir."

Eine gute Woche später waren Steffen und Michael wieder in ihrem Heimatrevier in Frankfurt. Sie standen zwar noch in engem Kontakt mit Hildesheim, doch offiziell galt die "Soko Papiervater" als aufgelöst. Der Täter war tot. Der Don von Hildesheim, als einer der Hintermänner, verhaftet.

Zwar war noch immer ungeklärt, wer der Anrufer war, allerdings hatte man keinen einzigen Anhaltspunkt. Da mittlerweile andere Fälle präsenter waren und der Polizeiarbeit benötigten, wurde dies zu den Akten gelegt. Niemand ging mehr davon aus, dass sich eine neue Spur ergeben würde.

Juni 2021

Auf einer kleinen Olivenplantage auf Sizilien war ein Feuer ausgebrochen und der Besitzer rückte mit der Feuerwehr an, um den Brand zu löschen. Gott sei Dank gelang dies sehr schnell, da das Feuer sich noch nicht sehr weit ausgebreitet hatte. Als er den Schaden begutachtete, entdeckte er in der hintersten Ecke seines Grundstückes eine alte Plane, welche schräg von einem kleinen Baum über einen Höhleneingang gespannt war. Es war keine richtige Höhle. Eher eine Nische in dem Gestein. Der Mann schaute hinein und sah zwischen einigen Töpfen, leeren Flaschen und ein paar Eimern einen Mann liegen. Dieser hatte ein ungepflegtes Äußeres und total zerfetzte Sachen an. Er hatte sich einen Hut auf das Gesicht gelegt und schnarchte. In der Hand hielt er die Reste eines Apfels.

"Aufstehen du Halunke. Verschwinde von meinem Grundstück." Der Besitzer des Grundstücks stieß den Mann mit dem Fuß an. Doch dieser reagierte darauf einfach nicht und schlief weiter. Da durch den Brand alarmiert auch die Polizei vor Ort war, holte der Mann sie daraufhin dazu. Diese hatten Mühe den Mann munter zu bekommen. Er schien kaum Italienisch zu verstehen und antwortete auf keine Frage, sondern schaute die Polizisten nur fragend an.

Diese nahmen ihn mit, um seine Personalien festzustellen. Immerhin hatte er auf einem fremden Grundstück geschlafen und könnte sogar für das Feuer verantwortlich sein. Auf dem Revier kam dann auch ein Dolmetscher hinzu. Es hatte sich herausgestellt, dass der Mann ein Deutscher war. Er gab seine Personalien an und die Beamten sendeten eine Anfrage an das Auswärtige Amt, um seine Angaben zu überprüfen. Denn einen Ausweis hatte er nicht und eine Wohnanschrift konnte er auch nicht benennen.

Einige Stunden später klingelte bei Michael das Telefon. Es war ein Mitarbeiter des Auswärtigen Amtes. Michaels Nummer war noch immer als Anlaufstelle hinterlegt, falls es neue Informationen im Zusammenhang mit der "Soko Papiervater" gäbe.
Michael, der sich gerade etwas zu Essen zubereiten wollte, ließ alles stehen und liegen und bestellte Steffen zu sich aufs Revier. Ebenso bat er Bernd und Samuel sich bereit zu machen.
Danach tätigte er einige Anrufe und stand wieder einige Stunden später vor dem Flughafen Frankfurt/Main.
Zwei italienische Beamten begleiteten den auf Sizilien gefundenen Mann heraus. Sie hatten ihn duschen lassen und etwas sauberes zum Anziehen gegeben. Er sah sehr hager aus und seine Haut war durch die Sonne gezeichnet. Sein Haar war trotz der Dusche noch zerzaust und der Bart völlig schief geschnitten.
Michael holte ein Foto aus seiner Tasche und schaute darauf, während der Mann zu ihnen gebracht wurde. Er schaute zu dem Mann und dann wieder auf das Foto. Als die Beamten mit ihm bei Michael angekommen waren, sagte dieser: "Herzlich Willkommen in Deutschland, Herr Reubelt. Alle Welt glaubt, dass sie tot sind."
Jason neigte den Kopf leicht zur Seite und musterte Michael. "Ich habe mich schon mal besser gefühlt, aber Tod zu sein, dürfte sich anders anfühlen." Die sanfte

Stimme von Jason jagte Michael einen Schauer über den Rücken. Gott, diese Ähnlichkeit mit der Stimme am Telefon. Auch wenn er sie damals nur kurz gehört hatte. Aber sie hatte sich tief in ihn eingeprägt. Er schüttelte sich kurz innerlich. Was ein absurder Gedanke.

"In Italien haben sie ja gegen ein paar kleinere Gesetze verstoßen. Aber das ist für uns nebensächlich. Hier in Deutschland aber hat man sie sehr lange gesucht. Daher würden wir sie gerne mit auf das Revier nehmen und ihnen ein paar Fragen stellen."

Jason musterte Michael noch immer. "Man hat mich gesucht? Meine Eltern sicher, oder?" Er zog die Augenbrauen zusammen.

Michael hob abwehrend die Hände: "Das müssen wir jetzt nicht hier besprechen, sondern ganz in Ruhe auf dem Revier. Ich weise sie aber darauf hin, dass dies freiwillig ist. Es liegt derzeit nichts gegen sie vor."

Jason zuckte mit den Schultern. "Ich habe im Moment nichts vor. Wenn es bei ihnen dann noch was zu Essen gibt, dann begleite ich sie natürlich gerne." Er lächelte und Michael und Steffen mussten mit lächeln.

Gemeinsam fuhren sie auf das Polizeirevier. Dort durfte sich Jason etwas zu Essen bestellen, solange wie man auf Bernd und Samuel wartete.

Jason nahm das Angebot sehr gerne an und bestellte sich so viel, dass Michael schon Angst bekam, er müsse platzen, sollte er alles aufessen.

In den frühen Morgenstunden kamen Bernd und Samuel endlich an. Sie waren nicht weniger erstaunt als Michael und Steffen, als sie Jason im Verhörraum sitzen sahen.

Während Bernd und Michael die Befragung übernahmen,

warteten Samuel und Steffen im Nebenraum und beobachteten die Situation gespannt.

"Herr Reubelt? Darf ich ihnen meinen Kollegen Bernd Fleischer vorstellen? Er arbeitet für die Kriminalpolizei in Hildesheim und gehörte der sogenannten "Soko Papiervater" mit an."

Jason musterte Bernd und ließ dann seinen Blick über dessen dicken Bauch schweifen und deutete dann auf den Tisch, auf dem noch eine Menge zu Essen stand: "Bedienen sie sich ruhig." Dabei lächelte er Bernd freundlich an.

Dieser grinste und setzte sich schwerfällig hin. "Danke, danke. War eine lange Fahrt bis hier her." Er griff zu. Michael schüttelte grinsend den Kopf. Wenn es ums Essen ging, gab es für seinen Kollegen halt kein Halten mehr.

"Ich denke, wir können dann mit den Fragen beginnen. Ich denke es ist wohl im Interesse aller, wenn wir das schnell hinter uns bringen." Sagte Michael und schaltete das Aufnahmegerät ein.

Er fragte für das Protokoll die Personalien ab und verlas Jasons seine Rechte. Dann fragte er:

"Seit über 2Jahren hat man nichts mehr von ihnen gehört. Wo sind sie gewesen?"

"Naja. Nach dem Tod meiner Tochter war mir einfach alles zu viel. Dieser Kapitalismus. Diese Heuchelei der Leute. Einfach alles. Ich wollte mit meinem Leben nichts mehr zu tun haben, war aber zu feige für einen Selbstmord. Darum bin ich ein Aussteiger geworden. Bin monatelang umhergewandert, bis ich irgendwann auf Sizilien hängen geblieben bin. Da lässt es sich vom Wetter her das ganze Jahr aushalten. Und auf den vielen Plantagen gibt es genügend zu essen. Wenn nicht dieses dämliche Feuer gewesen wäre, dann würde ich jetzt immer noch in Ruhe da unten irgendwo rumliegen können."

Michael kratzte sich am Kopf. "Das klingt aber sehr abenteuerlich. Haben sie keine Nachrichten mitbekommen?"

"Na einen Fernseher oder so was hatte ich nicht. Und Zeitungen nutzten mir nichts, da ich kein Italienisch kann. Interessierte mich aber auch alles nicht, da ich mit dem Leben an und für sich ja wie gesagt nichts zu tun haben wollte."

"Aber was ist mit ihren Eltern? Die haben geglaubt, dass sie gestorben sind."

Jason zuckte die Schultern. "Was soll ich sagen? Sie haben mir doch auch indirekt vorgeworfen mit Schuld an Lunas Tod zu sein. So denken, aber anders reden. Heuchelei eben. Irgendwann war ich drüber weg und habe kaum noch an all meine Familie und Freunde mehr gedacht. Das hat gutgetan, glauben sie mir."

"Da haben wir scheinbar verschiedene Ansichten. Aber kommen wir zu dem Punkt, warum sie überhaupt hier sitzen. Es gab in der Vergangenheit jemanden, der Verbrechen begangen und ihnen in die Schuhe geschoben hat. Morde, um genauer zu sein."

Jason, gerade mit einem kalten Burger beschäftigt, schaute erstaunt auf.

"Der Mann hat Richter und öffentliche Mitarbeiter umgebracht, auf die sie sauer gewesen sein konnten. Mitarbeiter vom Jugendamt und Sozialarbeiter."

"Äh. Sie wissen aber schon, dass ich mit denen seit Jahren nichts mehr am Hut habe, oder?"

242

Michael hob die Hände. "Der Tod ihrer Tochter könnte ein Auslöser gewesen sein. Davon sind wir zumindest ausgegangen. Zum anderen gab es dann noch einen anderen Grund, der sie wütend gemacht haben könnte. Den erfuhren wir aber erst später..." Michael zögerte. Man merkte, dass es ihm ziemlich unangenehm war.

"Was denn?" Stocherte Jason ungeduldig nach.

"Nun. Es hat sich ergeben, dass Luna Marie nicht ihre leibliche Tochter ist."

Jasons Gesicht erschien einen Augenblick wie erstarrt. Keine Regung war zu erkennen. Dann sagte er monoton: "Sie wollen mich auf den Arm nehmen, oder?" Als Michael aber den Kopf schüttelte und er sah, dass auch Bernd sehr ernst dreinschaute, fügte er an, sichtlich darum bemüht die Fassung zu wahren: "Selbst wenn. Ich habe sie geliebt, wie meine eigene Tochter. Und da sie jetzt tot ist, ändert sich nichts mehr." Er verschränkte die Arme und schaute an den Beamten vorbei an die Wand.

"Es tut uns leid, dass sie das so nebenbei erfahren müssen, Herr Reubelt." Michael räusperte sich und fuhr dann fort. "Der leibliche Vater ist die Person, welche ihnen alles in die Schuhe schieben wollte. Sie bleiben also dabei, dass sie in den letzten Jahren nicht in Deutschland gewesen und von den Vorkommnissen nichts mitbekommen haben, ja?"

"Ja." Jason schaute wieder zu Michael.

"Wären sie damit einverstanden nachher mit einem Polizeipsychologen zu sprechen?"

Jason zuckte die Schultern. "Wenn es ihnen hilft, kann ich das gerne machen."

"Danke. Das war es dann auch erst mal von uns. Ich lasse

sie dann nachher zu dem Polizeipsychologen bringen. Wenn der dann sein Ok gibt, können sie danach gehen, wohin sie wollen."

Michael und Bernd verließen den Raum und gingen zu ihren Kollegen.

"Und? Was meint ihr?" Fragte Steffen die beiden.

"Ich halte seine Geschichte nicht mal für so unwahrscheinlich. Es gibt eine Menge Leute, welche nach einem tragischen Verlust alle Zelte abbrechen. Und das ganz große Problem: Selbst, wenn wir vermuten würden, dass er doch was mit all dem zu tun hat, so haben wir keinerlei Anhaltspunkte, nicht einen einzigen Beweis."

Bernd stimmte dem zu und sagte dann: "Vielleicht kann der Psychologe etwas raus kitzeln. Zumindest etwas, was die Aussteigeraussage betrifft. Aber ich sehe das wie Micha. Wir könnten ihm nicht mal was nachweisen. Und wie der Reubelt schon sagte: Wäre dieses Feuer dort nicht gewesen, dann wäre er vermutlich nie aufgetaucht."

Das Gespräch mit dem Psychologen dauerte eine gefühlte Ewigkeit. Als dieser dann endlich zu den Beamten ging, schauten sie ihn erwartungsvoll an.

„Und?" Fragte Michael ungeduldig. Er hatte Hoffnung, dass seine Ahnung beziehungsweise sein Gefühl bestätigt wurde.

„Nach nur einer Sitzung kann ich natürlich noch nichts Genaues sagen. Aber ich erkenne deutliche Anzeichen einer DIS. Diese..."

„Einer was?" Unterbrach ihn Bernd.

„Einer DIS. Das ist eine dissoziative Identitätsstörung. Vielen auch als multiple Persönlichkeitsstörung bekannt."

„Aha." Michael war erstaunt. „Und was heißt das jetzt für den Fall hier?"

„Erstmal nichts. Diese Persönlichkeitsspaltung kann durch den Tod der Tochter ausgelöst worden sein. Solche traumatischen Erlebnisse sind häufig Ursache von DIS. Es macht den Eindruck, als hätte er den Teil der Trauer von sich abgespalten. Und es ist daher durchaus möglich, dass seine andere Persönlichkeit diesen Ausstieg gewählt hatte."

Michael grübelte kurz. „Aber die anderen Persönlichkeiten kommen doch immer wieder zum Vorschein, oder?"

Der Psychologe nickte. „Sehr richtig. Wie oft und in welchen Abständen ist dabei aber sehr unterschiedlich."

„Wissen denn die Persönlichkeiten untereinander voneinander?"

„Ja. Aber nicht so, wie sie sich untereinander als Menschen kennen."

„Wie sieht es dann mit Handlungen aus?" Michael legte den Kopf leicht zur Seite und schaute den Psychologen erwartungsvoll an.

„Es gibt immer wieder Fälle, wo Personen mit DIS Handlungen vornehmen, von der der andere Teil der Persönlichkeit nichts weiß."

„Das heißt doch auch, dass wir einen Täter befragen könnten, von dem wir zu 100% wissen, dass er der Täter ist, aber er weiß von nichts? Und das nur, weil dann gerade die „falsche Persönlichkeit mit uns redet?"

Der Psychologe nickte und Michael nickte ebenfalls und fuhr fort: „Könnte dann Jason Reubelt was mit dem Fall des Papiervater zu tun haben?"

245

Der Psychologe grübelte. „Von der Theorie her wäre es durchaus möglich. Dazu müsste ich aber viel mehr Zeit mit ihm verbringen."

Die Beamten besprachen noch ein paar Kleinigkeiten und fragten dann Jason, ob er für weitere Termine mit dem Psychologen bereitstehen würde.

Zum Ärger von Michael lehnte dieser dankend ab. Er „fühlte sich gesund" und sah keine Indikation. So seine Aussage. Nicht das Michael nicht damit gerechnet hätte. Aber die Hoffnung stirbt ja bekanntlich zuletzt. Leider konnte er Jason nicht zu den Terminen zwingen. Dazu fehlte die Handhabe oder irgendwelche belastenden Beweise.

„Wenn sie dann weiter nichts haben?" Jason sah die Beamten fragend an und diese schüttelten den Kopf.

„Dann werde ich jetzt gehen." Jason lächelte sie an und verließ das Gebäude.

Er musste jetzt erst einmal verschiedene Ämter aufsuchen, um sich neue Papiere ausstellen zu lassen. Das war kein leichtes Unterfangen, da er offiziell für tot erklärt war.

August 2021

Er stellte die Zeitschaltuhren ein und verließ das Haus über den Hinterausgang.

Dann suchte er ein leerstehendes Gebäude auf und verkleidete sich. Mithilfe einer Maske, wie sie in Theater verwendet wurden und ausgesuchten Details, machte er einen ganz anderen Menschen aus sich. Sein Gesicht hatte er vorher mit Vaseline abgedeckt, da er wusste, wie sehr es die Haut reizte, wenn sie lange von einer Maske bedeckt war. Denn diese war aus Silikon und ließ nichts durch.

Auf dem Hinterhof stand ein altes Auto, welches er den Abend zuvor abgestellt hatte. Gott sei Dank war es noch da. Der Mann nickte, wie um sich selbst zu zustimmen.

Er stieg in den Wagen und fuhr zur Wohnung von Mia. Diese stand schon vor ihrer Wohnung und wartete auf ihn.

„Guten Abend Frau Effler." Begrüßte er sie. Mia stieg in den Wagen und musterte ihn. Ein Lächeln huschte über ihr Gesicht.

„Schön, sie endlich wieder zu sehen." Antwortete sie. „Ihre Worte haben mir damals sehr gutgetan."

„Haben sie alles dabei?" Fragte er, ohne auf ihre Aussage einzugehen.

„Ja natürlich. Alles, was ich brauche." Sie nickte und klopfte dabei auf ihre große Tasche, welche sie umhängen hatte."

„Gut." Der Mann fuhr los.

„Was wird es denn für ein Interview werden?" Mia war neugierig.

„Lassen sie sich überraschen. Wichtig ist nur, dass sie meinen Anweisungen genau Folge leisten." Sagte der Mann und Mia sog seine Worte auf. Seine vertraute Stimme gab ihr das vermisste Gefühl zurück, welches sie so sehr liebte. Ein unbeschreibliches Gefühl.

Nach einer gut einstündigen Fahrt steuerte Jason das Auto auf einen dunklen Parkplatz. Er drehte sich zu Mia und sagte: „Sie warten jetzt hier genau 10 Minuten und kommen dann zur Weberstraße 18. Ich muss nur kurz noch etwas vorbereiten, bis sie kommen."

Mia nickte. „Wo ist die Straße?" Fragte sie ihn.

„Einfach diese Straße hier weitergehen und vorne links. Dann sind sie da." Jason stieg aus und Mia schaute ihm so lange hinter, wie sie seine Gestalt in der Dunkelheit erkennen konnte. So langsam wurde ihr dann doch etwas mulmig zu Mute, wo sie jetzt so allein hier in einem fremden Auto, in einer fremden Ortschaft saß. Sie schluckte kurz und riss sich zusammen. Was sollte ihr schon passieren? Der Mann war immer hilfsbereit ihr gegenüber gewesen. Und welches Interview sie auch immer erwartete... Sie hoffte natürlich, dass sie ihn mit interviewen durfte.

Nachdem die zehn Minuten vergangen waren, verließ sie ebenfalls den Wagen und ging in die angegebene Richtung. Nach wenigen Minuten hatte sie die genannte Adresse erreicht. Es war ein kleines Mehrfamilienhaus, welches vor kurzem neu gebaut wurde. Oben in einem Zimmer konnte sie ein Licht brennen sehen. Sonst war alles dunkel.

Mia klingelte an der Tür und gleich darauf flammte im Flur Licht auf und der alte Mann öffnete ihr die Tür.

Er bat sie herein und sagte, sie solle schon einmal die Treppe hochgehen. Hinter sich hörte sie, wie er die Tür verschloss.

Mit leicht weichen Knien ging sie die schlichte Holztreppe nach oben. Oben waren drei Zimmer. Eines von ihnen stand offen. Von dort kam auch das Licht, welches sie unten gesehen hatte. Eines der geschlossenen Zimmer hatte eine bunt gestaltete Tür. Vermutlich ein Kinderzimmer. Darauf deuteten auch einige Spielsachen, welche hier im Flur herumlagen.

248

Der alte Mann war direkt hinter ihr und schob sie mit einem leichten Druck seiner Hand in das beleuchtete Zimmer hinein.

Mia schloss kurz die Augen, da das Licht hier sehr hell war. Ihre Augen mussten sich erst einmal daran gewöhnen. Es war wohl eine Art Arbeitszimmer mit einem Schreibtisch und Aktenschränken, Drucker, Computer und vielem anderen Zubehör.

Auf dem Drehstuhl saß eine Frau mit langen braunen Haaren. Sie war von ihr abgewandt und schien auf den Computer zu schauen. Sie regte sich auch nicht, als die beiden in den Raum traten.

Der alte Mann schloss die Tür hinter sich und Mia drehte sich erschrocken zu ihm um.

Er schien sie anzulächeln. Zumindest strahlten seine Augen. Seine Gesichtszüge blieben aber weiterhin steif. „Gehen sie zu ihr hin." Sagte er und deutete in Richtung der Frau.

Mia stellte ihre Tasche ab und ging langsam auf die Frau zu. „Hallo. Ich bin Frau Effler von RTL. Ich bin auf Einladung des Mannes da hier." Sie deutete auf Jason. Dann tippte sie der Frau auf die Schulter. Doch sie bewegte sich weiter hin nicht. Der Kloß im Hals von Mia wurde immer größer und ihr traten Schweißperlen auf die Stirn. Halb ängstlich, halb hilfesuchend schaute sie Jason hinüber. „Drehen sie sie um und geben sie ihr die Spritze." Sagte dieser.

Mia schaute auf den Schreibtisch. Tatsächlich lag dort eine Spritze mit einer klaren Flüssigkeit. Vorsichtig drehte sie den Stuhl. „Oh mein Gott." Rief sie aus und schlug sich die Hände vor den Mund. „Das ist doch... Das ist doch die

Sarah Molding, oder?" Mias Knie zittern nun so heftig, dass sie sich gegen den Schreibtisch lehnen musste. Sarah saß auf dem Stuhl. Die Hände vorne mit einem Kabel gefesselt. Die Augen waren geschlossen, aber man sah ihre regelmäßige Atmung.

„Mia." Der Mann sprach ruhig und gelassen und holte sie etwas auf den Boden zurück. „Mia, ihnen wird nichts geschehen. Sie brauchen keine Angst haben. Geben sie ihr die Spritze und dann bauen sie ihre Kamera auf. Wir haben nicht unendlich viel Zeit."

„Ich kann das nicht." Flüsterte Mia.

Der Mann ging zu ihr hinüber. Kein Problem. Dann mach ich das. Aber wenn sie in der Zeit versuchen zu fliehen..." Er machte eine drohende Bewegung.

Mia blieb wie erstarrt in ihrer Position, bis der Mann Sarah die Spritze gegeben hatte.

Während Sarah langsam wieder zu sich kam, baute Mia ihre Kamera auf und richtete sie auf Sarah aus.

„Was. Wo bin ich?" Lallte Sarah noch etwas benommen.

„Ich schlage vor, dass wir uns leise unterhalten." Sagte der Mann und legte einen Finger auf seine Lippen. „Wir wollen doch nicht, dass deine Tochter munter wird." Fügte er an und zeigte mit der Hand nach hinten. Sarah riss die Augen auf und starrte erst den Mann, dann Mia und danach die Kamera an.

„Was soll das hier? Ist das versteckte Kamera, oder so ein Scherz?"

Der Mann nickte Mia zu und diese antwortete: „Ich bin Mia Effler vom Sender RTL. Ich bin auf Einladung dieses Mannes hier, um ein Interview zu führen." Mia lächelte leicht gezwungen. Ihr fiel es schwer in ihrer Rolle zu bleiben. Sie wusste ja nicht, was der Mann mit Sarah und dann mit ihr vorhatte. Vielleicht schaffte sie es ja einen Ausweg für sie beide zu finden. Von daher fand sie es ratsam erst einmal mitzuspielen.

Sarah warf den Kopf nach hinten und starrte den Mann an. „Und was will der alte Sack von mir?" Sagte sie leicht gehässig. Dennoch bemühte sie sich leise zu sein. Derzeit war nur ihre Tochter im Haus. Und die sollte von dem hier nichts mitbekommen. Hilfe konnte sie von ihr keine erwarten. Sie war ja erst ein paar Monate alt.

Der alte Mann gab Mia ein Zeichen, dass sie die Kamera einschalten sollte. Dann zog er ein kleines Kissen unter seinem Jackett vor. Sofort wirkte seine Gestalt viel schlanker und sportlicher. Danach zog er sich langsam die Maske mit den falschen Haaren vom Kopf.

„Uuuh." Machte Mia verdutzt und riss die Augen auf.

Sarah riss die Augen ebenfalls auf und ihr klappte die Kinnlade herunter. Dann wurde sie aschfahl im Gesicht und sie stammelte: „Du?" Und nochmal. „Duuuu?" Sie schüttelte heftig den Kopf, kniff die Augen zusammen und machte sie wieder auf. „Das kann nicht sein. Du bist tot. Fynn hat dich getötet."

Jason wischte sich mit einem Tuch die Vaseline vom Gesicht und lächelte. „Das hat mir die Polizei auch schon gesagt. Sehr belustigend, dass einen die ganze Welt für tot hält. Hast du schon mal versucht einen neuen Ausweis zu bekommen, obwohl du offiziell für tot erklärt wurdest?" Jason redete ruhig und besonnen. Er trat langsam in den Sichtbereich der Kamera und setzte sich auf einen kleinen Hocker direkt neben Sarah und schlug die Beine übereinander.

„Aber... Wie hast du mich gefunden? Ich bin doch im Schutzprogramm der Polizei."

„Ach Sarah. Wie ich schon früher immer zu dir gesagt habe, wenn man etwas möchte, was möglich ist, dann kann man es auch erreichen. Nur das Unmögliche ist nicht zu erreichen. Das nennt man dann Träume. In letzterem warst du ja immer gut gewesen." Er machte eine abwertende Handbewegung.

Sarah sah Mia an. „Und sie? Sie wollen das hier filmen? Sie machen sich strafbar, wenn sie ihm helfen." Mia sah zu Jason hinüber, der antwortete: „Sie hat genauso wenig eine Wahl, wie du. Wenn sie könnte, wäre sie schon längst weg und hätte die Polizei gerufen. Glaube mir. Sie ist nur ein Werkzeug."

„Dafür wirst du in den Knast wandern. Da gehörst du auch hin." Fauchte Sarah ihn an.

„Ach ich gehöre da hin? Gut, nachdem, was ich hier gerade mache, rechtlich gesehen sicherlich. Aber was ist mit dir? Du hast unsere gemeinsame Tochter umgebracht. Und du hast dafür nicht einen einzigen Tag im Gefängnis verbracht. Und jetzt im Zeugenschutzprogramm kannst du ein völlig neues Leben führen. Hast wieder ein eigenes Kind. Aber mein Leben hast du völlig zerstört."

„Sie war nicht deine Tochter." Zischte Sarah gehässig.

Jason blieb ruhig. „Du weißt absolut gar nichts. Natürlich war sie meine Tochter. Und sie wird im Herzen immer meine Tochter bleiben."

„Fynn ist der Vater. Nicht du!"

Jason schüttelte langsam den Kopf. Er lächelte immer weiter und schaute zufrieden zu Mia hinüber. Dann sagte er: „Vater zu sein. Es ist eine Aufgabe. Eine Ehre. Und nicht ein genetischer Code. Vater zu sein, wird über Gefühle bestimmt. Über den Willen. Kein Gesetz der Welt sollte einen Vater oder eine Mutter abhalten können, genau das zu sein, was sie sind: Ein Vater oder eine Mutter. Wenn dieses Wissen auch im letzten Kopf der Welt angekommen ist, dann bleiben vielen anderen getrennten Eltern solche Leiden erspart, wie du sie mir bereitet hast." Sarah lachte. „Du mit deinem Geschwafel. Immer so hochtrabend. Das hat mich in unsrer Ehe schon immer genervt."

„Klar hat es dich genervt. Du hast es ja nie verstanden. Für dich war ein Brot ein Brot. Und nicht Getreide, welches mühsam gewachsen und gedeiht. Dann sorgsam geerntet und verarbeitet wurde. So wie du die Dinge siehst, sehen sie viele auf der Welt. Dabei geht der Blick für das Detail, der weitreichende Blick verloren. Die Welt wird von denen beherrscht, welche schlau genug sind die Dummheit anderer für sich zu nutzen."

„Ach halt die Klappe. Sag jetzt, was du von mir willst und lass mich endlich frei. Den Mumm mir was anzutun, hast du sowieso nicht. Außerdem hast du mir das ja in der Ehe versprochen. Und du hast dich ja immer an deine Versprechungen gehalten." Sarah schaute ihn halb herausfordernd und halb fragend an.

„Im Gegensatz zu dir, habe ich mich immer daran gehalten. Ja." Er nickte. „Aber du vergisst ein Versprechen, welches ich euch beiden gegeben habe."

Sarah wurde wieder kreidebleich und sie schluckte mehrmals.

„Welches Versprechen?" Fragte Mia dazwischen.

„Wer jemals unserer Tochter irgendetwas antut, der wird

253

leiden." Flüsterte Sarah. Und fügte dann wieder etwas lauter an. „Also willst du mich jetzt töten? Vor der Kamera? Willst du, dass meine Tochter allein aufwachsen muss?" Ihr traten Tränen in die Augen.

„Das konntest du schon immer gut. Auf Kommando weinen. Sei es beim Jugendamt oder vor Gericht. So hattest du immer alle auf deiner Seite. Bei mir zieht es nicht."

„Aber..." Mia wollte etwas einwerfen und Jason sah sie an.
„So ein Mensch sind sie nicht. Sie können sie doch nicht..."
„Genau, du kannst mir doch nichts antun." Warf Sarah mit ein.

Jasons Gesichtsausdruck wurde ernst. „Der Tod wäre viel zu einfach für sie. Allein, dass du jetzt weißt, dass ich dich immer finden werde. Das ich lebe. Unsere Luna Marie nie vergessen werde. Allein das wird Strafe genug für dich sein. Jeden Tag, den du aufwachst, wirst du jetzt daran denken, dass da draußen jemand ist in dem die Person weiterlebt, welche du getötet hast. Jedes Mal, wenn du deine neue Tochter anschaust, wird dir Luna Marie entgegen lächeln. Jedes Mal, wenn du wieder einen neuen Mann hast, wirst du einen Teil von mir darin wiedererkennen. Mia wird jetzt das Video hochladen und es wird gesendet werden. Noch ehe die Polizei informiert ist, wird es der ganzen Welt gezeigt worden sein. Und dann wird jede Person, welche dich sieht, dich daran erinnern, was für ein Mensch du bist. Ob du einkaufen gehst, oder ob du irgendwo was Essen gehst. Vielleicht wirst du dann auch nur annähernd das Leid spüren, welches ich durchmachen musste."

Sarah saß da und hatte den Kopf leicht auf die Brust

geneigt. Ihr rannen die Tränen über das Gesicht. Sie wusste, wie sehr er damit recht hatte. Bisher hatte sie alles gut verdrängen können. Vor allem, nachdem sie erfahren hatte, dass er tot sein sollte, konnte sie damit abschließen. Aber jetzt riss alles wieder auf. Langsam nahm sie den Kopf wieder nach oben und schaute ihn an. „Es tut mir leid." Flüsterte sie.

Jason schaute ihr lange in die Augen. Dann stand er auf und löste ihre Fesseln. Dabei sagte er:

„Ihr könnt jetzt beide gehen. Und Mia, es tut mir leid, wenn ich dir vielleicht Angst gemacht habe." Er drehte sich um und verließ den Raum. Vor dem Haus setzte er sich auf die Stufen und wartete darauf, dass die Polizei kommen würde, damit sie ihn festnehmen konnte.

Gut eine halbe Stunde lang saß er auf und nichts rührte sich. Eine Katze hatte sich mittlerweile zu ihm gesellt und ließ sich ihr Fell kraulen. Dann kam Mia nach unten und setzte sich neben ihn.

Sie saßen eine Weile zusammen da und schauten auf die Katze hinunter, welche vor ihnen saß und von einem zum anderen schaute.

„Die Polizei wird nicht kommen, oder?" Fragte Jason nach einer Weile.

Mia schaute ihn an. „Nein. Sarah hat sie nicht informiert und ich würde es sowieso nicht machen. Ich habe mit Sarah gesprochen. Sie wird sie nicht anzeigen. Selbst wenn sie jetzt verhaftet werden, droht ihnen vielleicht eine Bewährungsstrafe. Mehr nicht."

Jason stand auf und reckte sich. „Soll ich sie noch nach Hause fahren?"

„Danke, aber mein Chef hat angerufen und schickt einen

Sendewagen her. Ich soll dann direkt zum Sender kommen."

Jason nickte. Dann drehte er sich um und ging in die Richtung, in der er das Auto abgestellt hatte.

„Werde ich sie wiedersehen?" Rief Mia ihm hinterher.

Er drehte sich um und sie konnte trotz der Entfernung das Lächeln auf seinem Gesicht sehen. „Mit Sicherheit. Ich weiß ja, wo sie wohnen."

Mia wurde ganz warm ums Herz und mit einem Seufzen sah sie ihm hinterher, wie er um die Ecke verschwand.

Michael erfuhr durch einen Anruf von Bernd, von dem Fernsehbericht. Er saß gerade in einer Kneipe und genoss die Ruhe nach einem langen Arbeitstag. Er versprach am nächsten Tag bei ihm vorbeizukommen, damit sie zusammen mit der Staatsanwaltschaft diskutieren konnten, wie sie weiter vorgehen werden.

Am nächsten Nachmittag saßen sie dann alle beisammen. Die Staatsanwältin hatte bei Sarah Molding nachgefragt und die Bestätigung erhalten, dass sie Jason Reubelt nicht anzeigen wollte. Sie weigerte sich auch eine Aussage zu machen. Genauso tat es ihr Mia Effler gleich.

„Seien wir mal ehrlich." Sagte die Staatsanwältin zu den Polizisten. „Wenn sie mir nicht irgendwas Handfestes gegen diesen Reubelt bringen, werde ich ihn nicht anklagen. Wir haben zwar das Video. Aber wenn die Beteiligten ihre Aussage verweigern, dann wird es zu keinem Prozess kommen. Zumal wir hier nur von einer eher geringen Strafe reden. Herr Reubelt wird sich auf verminderte Schuldfähigkeit berufen und dann sogar wohl ganz straffrei ausgehen."

Bernd und Michael verzogen das Gesicht und letzterer sagte: „Ich habe mir das schon gedacht. Danke dennoch, dass sie es sich angesehen haben." Die Anwältin stand auf und verließ das Büro. Michael lehnte sich in seinem Stuhl zurück und sagte: „Das ist ein Ding, dass er mit so etwas durchkommt." Er schüttelte den Kopf.

Bernd strich sich über den Bauch und sagte: „Tja. Er hat das echt clever angestellt. Diese Molding wird es jetzt echt nicht mehr leicht haben. Wir werden ihr am besten erneut eine neue Identität geben müssen, um sie aus dem Gröbsten rauszuhalten."

„Ich frage mich nur, wie er herausgefunden hat, wo sie wohnt. Ich meine am Ende wussten es nur noch 2 oder 3Personen genau. Ich. Du und der Bearbeiter im Verwaltungsapparat. Und ich glaube kaum, dass er von uns oder von dem irgendwelche Informationen erhalten hat. Er muss irgendeinen anderen Weg gefunden haben." Bernd grübelte. „Da gibt es gar nicht so viele Möglichkeiten. Ich meine die Information steht ja nur in elektronischen Akten. Vielleicht hat er das System gehackt oder so."

Michael schloss für einen kurzen Augenblick die Augen. „Irgendwas ist einfach zu faul an dem. Sein Vorgehen. Sein Auftreten. Diese Abgeklärtheit. Da steckt viel mehr dahinter. Und ich habe schon eine Idee, wie ich ihm vielleicht auf die Schliche kommen kann."

„Was hast du vor, Michael?" Bernd schaute seinen Kollegen erstaunt an.

„Es ist besser, wenn du davon erst mal nichts weißt. Es reicht, wenn einer von uns das Gesetz etwas dehnt."

„Ach geh!" Sagte Bernd und machte eine abwertende

Handbewegung. „Du und das Gesetz verbiegen? Du die Vorschrift in Person?"

Michael senkte den Kopf. „Mir lässt das ganze einfach keine Ruhe. Und mein Bauchgefühl sagt mir, dass die ganze Sache stinkt."

Bernd stand auf, ging zu Michael und legte ihm die Hand auf die Schulter. „Was du auch machst, Michael. Auf mich kannst du zählen."

Dieser nickte dankbar.

Eine Woche später kam der lang ersehnte Anruf. Michael lauschte gespannt. „Keinen Zweifel?" Fragte er und lauschte wieder.

„Alles klar. Danke dir. Hast einen gut bei mir. Schickst du mir das noch per Fax rüber?" Er legte auf und drehte sich zu Bernd um.

„Das Risiko scheint sich gelohnt zu haben." Er grinste, stand auf und ging zum Fax-Gerät in Erwartung der Unterlagen.

Bernd schaute ihm ganz verdutzt hinterher.

Wenige Stunden später parkten die beiden Beamten vor dem Haus von Jason. Dieser öffnete ihnen schon die Tür, bevor sie klingeln konnten. Er schien sie erwartet zu haben. Er trug einen einfachen Anzug, die Krawatte war allerdings nur lose um den Hals gelegt. Das Hemd und die Hose waren zerknittert. Sein Haar war leicht zerzaust. So als hätte er in diesen Sachen geschlafen.

„Schönen Guten Tag, Herr Bach und Herr Fleischer." Begrüßte er die beiden und bat sie in das Wohnzimmer.

Dieses war schlicht eingerichtet. Eine große helle Couch

umrahmte halb einen Glastisch, auf welchem eine Tasse Tee stand. An der Wand gegenüber stand ein Fernseher und rechts und links standen Regale mit unzähligen Büchern. Die Fenster waren weit geöffnet und eine angenehme Brise wehte herein.

Michael und Bernd setzten sich nebeneinander auf die Couch, während Jason es sich auf dem Sessel bequem machte und nach seiner Tasse Tee griff.

„Was verschafft mir die Ehre, dass sie mich besuchen." Fragte er die beiden Beamten.

„Ich will gleich zum Punkt kommen." Michael kramte in seiner kleinen Aktentasche einen Zettel hervor und schob ihn auf den Tisch zu Jason hinüber.

„Das ist gut. Ich mag keine langen Umschweife." Jason nickte, würdigte dem Zettel aber keine Aufmerksamkeit.

„Wir haben herausgefunden, dass Luna Marie doch ihre leibliche Tochter ist. Dort sehen sie die Übereinstimmung der Allele." Michael deutete auf den Zettel und beobachtete Jason genau.

Dieser zeigte keine Reaktion. Weder weiteten sich seine Augen, noch war irgendeine andere Bewegung zu erkennen. Langsam nahm er einen Schluck Tee, stellte die Tasse auf den Tisch und griff nach dem Zettel. Er überflog den Bericht und nickte dann mehrmals.

„Aha. Interessant. Was soll sich da jetzt für mich ändern? Für mich war Luna Marie immer meine Tochter. Ob leiblich oder nicht. Ich hätte da nie einen Unterschied gemacht."

„Das glauben wir ihnen. Allerdings ist es schon sehr bedeutend. Wir fragten uns nämlich, wie denn die Übereinstimmung der gefundenen DNA mit Fynn Kruse zustande kommen konnte."

Jason lehnte sich in seinen Sessel zurück und schaute die beiden entspannt an. „Und?" Fragte er.

„Wir haben herausgefunden, dass Fynn Kruse eine Schwester hat. Zu der hatte er allerdings seit Jahren keinen Kontakt mehr. Und ein Abgleich hat ergeben, dass es ihre DNA war, welche wir gefunden haben. Wir hatten einfach nur nach einer Übereinstimmung der Allele gesucht. Und natürlich stimmten sie überein. Nur nicht Vater-Tochter. Sondern Bruder-Schwester. Hätte das Labor genauer gesucht, wäre es wohl schon eher aufgefallen. Allerdings sind dies sehr geringe Abweichung und unser Augenmerk lag ja nicht darauf."

Jason griff wieder zu seiner Tasse und nahm einen Schluck. Michael störte die Gelassenheit, die dieser an den Tag legte. Er tat so, als wäre er nicht betroffen. Ja fast schon desinteressiert.

„Soll das jetzt heißen, dass er doch Kontakt mit seiner Schwester hatte und die DNA deshalb gefunden wurde?" Fragte Jason.

„Das wäre allerdings eine Möglichkeit." Gab Michael zu. „Dennoch ist es sehr unwahrscheinlich. Wir haben seine Schwester schon überprüft und dort keine Unstimmigkeiten feststellen können."

„Und?" Fragte Jason wieder.

„Ich habe meine ganz eigene Theorie zu dieser Sache." Jason beugte sich nach vorne und schaute Michael gespannt an. „Dann lassen sie mal hören."

„Ich gehe davon aus, dass Fynn Kruse benutzt wurde. Ihm wurde vorgemacht, dass er der Vater sei. Er hat ja lange daran geglaubt. Ist ihnen und Sarah ständig hinterher gezogen. Wer auch immer ihm weiß gemacht hat, dass er der Vater sei, Fynn muss es geglaubt haben. Da er keinen Kontakt zu seiner Schwester gehabt hatte, muss irgendjemand anderes die DNA platziert haben. Irgendjemand, der damit gerechnet hat, dass diese gefunden und untersucht werden würde. Vermutlich wurde auch nur aus diesem Grund das Bild der Presse übergeben. Und da es ein Kinderbild war, war es naheliegend, dass die DNA von Luna Marie war, welche das Bild gemalt haben musste."

„Ach die DNA war auf einem Bild?" Fragte Jason dazwischen.

„Das tut jetzt hier nichts zur Sache. Jedenfalls glauben wir, dass die DNA dort platziert, wurde in dem Wissen, dass wir sie finden würden. Und dem Täter war klar, dass dann eine Übereinstimmung mit Fynn Kruse auftauchen würde, was die bisherige Geschichte des Papiervater nur noch glaubwürdiger werden lässt."

„So weit kann ich ihnen folgen." Jason nickte und Michael musste sich beherrschen. Diese Arroganz stieß ihm immer saurer auf.

„Dann gab es eine Person, welche den Tod von Fynn in Auftrag gegeben hat. Diese Person haben wir bisher nicht finden können. Aber praktischer Weise konnte Fynn ja nicht weiter zu irgendwelchen Tatsachen und Umständen befragt werden. Ein Mitwisser oder Mittäter ist also sauber beseitigt worden. Damit lässt sich natürlich keine weitere Verbindung herstellen. Der Täter musste also äußerst gerissen sein. Und ich sage es ihnen auf den Kopf drauf zu: Sie sind der Papiervater."

Jason lehnte sich wieder zurück und klatschte langsam

Applaus. „Wow. Was für eine tolle Geschichte. Von vorne bis hinten muss das ja dann ein perfektes Verbrechen gewesen sein."

„Irgendwie schon." Stimmte Bernd zu und Michael warf ihn einen unmissverständlichen Blick zu, so dass er gleich wieder verstummte.

„Und sie glauben ernsthaft, dass ich das gewesen bin?"

„Ich bin sogar überzeugt davon. Ich halte sie für clever genug."

„Wie kommen sie darauf?"

„Alleine wie sie Sarah gefunden haben, war schon ein Meisterwerk. Ich gehe jetzt davon aus, dass es ihr Ziel war auf Sizilien gefunden zu werden. Der Brand wurde dort vorsätzlich gelegt. Ein Verdächtiger natürlich nie gefunden. Außer sie. Ihnen war dann schon klar, dass sie nach Deutschland überstellt werden. Nach dieser Sache mit Sarah, habe ich mir mal die Protokolldaten der Computer in Frankfurt angeschaut. Diese speichern ja alles mit. In der Nacht, als sie dort zur Befragung waren, wurde ein USB-Stick an einen der Rechner angeschlossen. Was für Daten entwendet wurden, oder was angestellt wurde, konnten unsere Techniker noch nicht herausfinden. Sie sprachen von irgendeinem Farme-Code oder so was. Ich gehe davon aus, dass sie ein Programm rauf gespielt haben, über die sie an die Dateien oder Personen im Zeugenschutzprogramm gekommen sind. Das umfasste alles ihr Plan." Michael lehnte sich jetzt auch zurück und atmete kurz durch.

Jason applaudierte wieder kurz und sagte dann: „Ich dachte schon, sie finden nie heraus, wie ich Sarah gefunden habe. Aber dann habe ich sie ja doch richtig eingeschätzt. Gute Arbeit." Er lächelte.

„Sie geben also zu, dass sie sich unerlaubt Zugang zu unseren Computern beschafft haben? Sie wissen, dass dies eine Straftat ist." Michael schaute Jason erstaunt an. Damit hatte er nicht gerechnet.

„Warum soll ich es leugnen. Sie wissen doch auch, was danach passiert ist. Zeigen sie mich doch wegen des Vergehens an. Da wird mir nicht bange." Jason stellte seine mittlerweile leere Teetasse auf den Tisch.

Bernd kratzte sich am Bauch und fragte: „Und was sagen sie zu den anderen Vorwürfen?"

Jason schaute ihn kurz an und hob die Augenbrauen. „Was soll ich dazu sagen? Eine interessante Variante. Und es ehrt mich ja fast schon, dass sie mich für den Papiervater halten. Nur beantworten sie mir zuerst eine Gegenfrage: Welche Beweise haben sie?"

Bernd rümpfte die Nase und sah Michael hilfesuchend an. Dieser antwortete:

„Zum aktuellen Stand der Ermittlungen werde ich ihnen jetzt nichts sagen."

Jason stand auf. „Da sie ganz offensichtlich ja nicht mit einem Haftbefehl gekommen sind, würde ich sie bitten jetzt zu gehen. Ich habe heute Abend noch einen Termin und würde mich bis dahin noch etwas ausruhen."

Die beiden Beamten erhoben sich ebenfalls, bedankten sich für das Gespräch und verließen die Wohnung. Im Auto sagte Bernd zu Michael:

„Was ein gerissener Hund. Jetzt bin ich auch endgültig überzeugt, dass er unser Mann ist."

Michael nickte. Dann schlug er mit der Faust auf das Lenkrad und sagte missmutig: „Und wir können ihm absolut nichts nachweisen. Es gibt keine Überschneidungen. Keine Augenzeugen, welche ihn gesehen haben. Keine Fingerspuren. Keine DNA. Absolut nichts. Nur der Umstand mit dem Kruse als falschen Vater reicht nicht aus."

„Also tatsächlich das perfekte Verbrechen?"

Michael schüttelte den Kopf: „An so etwas glaube ich nicht. Wir kommen ihm schon noch auf die Schliche. Ich werde nicht aufhören..."

"Was hast du eigentlich erwartet, Michael?"

"Das weiß ich selber nicht. Vielleicht irgendeine Reaktion. Ein Zucken. Eine zögerliche Antwort. Irgendwas in der Richtung. Ich dachte, dass ihn gerade das mit der DNA aus der Bahn hätte bringen können. Aber er ließ sich ja überhaupt nichts anmerken. Weder Freude noch sonst irgendwas. Nun bleibt nur die Hoffnung, dass er jetzt vielleicht den einen oder anderen Fehler macht, jetzt wo er weiß, dass wir noch immer an der Sache dran sind.

Bernd schüttelte den Kopf und sagte: "Aber was soll er jetzt denn noch für Fehler machen? Für mich sieht es so aus, als ob er mit seinem "Werk" fertig ist. Und solange er keine weitere Tat begeht, wird er wohl kaum einen Fehler machen."

Michael schaute grimmig aus dem Seitenfenster des Wagens. In der Ferne war noch der kleine Ort zu sehen, wo Jason jetzt wohnte.

"Vielleicht müssen wir uns mit dem Gedanken anfreunden, dass wir den Fall niemals endgültig klären werden. Auch wenn es mir zuwider ist."

Bernd nickte langsam. "Ich sehe uns schon noch in zwanzig Jahren über den Fall philosophieren." Beide lachten.

Oktober 2021

Mia betrachtete sich kurz im Spiegel. Ob ihm das gefallen würde? Sie hatte sich ein schwarzes knielanges Kleid angezogen. Ihre roten langen Haare waren offen und fielen in sanften Wellen auf ihre schmalen Schultern herab. Das Gesicht hatte sie dezent geschminkt. Die Lippen mit einem zarten Rot nachgezogen. Mia drehte sich hin und her, um sich von allen Seiten zu betrachten, als es an der Tür klingelte.

Ihr Herz klopfte ihr bis zum Hals und ganz aufgeregt öffnete sie die Tür.

"Guten Abend Frau Effler. Danke, dass sie sich wieder einmal Zeit für mich nehmen." Jason lächelte sie an und ihr wurden sofort die Knie weich. Hach, was war das nur, was sie an diesem Mann so anzog. Was es auch war, sie konnte sich dem nicht erwehren.

"Kommen sie doch rein. Ach... Und es wäre schön, wenn sie... Also wenn wir uns vielleicht duzen könnten. Nur wenn das für sie... Also für dich in Ordnung ist."

Jason lächelte noch mehr, streckte ihr die Hand entgegen und sagte: "Gerne doch. Ich bin Jason."

Mia musste grinsen. "Erfreut. Mia." Antwortete sie und bat ihn herein.

"Möchtest du etwas trinken?"

"Eine Cola wäre nicht schlecht."

Mia holte zwei Gläser und schenkte beiden etwas ein. Dann setzte sie sich in den Sessel ihm direkt gegenüber und schaute ihn erwartungsvoll an.

Jason ließ seinen Blick über die anmutige Gestalt von Mia wandern. Einmal von ganz oben bis ganz unten. Mia musste leicht lächeln. Es fühlte sich gut an, dass er sie scheinbar als Frau wahrnahm.

"Du siehst toll aus, wenn ich das sagen darf." Sagte er plötzlich und Mia fühlte sich völlig aus der Bahn geworfen. Mit einem Kompliment hatte sie jetzt so gar nicht gerechnet.

"Äh..." Sie strich sich eine Strähne hinter das Ohr. "Vielen Dank." Sie wurde leicht rot und griff schnell nach ihrem Glas, um einen Schluck zu trinken. Dann sagte sie, um der Situation zu entfliehen: "Gibt es einen Anlass, warum du mit mir sprechen wolltest?"

"Außer, dass ich dich gerne wiedersehen wollte?" Er schaute sie neckisch an und Mia wurde sofort wieder rot. Doch Jason fuhr gleich fort: "Ja, da gibt es etwas, worum ich dich bitten würde."

"Ich hoffe doch nicht wieder etwas am Rande der Legalität, oder?"

"Nein. Ganz und gar nicht. Dennoch ist es etwas, wo es sehr gut sein kann, dass du es ablehnst. Und ich würde es dir nicht einmal verübeln."

Mia schüttelte heftig den Kopf und ihr Haar flog hin und her. "Ich würde alles für dich machen." Sie flüsterte.

Jason nickte und schaute sie mit einem fast schon traurigen Ausdruck in den Augen an. Mia musste schlucken.

"Auch, wenn ich dir sage, dass ich der sogenannte Papiervater bin?" Er schaute ihr direkt in die Augen. Sein Blick sagte ihr, dass es ihm vollkommen ernst war. Sie legte den Kopf leicht zur Seite und musterte ihn. Dann nickte sie und sagte: "Auch dann..."

Über Jasons Gesicht huschte ein Lächeln. Mia stand auf, setzte sich neben ihn auf die Couch und griff nach seiner Hand. "In meinen Augen bist du kein Mörder. Du hast nur das getan, was jeder in deiner Situation hätte tun sollen. Ich habe mich von Anfang an zum Papiervater hingezogen gefühlt. Eine Besondere Bindung gespürt. Das ist nichts, was Tatsachen einfach kaputt machen können. Egal was ist, ich helfe dir." Sie griff nach seinem Kinn und drehte seinen Kopf zu dem ihren, damit sie sich direkt in die Augen schauen konnten. Seine Augen glänzten und Mia hatte das Gefühl durch sie in seine Seele schauen zu können. Jetzt konnte sie es nicht mehr leugnen. Sie war verliebt. Mia schloss die Augen und atmete tief und schwer durch.

Jason nahm die Hand vom Kinn in seine beiden Hände und schaute Mia lange an. Dann sagte er:

"Ich verstehe genau, was du meinst. Mir geht es genauso. Aber es kann sein, dass ich für lange Zeit in das Gefängnis muss." Er schaute auf das Glas, in dem noch immer Blasen aufstiegen.

Mia schaute ebenfalls hin und flüsterte: "Aber wie kommst du darauf? Der Papiervater ist doch offiziell tot."

"Es gibt da einen Polizisten, der keine Ruhe geben wird, bis er mich überführt hat. Er hat sogar herausgefunden, dass Luna Marie meine leibliche Tochter ist."

"Wie..." Mia schaute ihn überrascht an.

"Die Zusammenhänge werde ich dir später erklären." Jason winkte ab.

"Aber du hast doch einen Plan, oder? Bitte sag mir, dass du einen Plan hast!" Sie presste seine Hand kurz

267

zusammen, so als wollte sie dort einen Plan herauspressen.

"Ich habe tatsächlich einen Plan. Doch der ist sehr riskant."

"Dann erzähl mal. Vor allem, wie ich dir helfen kann."

Dezember 2021

"Jason Reubelt: Ich verhafte sie wegen des Verdachts des mehrfachen Mordes, wegen Verdacht einen Mordauftrag gegeben zu haben, wegen Verschwörung und wegen Betrugs. Sie haben das Recht die Aussage zu verweigern. Alles was sie dennoch sagen, kann und wird gegen sie vor Gericht verwendet werden. Sie haben das Recht einen Anwalt hinzuzuziehen. Sollte sie sich keinen leisten können, wird ihnen ein Pflichtverteidiger zur Verfügung gestellt." Michael klickte mit einem breiten Grinsen die Handschellen zu und führte Jason nach außen. Dieser hatte keinerlei Widerstand geleistet, als sie mit mehreren Streifenwagen zu seiner Wohnung gekommen waren.

Eben, als sie ihn in den Wagen setzen wollten, kamen mehrere Pressewagen an und zückten sofort ihre Kameras und Mikrofone.

Michael und Bernd beeilten sich und fuhren schnell zu nächsten Polizeirevier.

Dort führten sie Jason in das Verhörzimmer. Er hatte bis jetzt kein einziges Wort gesagt, sondern beobachtete still, was um ihn herum passierte.

Michael setzte sich auf die Tischkante direkt neben Jason und schaute an ihm vorbei, während sich Bernd ihm gegenübersetzte.

"Herr Reubelt. Sie wissen, warum wir sie verhaftet haben?" Bernd übernahm den Beginn des Verhöres.

Jason schaute kurz zu ihm, um dann nach hinten zum großen Spiegel zu schauen.

"Haben sie mich verstanden, Herr Reubelt?" Wiederholte Bernd die Frage.

Jason blieb weiter stumm.

"Ob sie antworten oder nicht, dass ist mir völlig egal. Es kann für sie nur vom Vorteil sein, wenn sie mit uns kooperieren." Stieg Michael in das Gespräch ein.

"Hat das schon mal funktioniert?" Jason sah Michael ironisch lächelnd an.

Michael schaukelte mit einem Bein und schaute Jason von der Seite an. "Klar. Ab und zu. Sonst würden wir es ja nicht immer wieder sagen." Er lächelte zurück. "Aber schön, dass sie ihre Sprache wiedergefunden haben."

Jason faltete die Hände und legte sie auf den Tisch. "Was genau werfen sie mir denn vor?"

"Kurz und einfach? Sie sind der Papiervater!" Bernd schaute ihm in die Augen und Jason erwiderte den Blick, ohne zu blinzeln.

"Aha. Und welche Beweise haben sie?"

"Ihr Buch." Michael holte aus seiner Tasche ein Buch hervor und legte es auf den Tisch. "In diesem von ihnen verfassten Werk, schildern sie die Verbrechen des Papiervaters. Dabei erwähnen Sie aber Details, welche niemals an die Öffentlichkeit geraten sind. Also Wissen, welches reines Täterwissen ist."

Jason nickte mehrmals. "Da liegt dann für sie als Ermittler natürlich die Vermutung nahe, dass ich der Täter bin." Er nickte nochmals.

Auch Bernd nickte und sagte: "Ganz genau. Sie wissen, dass wir sie schon länger im Verdacht haben. Nun haben wir sie." Bernd grinste breit.

"War es das?" Fragte Jason fast schon entrüstet. "Mehr haben sie nicht? Ein Buch?"

Das Grinsen aus Bernds Gesicht verschwand sofort. "Das ist ein starker Beweis. Sie schreiben da, wie Michael gerade sagte von Sachen, welche nur der Täter wissen konnte."

"Was macht sie so sicher, dass es nur der Täter wissen konnte? Was macht sie so sicher, dass ich es nicht nur kombiniert habe? Das ich nicht vielleicht die Informationen irgendwo herbekommen habe?"

"Nennen wir es einfach kriminalistisches Gespür. Scharfsinn und Kombinationsgabe." Sagte Michael und stand auf. "Ich stelle dann einfach eine Gegenfrage: Warum haben denn gerade sie das Buch über diesen Fall geschrieben?"

"Nennen wir es einfach Geschäftssinn." Jason grinste.

"Sie wollen uns wohl ernsthaft auf den Arm nehmen, oder?" Michael schaute verärgert drein. "Mir ist das egal. Ich brauche von ihnen kein Geständnis. Das steht für mich hier in diesem Buch. Und vor Gericht werden das auch die anderen sehen. Mal sehen, wer dann noch grinst."

Jason schaute wieder in den Spiegel und nickte, als wolle er die Leute, welche dahinterstanden und zuschauten, begrüßen.

"Ich kann vollkommen verstehen, warum sie so vorgehen. Ich nehme ihnen das nicht krumm. Das kann ja eine tolle Erfahrung für mich werden. Aber was viel wichtiger ist: Es ist eine tolle Werbekurbel für den Verkauf meines

Buches." Jasons Grinsen wurde immer breiter.

Michael wollte gerade noch etwas sagen, als die Tür aufgemacht wurde und ein älterer Mann mit schickem dunkelblauem gestreiftem Zwirn hereinkam.

"Das überrascht mich jetzt nicht." Michael verzog das Gesicht.

"Was werfen sie meinem Mandanten vor?" Der Mann stellt seine Aktentasche auf den Tisch und zog ein paar Unterlagen hervor und warf sie Michael zu. Ohne eine Antwort abzuwarten, fuhr er fort: "Hier ist der Auftrag, dass ich Jason Reubelt vertreten darf."

Michael warf einen kurzen Blick darauf. Der Antrag wurde erst gestern unterschrieben.

"Es ist mir immer eine Freude Herr Ritshwilli." Michael stand auf. Zvonimir Ritshwilli war einer der besten Strafverteidiger des letzten Jahrzehnts. Er hatte viele Prominente vertreten und den Ruf nur lukrative und vor allem nur Fälle zu übernehmen, welche er auch gewinnt. Sein Honorar war stattlich. Michael hatte schon damit gerechnet, dass er in diesem Fall vertreten würde. Eine bessere Bühne gab es gar nicht. Und mit dem sicher rasanten Verkauf seines Buches, würde Jason ihn sich locker leisten können.

"Mir ebenfalls. Haben uns ja lange nicht gesehen. Wie läuft es in Frankfurt? Haben sie dort zu wenig zu tun, dass sie hier meinen Mandanten belästigen müssen?"

"Sie wissen genau, warum wir ihn in Untersuchungshaft genommen haben."

"Das ist lachhaft. Ein Buch als ein Geständnis zu nehmen. Wir sehen uns gleich vor dem Untersuchungsrichter. Ich habe schon einen Termin vereinbart."

Michael warf Bernd einen vielsagenden Blick zu und der zuckte nur mit den Schultern. Das Gespräch war an dieser Stelle vorerst beendet. Mit Ritshwilli wollten sie sich nicht anlegen.

Jason saß die ganze Zeit regungslos und mit einem leichten Lächeln da und schaute zum Spiegel hinüber.

Im späteren Verlauf des Tages fand dann der Termin beim Untersuchungsrichter statt. Ritshwilli gelang es tatsächlich Jason gegen eine Kaution und einigen Auflagen bis zum Gerichtsprozess freizubekommen.

Gemeinsam verließen die beiden das Polizeigebäude und wurden draußen von einem großen Auflauf an Pressevertretern empfangen.

Jason blieb kurz stehen, um einige Fragen zu beantworten. Nur auf Nachfragen, ob er denn wirklich der Täter sei, reagierte er nicht.

Zu Hause angekommen, wartete Mia auf ihn. Sie war die ganze Zeit aufgeregt. Jason hatte ihr zwar gesagt, wie es laufen würde, aber so ganz konnte sie das nicht glauben. Es konnte so viel passieren. So viel dazwischenkommen.

Als er durch die Tür trat, fiel sie ihm um den Hals. "Schön, dass du wieder da bist." Sagte sie. Jason gab ihr einen Kuss, nahm sie an die Hand und ging mit ihr zusammen ins Wohnzimmer.

"Du brauchst doch keine Angst haben. Ich habe dir doch gesagt, wie es ablaufen wird." Er lächelte sie an.

"Ja. Schon. Hoffentlich hast du bei dem Rest dann auch recht."

Februar 2022

Das Buch von Jason Reubelt war seit Wochen die Nummer eins in den Bestsellerlisten. Nicht nur im In- sondern auch im Ausland war das Buch schon längst vergriffen. Täglich wurde über Jason, sein Buch und den bevorstehenden Prozess berichtet.

Im Fahrwasser dieser Euphorie Welle waren auch einige Politiker aufgesprungen, welche mit dem Thema "Mehr Rechte für Getrennt-Erziehende" in den Umfragen stark zulegten. Es war abzusehen, dass es dort in diesen Bereichen bald zu Neuerungen kommen wird.

Für den Prozess war vorerst eine Woche angesetzt worden. Die Soko Papiervater hatte bis zuletzt nach weiteren Beweisen gesucht und musste sich nun auf die Staatsanwältin verlassen. Sie war die besten auf ihrem Gebiet und Michael und Bernd hofften, dass es für eine Verurteilung von Jason reichte.

Doch wider Erwarten aller, Jason, Mia und dem Anwalt ausgenommen, entwickelte sich der Prozess gleich am ersten Tag zu einer Farce.

Über Zvonimir Ritshwilli ließ Jason ein Geständnis verlesen. Michael horchte bei dieser Ankündigung auf und im gesamten Saal herrschte Totenstille, als der Anwalt las:

"...gestehe mir unberechtigt Einsicht in die Akten zu dem Fall verschafft zu haben. Mittels eines USB-Sticks habe ich einen Trojaner im System der Polizei abgelegt. Über diesen Trojaner habe ich die Adresse von Sarah Molding erfahren und eben die Details zu dem Fall. Ich habe dies in der Absicht getan, um ein glaubwürdiges Buch zu schreiben und mich damit zu bereichern. Allerdings habe ich das Geld zum großen Teil für die Stiftung alleinerziehender Väter vorgesehen und auch schon gespendet. Ich gestehe den Verstoß ein, möchte aber auf diesem Wege einmal anmerken, dass ich überzeugt bin, dass die Öffentlichkeit das Recht hat die gesamte Wahrheit zu erfahren. Dies haben sie durch mein Buch. Damit habe ich mein Ziel erreicht."

Der Anwalt setzte sich und ein Raunen schwappte durch den Gerichtssaal. Michael und Bernd saßen mit weit aufgerissenem Mund da und starrten zu Jason hinüber.

"Scheiße Mann." Fand Bernd zuerst ein paar Worte. "Warum haben wir da nicht früher daran gedacht? So eine simple Erklärung. Zumindest kommt sie ihm als Erklärung mehr als entgegen." Michael war noch immer geschockt. Er hatte da echt nicht mehr daran gedacht, dass sich Jason Zugang zu den Computern beschafft hatte. Oder besser gesagt, war er nur davon ausgegangen, dass er nur die Adresse von Sarah gesucht hatte. Aber natürlich war der gesamte Fall digitalisiert und einfach nachlesbar.

Jetzt machte es kein Unterschied mehr, ob ihn irgendwer für schuldig hielt, oder nicht. Das Buch als Beweis, wegen angeblichen Detailwissen, war aus dem Rennen. Und sonst hatten sie nur kleinere Indizien, welche von Ritshwilli sicher sofort in der Luft zerrissen worden wären. Die Staatsanwältin bat um eine Unterbrechung der Verhandlung und zog sich mit Michael und einigen anderen Experten zur Beratung zurück.

"Warum haben sie mir davon nichts gesagt?" Raunte sie Michael an. Dieser saß schweigend da und ließ die Schultern hängen.

"Sie wissen schon, dass sich der Fall erledigt hat, oder? Ich werde die Anklage zurückziehen." Michael nickte leicht.

Wenig später verließ Jason als freier Mann das Gerichtsgebäude und stellte sich draußen der Presse.
"Das war ein Sieg der Öffentlichkeit über den Rechtsstaat." Sagte er. "Wieder und wieder werden Menschen unschuldig in den Dreck gezogen. Anhand von schwacher Beweislage werden Menschen verurteilt. Vorverurteilt. Natürlich war es nicht rechtens, wie ich vorgegangen bin. Aber sonst hätten wir viele Details nie erfahren. Wir brauchen mehr Leute, welche sich trauen die Wahrheit zu sagen. Wir brauchen mehr Realität. Wir brauchen nicht Menschen, welche uns diktieren, was wir zu wissen haben. Wir brauchen die Wahrheit." Er schlug sich mit der Hand auf die Faust und blickte entschlossen in die Kamera.
Lauter Beifall brandete auf.

April 2023

Mia lehnte ihren Kopf an Jasons Schulter und beide schauten glücklich zu ihrem kleinen Baby, welches friedlich in ihrer Wiege schlief. Draußen rauschten die Wellen und die Palmen wiegten sich leicht im Wind.
"Was habe ich dir gesagt?" Flüsterte er. "Es wird alles gut."
Mia nickte und schloss die Augen.
Es klingelte an der Tür und Jason befreite sich aus der Umarmung von Mia und ging hin. In leichter Sommerkleidung und mit einer dicken Sonnenbrille stand Michael vor der Tür.

"Hallo, Herr Reubelt." Er lächelte.

"Herr Bach. Sie geben wohl nie Ruhe, oder? Was verschafft mir die Ehre?"

Michael hielt ihm eine Postkarte entgegen. Jason betrachtete sie erst argwöhnisch und griff dann nach ihr. Auf der Rückseite stand "Sie hatten Recht."

Jason warf einen Blick über die Schulter in den Flur. Aber Mia schien noch im Wohnzimmer zu sein. Dann wandte er seinen Blick wieder zu Michael.

Der hatte seine Sonnenbrille abgenommen und schaute ihn mit einem merkwürdigen Blick an.

"Hat ihnen das Mia geschickt?" Fragte Jason.

Michael nickte. "Sie ist eine gute Seele. Sie wusste, dass ich ein Leben lang nach einer Antwort suchen und mir immer Vorwürfe machen würde. Das spricht für sie, dass sie mir das geschickt hat."

Jason lehnte sich an den Türrahmen und Michael fuhr fort: "Keine Angst. Damit kann ich gegen sie noch immer nichts anfangen. Es wäre wohl ein sinnloses Unterfangen sie ausliefern zu lassen. Aber..." Michael schluckte kurz und umarmte dann Jason. Dieser war wie erstarrt und ließ es über sich ergehen. "Aber, sollten sie Mia jemals irgendwie weh tun, dann kriege ich sie dran."

Jason riss die Augen auf. "Das ist unmöglich. Sie? Sie sind ihr..."

Michael nickte und flüsterte: "Ich habe die Postkarte nach DNA untersuchen lassen. Sie ist meine Tochter. Die Tochter welche mir weggenommen wurde. Die ich verloren glaubte. Der einzige Grund, warum ich immer etwas verstehen konnte, wie sie sich gefühlt haben mussten."

Wenig später ging Jason wieder nach innen und setzte sich neben Mia. "Wer war das an der Tür?" Fragte sie. Jason schaute zum Baby und dann wieder zu Mia. „Du wirst mir nicht glauben, wenn ich dir das jetzt erzähle…"